お毒見探偵①

絶品スフレは眠りの味

チェルシー・フィールド　箸本すみれ 訳

Eat, Pray Die

by Chelsea Field

コージーブックス

EAT, PRAY, DIE
by
Chelsea Field

挿画／北村みなみ

愛するだんなさまへ

あなたがあの日、わたしを見初めてくれてめちゃくちゃラッキーだったわ。
そしてありがとう、これまでの何もかもに。

謝辞

まず、わたしの一番のファン、レベッカにお礼を言いたいです。執筆中、気が散ってばかりのわたしを、叱咤激励してくれたあなたがいなかったらどうなっていたことか。ほんとにもう、おせっかいなんだから！（あれ、わたし今何て言った？）それから、薬学についてはテス、遺伝子学についてはモーガンから専門的なアドバイスを受けられたこと、本当にラッキーでした。心から感謝しています。ありがとう。そして原稿段階で読んでくれた皆さん――テス、ケイティ、ジェームズ、レベッカ、サリー、マムジー、ナオミ、ダレン、ジョン、ロージー、メラニー・セリエ（『プリンセス・コンパニオン』の著者）、オーガスタ（キーリー・ベイツ名義『デッド・エンド』の著者）、アレックス・ブランタム（『ワン・イコール・テンパー』の著者）――にも大きな感謝を。あなたたちのフィードバックは、どれも貴重なものばかりでした。この作品がもし読者に受け入れられ、続編を出せることになったら、そのときもまた必ず、正直な感想を言ってくださいね。

すばらしく有能な編集者であるアンジェラ・ブラウンへ。細かい部分まできっちり描くよう、十億回（ちゃんと数えてたのよ）もねちねち言ってくれて、すごくありがたかったです（たしかに読者の人たちって、作中のメニューの詳細まで知りたがるものですもんね）。〈フリー・レンジ・エディトリアル〉のラインエディター、ジュリーにも特別な感謝を捧げます。

実はわたし、知っていました。作品全体を隅々までチェックしてくれたのに、続けてもう一度読んだときも、やっぱり面白いってふりをあなたがしてくれたことを。それから〈ヴィクトリー・エディティング〉のパスエディター、クリスタルと、校正者のドナ・リッチとレオ・ブリッカーには、スペルミスをたくさん見つけてくれたことに心からお礼を言いたいです。できればメダルをあげ、転職を勧めたいくらいです。メダルの部分については、chelsea@chelseafieldauthor.com にメールをもらえたら、考えてみたいと思っています。

そして最後に、わたしのスーパーヒーローであるだんなさまに感謝を捧げます（ここだけの話、ときどき下着を裏返しに着ちゃうお茶目な人なんです）。それから最後の最後に、神さまにも。神さま自身にユーモアのセンスがあると、ティーンエイジャーだったわたしに教えてくれたからです。あの日のことは一生忘れないでしょう。気になる男子を振り向かせようと、〈ほとんど脳死、だけどなんとか歩いてる〉とプリントされたTシャツを姉から借りたわたし。でも結局はその直前に階段から落ちて、一歩も歩くことができなかった——そう、あの日のことです。神さまのあのユーモアと、わたしへの大きな祝福に、この場を借りて心からの感謝を送ります。

絶品スフレは眠りの味

主な登場人物

イソベル（イジー）・エイヴェリー……〈テイスト・ソサエティ〉の候補生
コナー・スタイルズ……〈テイスト・ソサエティ〉のメンバー
ダナ・ウィリアムズ……〈テイスト・ソサエティ〉のメンバー
ジョッシュ・サマーズ……シェフ
アルバート・アルストレム……シェフ
タリア……ジョッシュの食材調達係
ホアン・カスティーヨ……ジョッシュの庭師
コレット・メルル……ジョッシュのメイド
オリヴァー……イソベルのルームメイト
エッタ・ハミルトン……イソベルの隣人
ミスター・ブラック……イソベルの借金取立人

1

ロサンゼルスのダウンタウン。わたしは人生のどん底から這い上がるため、とある高層ビルに足を踏み入れた。

九月だというのに、地獄のように暑い。ふんわりした服を着てきたのに、肌にところどころぺったりと貼りついて、気になってしかたがない。でも今は、他に考えるべきことがいくらでもあった。これから面接を受ける仕事は、具体的にはどんなことをするのか。誰かの命を守るなんて、そんな大それたことが自分にできるのだろうか……。

だがそれなのに、頭がぼうっとして、思うようにならないヘアスタイルのことばかり考えてしまう。

ロビーを突っ切って、ちょうど止まっていたエレベーターに乗りこんだ。考えてみると、セキュリティ関係の人間なら誰もが持っているものを、わたしは何一つ身に着けてはいなかった。拳銃も。テーザー銃も。戦闘訓練や護身術の訓練も、一度も受けたことはない。それどころか、筋肉と呼べるようなものさえ持ち合わせていなかった。

それでも、不安の塊だったら、胃袋のなかでチョウチョみたいにはばたいている。この子たちを今すぐあんたの顔に吐き出してやるわよ、と脅してやったら、悪いやつらはびびって逃げていくだろうか……。

だがそんなわたしのもやもやした胸の内を察することもなく、エレベーターはいきなり上昇しはじめた。

肩まで伸びたくしゃくしゃの髪を、両手でなでつける。これまでの二十九年間の人生で、自分なりに編み出した癒やしのテクニックだ。汗にぬれた髪の毛が数本、首筋に貼りついているが、それ以外の毛はおそらくあちこちにはねまくっているだろう。到着階を表すゴールドの数字が、一つ、また一つと点灯しては消えていく。さすが、ロスは違う。こんなエレベーターまでわたしよりずっとゴージャスだもの。

階数が一つ上がるごとに、不安の塊が大きくなっていく。やっぱりもう少し、フォーマルな服を着てくるべきだったかしら。

また何度か、髪をなでつけた。

数字の23が点灯すると、シューッと小さな音を立て、エレベーターのドアが開いた。いやだわ、アリスおばさんのため息にそっくり。まあたしかに、あのおばさんや従姉妹《いとこ》たちは、いつだって一糸乱れぬヘアスタイルでばっちり決めてはいたけど。そもそも、汗だくになるなんて論外だろうし。

目の前に現れた廊下は、これっぽっちもわたしに同情しているようには見えなかった。物音ひとつしない。そうか。この静まり返った空間は、下界の熱気や喧騒からは完璧に切り離され、わたしの高まる緊張ともいっさい無縁の世界なのだ。

わたしは呼吸を整え、手のひらに目をこらした。今回の面接の連絡を受けたとき、会場となる部屋番号を書きとめておいたのだ。だが緊張のあまり何度もトイレに行ったせいで、ほとんど消えかかっている。大丈夫、２３１７だ。たぶん。きっと。ううん、絶対。長い廊下を進んでいくと、その番号のプレートがかかったドアが見つかった。震える手で、それでも力強くノックする。

「入りたまえ」

わたしは覚悟を決め、どっしりしたドアを押し開けた。

この場所で、わたしの運命が決まるかもしれない。一歩進んで、部屋のなかを見回した。すごい。まるでヨーロッパのインテリア雑誌から抜け出してきたようだ。部屋いっぱいに、床から天井までの大きな窓から、陽光がさんさんと射し込んでいる。隅々まで光があふれているのは、極端に家具が少ないせいもあるだろう。広々とした空間にもかかわらず、見るからに高級そうな椅子が二脚と、光沢の美しいローズウッドのデスクがあるだけだ。そのデスクの上にはぽつんと一つ、マックブック・プロが置かれている。

わたしは笑いがこみあげてくるのを、必死でこらえた。ここまで何にもない場所で、仕事ができる人なんているの？

問題の人物は、デスクの向こう側に座っていた。おかしなことに、わたしが来るのを待っていたようには見えない。やっぱり手のひらの番号を読みまちがえたのかしら……。だが正面にいる男性は、そんな不安も一瞬にしてどうでもよくなるほど、圧倒的な美貌の持ち主だった。黒い髪は、乱れることなどありえないほど、すっきりと短く刈り上げられている。無用なものは置かない、いらないというスタイルは、このエレガントな部屋にはそぐわない。おそらく、実用一点張りの男なのだろう。

そして、アイスグレーの瞳。日差しのない、凍てつくように寒い冬の空――ロスに来てからは一度も見たことがない――を思わせる、相手を突き放すような厳しさをたたえている。ひげをきれいに剃り上げたがっちりした顎、そして広い肩幅のせいもあって、よりいっそう、厳格な印象が強まっていた。

男らしい顎のラインから目を離すと、彼もまた、わたしに視線を這わせていることに気づいた。

あら残念。視線じゃなくて、その大きな手を這わせてくれたらうれしいのに……。とそう思った直後、自分がどうして、この場にいるのかを思い出した。

この男性は、わたしが身体をはって命を守るべき相手なのだ。もちろん、雇ってもらえたらの話だけど。もし断られたら、別れ際にお願いして、エレベーターのシャフトに突き落としてもらうのもありかもしれない。

このハンサムな顔に浮かんでいる冷酷な表情からすると、こんなお願いにだって、二つ返事でイエスと言ってくれそうだ。

実を言うと、雇用契約を拒否されるのは根拠のない不安ではなかった。なんといっても、この貧乏くさい格好。コンサバな濃紺のワンピースとハイヒールを選んだのは、母親譲りのほっそりした体型やブルーの瞳を、少しでもひきたててくれればと思ったからだ。それなのに、彼のぴしっと決まったオーダーメイドのスーツに比べると、いかにもみすぼらしく見えてしまう。といってもまあ、それもしかたがないと言えばしかたがない。なにしろこのワンピースも靴も、やっぱり母から譲られたもの——ようするにお下がり——だったからだ。いくら前世紀のものとはいえ、さすがにヴィンテージとしても通用しないだろう。

お互いの査定が終わるころには、彼の唇は一文字に結ばれていた。

気にしない、気にしない。口なんて開いてるか閉じてるか、それしかないもの。

わたしは勇気を奮い起こし、顔を上げ、グレーの瞳と視線を合わせた。

「イソベル・エイヴェリー、そうだね?」彼が尋ねた。

「はい、そうです」

わたしのオーストラリア訛《なま》りの英語に、彼は何の反応も示さなかった。チャーミングだと言うアメリカ人もいるが、このクライアント候補はそういうタイプではないらしい。

というか、〝チャーミング〟という言葉自体、彼の辞書にはないような気がする。

いや、それ以前に、どう見てもわたしが守ってあげる必要があるとは思えなかった。するとその考えに共鳴するように、両膝がいきなり震えだした。

だいたい彼は、どうして椅子に座るようにとも勧めてくれないのだろう。もしかして、わたしの膝の震え具合から、この仕事の適性を見極めようとしているのかしら。わたしはあわてて腰を下ろし、できるだけ堂々として見えるよう、顎を上げた。

「これまでの経験を教えてくれ」彼が言った。

わたしは唇を舐《な》めたくなって、そのときようやく、口の中がからからなのに気づいた。身体じゅうが汗ぐっしょりだというのに、あんまりじゃないの。

「今回の任務にふさわしい人材だと、〈テイスト・ソサエティ〉が判断しました。それで充分ではないでしょうか」

簡単に言っちゃえば、経験なんか一つもないってこと。ようするに、まるっきりゼロ。からっきしゼロ。怖いくらいにゼロ。つい最近、八カ月の集中研修を終えたばっかりで、それを除いたら、役立たずの小人の妖精《レプラコーン》と同じくらい、未熟者というわけだ。

今回の仕事は、先が見えない人生のでこぼこ道で、ある日突然、わたしに差し伸べられた救いの手だった。だがその手をつかめなければ、ドツボにはまって一巻の終わりとなってしまう。

一歩ずつよ、と自分に言い聞かせる。まずはこの仕事をゲットして、無事に遂行できるかは、そのあとで考えればいい。

彼を見つめながら、わたしは一心に念を送った。お願いだから、イエスと言って。

だが残念ながら、そうはならなかった。

「ぼくは他人の判断を信用して決断を下すことはしない。そのポリシーを、今ここで変える必要があるのかな？」

あら、なかなかいい質問だわ。でも答えは簡単、もちろんありませんとも。ことに、〈ソサエティ〉が新米を送りこんできた場合は。だけどまさか、今ここでそれをばらすわけにもいかない。そこでわたしは、イチかバチかの勝負に出た。

「ですが、効率がいいとは思います。お時間がいくらでもあるのなら別ですけど」

彼にとっては、我が身を守ってくれと若い娘に頼むより、両手の爪を全部ひっこぬくほうがまだましなのだろう。つまり、今回の依頼はなるべく先延ばしにしたいのではないだろうか。他の選択肢がすべてなくなるまで。もうこれ以上は待てないと、あきらめがつくまで。

できれば今このときが、そうであればいいのだけど。

わたしが当てずっぽうで言った言葉がきれいに着地を決められるか——彼の返事を待つ間は、あの地獄の研修にも負けないほど心臓に悪かった。

やがて彼が、態度をやわらげた。「じゃあ、きみに頼むとするかな」

わたしは止めていた息を、大きく吐き出した。最高に前向きな返事をもらえたというわけじゃない。だけど、絶望のどん底にいるときは、目の前にバラ色の世界が広がったようにすら感じる。

おまけに自尊心まで高まるとあっては、一度くらいなら、どん底まで落ちるのも悪くないかも。

彼は立ち上がると、ジャケットの内ポケットから封筒を二通取り出し、わたしに差し出した。ほのかな香りが漂う。きりりと冷たい柑橘系、そして、陽光を浴びたなめし革の匂い。

いかにも彼らしい、すてきな香りだ。胸に押しつけられていたからか、封筒はいい具合に温まっている。わたしは一瞬、妄想の世界に飛んだ。彼のジャケットの下に手を差し入れ、封筒のあった場所まで滑らせていって……。

いやだ、わたしったら。ずいぶん長いこと研修所にひきこもっていたからだろう。あのとき、人生の楽しみは全部、〝やるべきことリスト〟から除外してしまったのだから。

「この書類は、〈テイスト・ソサエティ〉から送られてきたものだ」彼が言った。「依頼すると決めたら、きみに渡すようにと言われていた。仕事のほうは、明日の朝食から始めてもらおう。だがその前に、ぼくのスタイリストをつけるから、立場にふさわしい格好をしてもらいたい」彼はふたたび、わたしの全身に視線を走らせた。「うん、丸ごと全部、変える必要があるな」

丸ごと全部って。なんて失礼な男なの。

その屈辱をじっくり味わうまもなく、彼が続けた。「こっちの封筒には、ぼくのスケジュールとスタイリストの連絡先が入っている」

「わかりました。ではこれで失礼してよろしいですか？　それとも他に何か？」さっさと出ていきたかったが、やはり訊くのが礼儀だろう。

「ああ、あと一つある。そのままじゃ肌が白すぎるな。焼いたほうがいい」

「申し訳ありませんが、それはお断りいたします」色白の肌も、赤い髪と同じくママからのプレゼントだ。

「ねえダーリン、頼むよ。ここはロスなんだ。ぼくの評判をおとしめるようなことはしないでくれ」

ダーリンですって？　なんてすてきな響きなの。だけど、ここは譲れない。「実はわたし、肌を焼いても真っ赤になるだけで、黒くならないんです。赤カブと白カブ、どちらがお好みですか？」

「日焼けスプレーを使えばいい」

「残念ですけど、アレルギー体質なんです」まったくのうそだけど、書類さえ手に入ればこっちのものだ。それに、世の中にはいろんな人間がいると教えてやったほうが、この人のためにもなる。わたしはにっこり笑った。「よろしければ白カブで。これからも末永く、美肌を保ちたいので」

彼の眉がわずかにつりあがった。少しはウケてくれたのかしら。それとも、怒らせちゃったのかしら。

「なるほど、末永くね。だけどそのわりには、スリルのある仕事を選んだもんだな」

わたしは彼のコメントを無視して、ドアへ向かった。危ない仕事という点について、否定はしない。でも彼はたぶん、ユーモアのつもりで言ったのよね？　わずか数分とはいえ、面接の間、彼にユーモアのセンスがあるとは思えなかった。だけどそんなこと、気にする必要ないわよね？〈ソサエティ〉からも、この仕事についたからといって短命とは限らない――否定する噂もないことはなかったが――と言われていたし、なによりわたし自身が、その言葉を信じたのだから。

たしかにどん底まで落ちてはいるが、自殺行為に走っているわけじゃない。ポジティブに生きているのだと、彼に印象づけておく必要がある。わたしはドアの前で立ち止まり、自分の初めてのクライアントに手を振った。「明日からご一緒できるのを、楽しみにしています」

返事はなかったが、振り返った瞬間、彼の瞳がわたしのヒップにくぎ付けになっているのが目に入った。なによ。丸ごと全部、変えるべきだったんじゃないの？

エレベーターに乗り込むと、ゴージャスな内装に向かってにんまりと笑った。ねえ、どうよ。このわたしだって、あんたに負けてないみたいよ。だが地上に、もとい、一階に戻ったころには、勝利の喜びはすっかり消えていた。初めての契約を勝ち取ったのはいいけれど、それは本来なら、一目散に逃げ出してもおかしくないような仕事なのだ。またそれ以前に、この勝利――かなり微妙とはいえ――を一緒に喜んでくれる家族や友人すら、近くにいなかった。仮にいたところで、報告することは許されていないのだけど。

アリスおばさんのため息と共に、エレベーターのドアが開いた。ロビーに向かいながら、小さくつぶやく。この仕事は、極秘任務なのだ。詳細については誰にも言えない。たとえ、最愛のママにだって。

もちろん〝極秘〟という言葉は、ときには便利な場合もある。たとえば、「どうなの、誰かいい男《ひと》見つかった?」なんていう質問に対してだったら。だけどほとんどの場合、秘密にしておくのはつらいものだ。オーストラリアの家族や親友には、いい仕事が見つかったからロスに来た、ただし職務内容は明かせないと伝えてある。だけどそれ以外の人たちはきっと、離婚した夫からなるべく距離を置きたいのだろうと思っているはずだ。

それもあながち、まちがいとは言えないのだけど。

ホームシックでこみあげる涙をこらえ、渡された封筒を開けることにした。いよいよだ。手を引くなら、これが最後のチャンスになる。あのクライアントは、しぶしぶながらもわたしに依頼すると決めてくれた。任務の詳細を確認し、〈ソサエティ〉の担当者に電話を入れたら、もう運を天に任せるしかない。

すでに覚悟は決めていたはずだった。アメリカという、地球の反対側に向かう飛行機に飛び乗ったときに。あるいはまた、この仕事のリスクを理解したうえで、八カ月もの壮絶な研修を最後までやり遂げたときに。それなのに今回は、なんだか違う。研修を受けてきた目的がとうとう現実となって、わたしのこの小さな胸に重くのしかかっているのだろうか。

だがこのビルでいつまでもぐずぐずしていたら、あの傲慢なクライアントがランチをとりに下りてくるかもしれない。わたしはまた、うんざりするような猛暑の街に戻ると、車を止めた場所を探しにいくことにした。

ロスのダウンタウンで目的地のすぐ近くに駐車をするのは、スポーツと同じだ。熟練したスキルを持つか、とんでもなく運がいいか、あるいは、ずる賢く立ち回れる人間だけが勝利をおさめる。そして、そのどれにも当てはまらないわたしは、はるか彼方をめざし、てくてくと歩きはじめた。

とはいえ、ものは考えようだ。渡された書類が手元にあるから、長い道のりも退屈することはない。

まずは、〈テイスト・ソサエティ〉からの封筒を開け、二枚の紙を取り出した。一枚目には今回のクライアント、コナー・スタイルズの個人情報が記載され、彼の顔写真が貼られていた。三十六歳、職業は私立探偵。探偵のライセンス以外に、拳銃や催涙ガスを携帯する許可証も所持している。

思ったとおりだ。誰かに守ってもらう必要なんて、どう見てもなさそうだったもの。

彼はまた、驚くほどの資産家でもあった。これも、思ったとおり。〈ソサエティ〉のスペシャル・プランを選ぶのは、ほとんどがリッチで有名な大物たちだからだ。というより、このプランの料金は、そういったセレブでなければ払えないほど高額だった。

そして、このプランの存在理由を知ったとき、わたしはロスに来て一番の衝撃を受けた。なんと、世界のエリートたちのなかには、実に恐ろしい犯罪に関わっている人間が、驚くほどたくさんいたのだ。

人類の歴史をふりかえれば、酒の上での失態というのは、数え上げたらきりがない。また、誰にとっても身近な話題であるため、なんとなく想像はつくものだ。だがドラッグとなると、話は違う。具体的な被害状況が一般にはほとんど知られていないため、過剰摂取による事故死だというニュースが流れると、世間の人たちはそれを文字通りに受け取ってしまう。かくいうわたしも、つい八カ月前まではそのひとりだった。

だが今はもう、そうした事故が、〝毒殺事件〟である可能性が高いことを知っている。そしてまた、その犯人や被害者たちが、富や権力を手にしたセレブたちであることも。

もちろん、ドラッグによる事故死がすべて、陰謀による殺人というわけではない。だがそれでも、気分をハイにするためにドラッグを楽しむ――そういう現代の風潮が、暗殺者にとって格好のカモフラージュになっていることは、残念だが否定できない。

そしてわたしの仕事は、そうした暗殺を事前に察知し、セレブたちの命を守ることだった。言ってみれば、炭鉱のカナリアみたいなもの。といってもカナリアとは違って、命を落とすことはまずない……とされている。

思い返してみると、別れた夫スティーヴには、妻のわたしを犠牲にしてもいいと考えているふしがあった。だが〈ソサエティ〉に限っては、そんなことはないと固く信じている。というのも、これまで彼らがわたしに投資した額――八カ月の研修費はすべて無料だった――は、スティーヴとは比較にならないほど大きいからだ。わたしはそのおかげで、ドラッグや毒物の風味を覚え、ほんの少量でも口にしたら、すぐに嗅ぎ分けられるようになっていた。自分の命と引き換えにする、その前に。

あくまでも、建前としてはということだけど。

わたしはごくりと唾をのみ、カナリアよりも高給をもらっているのだと、自分に言い聞かせた。それから、手に持った書類に視線を戻した。実物と同じように冷めた顔で、コナーがわたしを見返している。一介の私立探偵にすぎない彼が、どうしてうなるほど金を持っているのか。殺しの標的となるような、どんな危ない橋を渡ってきたのか。そのあたりは、あまり深く考えないようにしよう。

紙をめくって、二枚目に進んだ。申込書によれば、彼が求めているのは、〈ソサエティ〉に所属する最高ランクの毒見係——内々ではシェイズと呼ばれている——であり、〝永遠のライバルたち〟から、なにがなんでも命を守ってほしいという。わたしは顔をしかめた。なにがなんでもと言われても、わたしができるのは毒見しかないのに。そもそも、肉弾戦に自信があったら、シェイズになるほどの窮地には陥っていなかっただろう。しかたがない。このライバルたちが殺しの手段として、毒殺を選んでくれることを祈ろう。

ふたたび、資料に視線を落とした。

シェイズには、クライアントと毎日一緒に過ごし、彼らの食事を人前で口にしてもおかしくないような理由が必要になる。そのため、担当するクライアントごとに、つじつまが合うような架空の経歴が与えられる。たとえば、秘書やライフスタイルの指導者《グル》、フィットネスコーチなど、クライアントの個人的なニーズに合う人物になりすますのだ。

今回わたしは、コナーの恋人役になるらしい。

これ、まずいでしょ。

一枚目に戻り、コナーの顔写真を見つめた。にこりともしていない。今の今までは、彼の不愉快な態度もそれほど気にはならなかった。上から目線のいけすかない男だとしても、適当にあしらうことはできる。カフェをはじめ接客経験も長いから、愛想笑いを浮かべることだってなんでもない。だがそれでも、〝おサワリ〟を許すような仕事の経験はなかった。ときには、手を伸ばしてくるような客もいたことはいたが、喜んでいるふりをする必要はなかったのだ。

だがこうなってみると、研修の一環として、そっち方面の演技レッスンも受けるべきだったかもしれない。それとも、アデレードに残って、マフィンの売り子を続けるべきだったかも。

つきあたりの角を曲がると、縁石に沿って、〈ソサエティ〉から支給された車が止まっていた。シルバーのコルヴェットだ。御年十二歳だが、すばらしい美形で、以前持っていた不格好な車とは全然ちがう。だが、浮き浮きと近づいてドアを開けようとしたとき、それが助手席のドアだと気づいた。そうか、ここはアメリカだったんだわ。ロスに来てからすでに八カ月経つが、外界から隔離された研修所にいたせいで、いわゆる〝シャバ〟に出て、まだ一週間にもならない。どうやらこの国に適応するには、もうしばらく時間がかかりそうだ。今のどんくさい動きを誰にも見られてないといいんだけど。わたしは運転席にさりげなく移動し、革ばりのシートに腰を下ろした。

シートベルトを締めていると、携帯が鳴った。

「イジー？」のんびりしたママの声が聞こえた。「今ちょっと話せる？」

「もちろん。いつだって大歓迎よ」本当だ。話をしたい相手なんてほとんどいないもの。

「あら、うれしいこと言ってくれるじゃない。何か頼みたいことでもあるの？」ママのからかうような口調に、ホームシックの波が襲ってきた。

「んもう、いやねえ」

ママったらなんて鋭いのかしら。今回の仕事を引き受ければ、最悪の場合、命を落とす可能性もある。それを回避する方法はただ一つ、自分の置かれた状況を両親に打ち明けることだった。そうすれば、ふたりはすぐにでも家を売り払って、娘の借金を返済してくれるだろう。

だがそれこそがまさに、真実を両親に打ち明けられない理由だった。

ママが言った。「電話をしたのはね、きのうの夜、あなたの取引先の銀行から男の人が訪ねてきたからなの。とっても感じのいい人だったわよ」

ママのその無邪気な言葉が、わたしの胃袋をヒ素のようにじわじわとむしばみはじめた。わたしは、どこの銀行とも取引はしていない。そもそも、担保になる物を持っていないのだ。となると、その男は闇金業者にちがいない。あの会社にはたしか、一見まともに見える融資部門があったはずだ。もちろん、違法行為の隠れみのとして。

〝とっても感じのいい人〟ということは、ママには本当のことを伝えていないのだろう。

「それで、あなたの新しい連絡先を知りたいって言うの。あなたが教えるのを忘れたようだからって。電話番号だけは伝えといたわ、住所は聞いてなかったから。そうそう、住む場所は見つかったの？」

　答えようとしたが、口の中が乾いてうまくしゃべれなかった。その〝感じのいい人〟が、もしママを痛めつけたらどうしよう。経験から、あの手の人間が手加減をしないことはよくわかっていた。

「イジー、聞こえてるの？」ママの声が大きくなった。

「あ、うん。聞こえてる」

「なら新しい住所、教えてくれない？」

　わたしは唇をかんだ。たとえどんなに遠くの大陸に逃げようとも、闇金業者は必ずわたしを見つけ出すだろう。そうなればきっと、あの悪名高き取立人〝闇金モンスター〟を送り込んでくるにちがいない。だったらせめて、居場所を伝えるのを忘れることで、少しでも時間を稼ぎ、ある程度の現金を手にしておきたかった。

　だがどうやら、持ち時間はあまり残っていないようだ。

「ごめんママ、もう切らなくちゃ。ちょっと行くところがあるの。また電話するね。愛してるわ」最後は声が震えてしまった。国際電話の接続が悪いせいだと思ってくれたらいいんだけど。

　携帯をバッグに戻すと、額をハンドルに押しつけた。結局のところ、選択肢は三つしかないのだ。闇金モンスターの手にかかって殺されるか。故郷に逃げ帰って両親に助けてもらうか（まずは飛行機代を振り込んでもらわなくちゃ）。さもなくば、不安には目をつぶって、シェイズの仕事を引き受けるか。

もし、自分のせいで実家を失ったら、一生良心の呵責《かしゃく》にさいなまれるだろう。だから実際には、選択の余地などないのだ。

わたしは深呼吸を一つして、ハンドルから頭を上げた。それから携帯を取り出し、〈ソサエティ〉の担当者の番号を打ち始めた。

2

革のシートに、脚がべっとり貼りついている。応答を待つ間、エンジンをかけてエアコンのスイッチを入れた。気温は三十度に達している。故郷のアデレードだったら、〝熱中症にご注意ください〟と警報がでるだろう。

四回目の呼び出し音で、電話がつながった。「IDナンバーを」

「ああ、ジムでしょ。わたしよ、イソベル・エイヴェリー」

「おい、名前を出すんじゃない。もう忘れたのかね？　この前はきみがひどく取り乱したから、やむを得ずこっちの名前を教えただけだ」

何よ、べつに取り乱したってわけじゃないのに。規則の関係上、シェイズ同士が親しくつきあうのは許されていない。そうなると、〈ソサエティ〉のメンバーでわたしが連絡を取れるのは、このジムしかいなかった。そこでわたしは、できれば彼にとってIDナンバー以上の存在になりたくて、前回の電話で、いくつかプライベートな質問をぶつけてみたのだ。ところが彼は、機密扱いを理由に一つも答えてくれなかったので、わたしはしだいに声を張り上げていき、しまいには、受話器に向かって金属音をたてるという手段に訴えたのだった。

その結果、彼はとうとう自分の名前と、規則の範囲内という条件付きで、個人情報を一つだけ教えてくれた。ちなみに、その情報をこちらから質問することで、シェイズはいざというとき、担当者の身元を確認することもできる。実際、そういう例もあったようだ。

だがジムは、そこまでの要求をされたことはなかったようで、そのあたりもおもしろくなかったらしい。

「あなたってほんと、やさしい人よね」わたしは猫なで声で言ってみた。

彼は電話の向こうで、独り言をつぶやいている。なぜこんな新人の担当になったんだ、自分は前世ではとんでもない暴君で、今になってその報いを受けているにちがいない……どうやらそんなふうなことを言っているようだ。

「いくつか、はっきりさせておこうか」ジムが言った。「いいか。第一に、わたしはそれほどやさしい人間ではない。第二に、今後いかなる場合においても、名前でわたしを呼ぶことは許されない。そして最後に、こっちが身元確認を求めたら、必ずIDナンバーで答え、それ以外のことはいっさい口にしないように」

「はいはい、よくわかったわ。じゃあ、初めからやりなおすわね」わたしはコホンと一つ、咳払いをした。「こちら、シェイズ22703」この数字がなかなか覚えられなかった。

「面接の結果は?」

「コナー……」

ジムがさえぎった。「名前を出すなと言っただろ」

「そうだったわ、ごめんなさい。えっと、クライアントから依頼を受けました」

「そうか、よくやった。それで、引き受けるんだね？」

「はい。ただ詳細を聞いていないので、任務の期間を知りたいのですが」

「そうした情報は、電話では伝えられない規則になっている」

まあ、この人ったらほんと、規則にがんじがらめなのね。アリスおばさんとだったら、すごく気が合いそう。

「ねえ、教えてくださいな。万一聞かれたって、誰が何の話をしているかわかるはずがないわ」

「そうかもしれんな。きみが規則どおり、われわれの名前を明かしていなければ」

あら、一本取られちゃった。「お願いです。初めての任務だから不安でたまらないんです。どんな規則だって、抜け道は必ず……」運転席のすぐ脇を、一台、二台と車が通り過ぎていく。十一台まで数えたところで、ジムの声が聞こえてきた。といっても、ほんの数分だと思ったら大まちがい。ロスのダウンタウンの渋滞ときたら、尋常ではないのだ。

「わかった。だが規則を拡大解釈するのはこれが最後だからな。今回のきみの任務は、二カ月前後になる。あくまでも予定にすぎないが」

うわあ、すごい。あんなイケメンと、二カ月も恋人ごっこができるだなんて。毎日一緒に過ごし、彼が口にする食べ物を一つ残らず味わえるなんて。

離婚して以来、男性との関係がそんなに長く続いたことはなかった。

「了解です」うっかり声がうわずらないよう、注意する。「それと、あなたにもお礼を」

「いやなに、そんなこと」ジムが言った。「ああつまり、余計なことは言わんでいいから」

「了解」

「本日付けで、きみを〈ソサエティ〉に正式に登録する。それに伴い、相当額の支給も開始される」

研修中は寮で暮らし、食費や医療費を伴う生活費については、〈ソサエティ〉の丸抱えだった。だが支給される現金はおこづかい程度で、年に十万ドルという報酬は、最初の任務が決まった日から、日割り計算で支払われる。

つまり、今日から報酬の計算がスタートするわけだ。

とりあえず二カ月間とはいえ、思わず声が弾んだ。「まあうれしい、ありがとうございます！」

「礼を言う必要はない。わたしの懐から出すわけじゃないからな」

「あ、そうでしたね。だったら今のは取り消します」

電話の向こうで、鉛筆がポキンと折れたような音がした。「じゃあな、シェイズ22703」

「待って。切る前に一つだけ。あの嚙まれたとこ、ちゃんと診てもらいました？」例の、ジムの身元を確認できる個人情報だ。おへその近くを何かに嚙まれ、黄色い膿が出ているらしい。前回それを聞いて、医者に行くようにとアドバイスしてあった。

ツーツーという発信音だけが聞こえてくる。あの頑固爺さんは、電話を切ってしまったのだ。わたしはかけなおそうとして、思い直した。今日のところは、これ以上追及しないほうがいいだろう。

だが、ジムとの通話が終わってしまうと、これ以上はもう、つぎの電話を後回しにする理由がない。

わたしは大きくため息をつくと、スタイリストの番号を押し始めた。

いやな予感は的中した。延々七時間にも及ぶ苦行が続き、スタイリストですらぐったりしている。わたしのほうは、わずか九十分でハイヒールの歩行にギブアップし、代わりにビーチサンダルを買ってもらった。

といってもサンダルは五ドルしかしなかったから、問題は費用の面ではなかった。わたしを変身させる過程で、スタイリストがプランを大幅に変更しなければいけなかったのだ。たとえば、シェイズは仕事中、味覚や嗅覚を鈍らせないよう、基本的には無香料の製品を身に着ける。だがその理由を、スタイリストに告げるわけにはいかない。そこで、香料のアレルギーで片頭痛を起こすと伝えると、彼女は事前にそろえていたメイク用品をあきらめ、代替品を探して、店から店へと駆けずり回った。わたしも一緒に連れまわされたのは、腹いせのためではないかとひそかに疑っている。

唯一うれしかったのは、買い物中にフードトラックを見かけ、大好物のチュロスを手に入れたことだった。三ドルで八本という特売品だが、わたしにとってはそれなりの大金だったので、財布にはあと十三ドルと二十五セントしか残っていない。一枚だけ持っているクレジットカードは緊急時の備えだから、これ以上無駄遣いできないことだけはたしかだ。

スタイリストはチュロスを見て、高い鼻にしわを寄せた。「それ、どれだけのカロリーかわかってるんですか？」

わたしはにんまり笑った。「ええ、もちろんよ。コスパ的には最高じゃない？」チュロスの袋を鼻の下にもってくると、パブロフの犬みたいによだれが出てきた。シナモンと砂糖、揚げ油の香りを胸いっぱいに吸いこむ。なんていい匂いなの。それでも無意識のうちに、有害物質が含まれていないかをチェックしていた。うん、揚げ油を替えて一週間は経ってるけど、それ以外は問題なし。わたしはまず舌の先で全体を舐めまわし、そのあとで、端から少しずつかじっていった。

残りのチュロスは、スタイリストに見せつけるように、一気に平らげた。

わたしって案外、いやな女ね。これじゃあ彼女に、つんけんされるのもしかたがないかも。

コルヴェットを駐車スペースに止めると、一ブロック先にある居候先のアパートメントに向かった。わたしの部屋は、三階建ての最上階にある。今から約五十年前、建築ブームだった六〇年代に、価格優先で建てられた物件だ。周囲の建物とは違って、リフォームは一度もされていない。

外階段を上って玄関を開けると、緑色のかび臭いカーペットが出迎えてくれた。キッチンの床にはリノリウムが張られているが、こちらはうっかり見つめると、めまいのするような幾何学模様だ。それでも壁はほとんどが、白く塗り替えられていた。以前の住人の誰かが、狭苦しいスペースを少しでも広く見せようとしたらしい。だがどういうわけだか、バナナとパイナップルが一面に描かれたリビングの壁紙だけは、建築当時そのままに残されていた。困ったことに、ルームメイトのオリヴァーがこのパイナップルたちに目玉を描いたせいで、何とも言いようがないほど気味が悪い。特に夜遅く、その壁に黒い物影――前の住人たちが置いていった中古の家具やガラクタ類――が映ったりすると、とんでもなく怖かった。

そうはいっても、やっぱり我が家はいい。

それに、こうした残念な物件だからこそ、パームズという、あのビバリー・ヒルズやカルヴァー・シティまでわずか数分で行ける安全な町で暮らせるのだ。また家具付きという点も、ここに引っ越してくる決め手の一つになった。そのおかげでシーツを数枚買っただけで、新生活をスタートすることができたのだ。

とはいえ、両手にショップの紙袋を抱え、三階まで階段を七往復もするのはさすがに厳しかった。買い求めた服や化粧品の重さは、半端ではない。もうだめだ、我慢の限界だと思いながらも、わたしは自分を励ました。がんばれ、イジー。ラッキーじゃないの。スポーツジムの年会費も払わないで、こんなハードなエクササイズができるなんて。それに膨大な額の請求は全部、あの失礼きわまりない男、コナー・スタイルズのカードにいくのだから。シェイズが任務で必要なものをそろえる場合、その際に発生した支払いはすべて、クライアントがもつことになっていた。今思えば、買い物カゴにこっそり新しい布団カバーも入れておけば良かった。少しぐらい請求額が増えたところで、あの男なら気づかなかったに決まってるんだから。

熱いシャワーを浴び、ジャージの上下に着替えてバスルームを出た。するとそのとたん、オリヴァーの飼い猫のミャオが足首にしがみついてきた。一緒に暮らしてまだ一週間にもならないのに、このわたしを、自分の魅力で籠絡できる相手だとすでに見抜いているのだろう。わたしはしなやかな身体を抱きあげ、自分の部屋に連れていって、そのままベッドにあおむけになった。

ミャオは金緑色の瞳をぱちくりさせると、わたしのお腹のマッサージをはじめた。ぷよぷよ感が気に入ったらしい。ミャオは雌の子猫で、ほっそりして毛並みも短いため、ほとんど重さを感じさせない。グレーの毛に、くっきりした黒のトラ縞模様がチャーミングだ。背中をなでてやっていると、そのうちくったりと横たわり、黒ペンキに浸したような前足を、片方だけ顎に乗せてきた。喉を鳴らすゴロゴロという音に、今日一日の疲れが癒やされていく。

しばらく一緒に寝転がっていると、玄関のドアがキイと音をたてた。

「イジー、いるの？」ルームメイトのオリヴァーだ。

〈ソサエティ〉の寮で暮らしていたころ、あまりにも研修がつらくて、生きているのがいやになることがたびたびあった。そんなときわたしを支えてくれたのが、寮のすぐ近くにある

〈フォックス〉というパブだった。家庭的なあたたかい雰囲気のせいか、自然と心が癒やされ、あともう少しだけ頑張ってみようという気になったものだ。今にして思えば、それは雇われマスターの、オリヴァーの人柄によるところもあったのかもしれない。

オリヴァーは知的でユーモアもあるが、有名になりたいとか、金儲けをしたいとか、そういうスノッブなところは一つもなく、その笑顔を見ているだけで、心からリラックスできる相手だった。だからそんな彼が、居候代として格安の料金を提示してくれたとき、わたしは一も二もなく飛びついたのだ。ビールを原価で入手できることも考えれば、彼以上に理想的なルームメイトはいないだろう。

わたしのほうからは、少しでも喜んでもらえたらと、彼のぶんも毎日夕食を作ることを申し出た。

食べることはもちろん、料理をするのも大好きだから、それぐらいなら少しも苦にならない。

「こっちよ」わたしは答えながら、さっきから考えていたプランを実行に移すことにした。演技力を試すには、オリヴァーほどぴったりの相手はいないだろう。

彼はひょろっとした身体をドアにあずけ、床いっぱいに散乱したショップの紙袋を眺めた。「誰かさんが爆買いしたようだね。どうりで、もっとましな部屋に住む金がないわけだ」とがめるというより、おもしろがっているようだ。「ビール飲む？」

わたしはお腹の上のミャオを膝に移すと、起き上がってビールを受け取った。オリヴァーはビールを渡した手をそのまま伸ばし、眠そうなミャオの顎の下をこちょこちょとくすぐっている。その優雅でいっさい無駄のない動きは、彼の気ままな生き方にはそぐわない。だがおそらく、酔っ払いやグラスを日々扱う仕事にも生かされているのだろう。

「だけど、お酒は毎日飲んでないわよ。あなたみたいに」プラン実行の前に、ある程度アルコールを摂取して勢いをつけておいたほうがいい。

ハイスクールの演劇祭で先生がブチ切れて以来、わたしは自分の演技力にはあまり自信がなかった。それでもあのときは、意地悪女の衣装をざくざく切って、彼女のお尻を丸出しにしてやったのが原因だとばかり思っていた。だけど今回、シェイズとしてリアリティのある演技を求められ、実は自分は大根役者だったのではないかと、すごく不安になってきたのだ。

そこで、オリヴァーを相手に、演技力のアップを図ろうと考えていた。

オリヴァーはにやにやしながら、ダークブロンドの髪を瓶の首で振り払った。「知ってるだろ。ぼくはまだアデルのせいで、胸がはりさけそうなんだ。この悲しみをまぎらわせるものが必要なんだよ」

「二年も前の話でしょ」

オリヴァーはわざとらしく、傷ついたような顔をしてみせた。「心から愛してたんだよ！　イギリスからはるばるこんないかれた街にやって来たのは、彼女のせいなんだ。だからみんな、ぼくにやさしくすべきなんだよ」

彼の肌はこんがりと焼け、髪もすっかり脱色している。イギリスでは到底得られない太陽の恵みを、彼が心から愛している証拠だ。「ロスに来たのはアデルのせいかもしれないけど、いつまで経っても帰らないのは、お日さまがたっぷりの気候のせいでしょ」

オリヴァーはビールを一口飲み、肩をすくめた。「言うじゃないか。まあ実際、認めざるを得ないけどね」

「それはそうと」わたしはのんびりした口調で言ったが、心拍数は怖いほど上がっていた。「新しい仕事が見つかったわ。それに恋人もできたの」

オリヴァーの顔が輝いた。「ほんとかい？　そいつは良かった。彼の名前は？」

うん、ここまではいい感じ。「コナーよ」

「どこで知り合ったんだい？」

いやだ、そこまでは考えてなかったわ。「ええっと、ダウンタウンで。仕事の面接に行ったときよ」

「ということは、新しいボスとかそんなところかな」

「えっ、ううん。なんでそんなこと訊くの？」コナーに関する書類を出しておいたかと、あわてて部屋を見回した。ミヤオは知らんぷりだ。

オリヴァーが両手を上げた。「なんだよ、言ってみただけじゃないか。仕事欲しさでそこまでするんなら、ぼくとだっていい仲になれたかと思ってさ。どうせぼくは彼女がいないんだし。どういう意味かわかるよね」

見る限り、書類はどこにもなかった。「えーっと、わかるわよ。ごめんなさい。今日は大変な一日だったから」

オリヴァーがわたしを見つめる目には、もうユーモアのかけらもなかった。「なんだいイジー。そこまで落ちぶれてないってか」

「そうよ！」

ああ、だめだ。アドリブで失敗したハイスクールの劇と同じになっちゃう。

沈みかけた船だと思ったのか、ミャオはわたしの膝から飛び降り、部屋から駆け出していく。

オリヴァーがベッドに近づき、慎重に距離を置いて、隣に腰をおろした。「首をつっこむつもりはないよ。だけどきみ、すごくぴりぴりしてて、幸せそうに見えないんだ。新しい仕事や恋人が見つかったわりには……」

わたしはただ、首を振った。オリヴァーを納得させるような、気の利いたセリフがまったく思いつかないのだ。

「それに、コルヴェットのリース代は大丈夫なのかい。衝動買いもけっこう好きみたいだし。確実とは言えないけど、〈フォックス〉の仕事なら紹介できると思うよ」彼はそう言って、わたしの肩をぎこちなくたたき、ベッドから立ち上がった。「まあ、一晩考えてみてよ。それと今夜の夕食はいらないよ。残り物を食べるから」

彼が出ていくと、わたしはベッドに倒れこんだ。

ああ。明日からが思いやられる。

翌朝の七時、わたしは車の窓を全開にして、サンタモニカ大通りを走っていた。自分を奮い立たせようと、カーステレオを大音量で鳴らしている。朝起きたときには暴れていたオレンジブラウンの髪は、優雅なシニヨンにまとめてあった。超高級な——居候代の一週間分に匹敵する——トリートメントを、ボトル三分の一ほど使った結果で、メイクのほうも、いつもとは段違いに念入りに仕上げてある。使用する順に、スタイリストがメイク道具に番号を振ってくれたおかげだ。そのあとで、二十一世紀にふさわしい服を身に着けた。膝上六センチのレモンイエローのペンシルスカートに、とろみのあるシルクの黒いブラウス。足元は、爪先がちらりと見えるハイヒールだ。

素直に認めるのは悔しいが、われながらなかなかキマッていると思う。

自分好みに変身したわたしを見て、コナーはどう思うだろう。自分でも不思議なのは、彼が喜んだほうがうれしいのか、それともおもしろくないのかがよくわからないことだった。

とにかく今日からは、レベルDの演技力を磨きつつ、彼の恋人になりきらなければいけない。それと同時に、自分に言い聞かせる必要があった。あのコナー・スタイルズという男が、命がけで守る価値のある人物だと。

やがて、資料にあったビバリー・ヒルズの住所に到着した。半エーカーほどの敷地に、歴史を感じさせるチューダー様式の屋敷が建っている。低い石壁の奥には、シンプルな庭——手入れの行き届いた芝生のなかに、太い樫《かし》の木や楓《かえで》が点在している——が広がり、見ているだけで心地よく、気持ちが安らいでくる。屋敷の主とはまったく対照的だ。

開け放たれた門を通り抜け、ロータリー型のドライブウェイに車を止めた。木製の重厚なドアに歩み寄り、ライオンの頭のドアノッカーを打ち付ける。それから両手で、スカートの裾をそわそわと引っ張っていると、まもなくドアが開き、コナーが現れた。

その瞬間、わたしは思わず一歩下がった。

初めて会ったときの、威圧的で冷淡な男はどこにもいない。Tシャツとジーンズ姿で、シャワーを浴びたばかりなのか、短い髪が濡れている。たくましい顎には、無精ひげが少しだけ伸びていた。

「おはよう、ゴージャス」声までやわらかい。

しまった、ドレスアップしすぎたかしら。それなのにどういうわけか自分が安っぽく、この邸宅にはふさわしくないように感じてしまう。

とそのとき、コナーが身をかがめ、いきなり唇を重ねてきた。わたしは一瞬身体が固まったが、すぐにはっと我に返った。そうだ、わたしは彼の恋人役だったわ。だけど、たしか……。〈ソサエティ〉の契約書に明記されていた禁止事項を思い出した。

『唇による接触は、手、頰、首までを許容範囲とする。それ以外の部位に関しては、双方の明確な合意がないかぎり接触を禁ずる』

「頰だけにしてください」わたしはかみつくように言った。

すると彼は、唇をそのままずらし、わたしの耳のほうへ移動させた。ひげがこすれる感触に、脚ががくがくと震えてくる。

「役になりきるんだ。メイドが見ている」彼はそう言って一歩下がり、わたしをじっと見つめた。その熱っぽいまなざしに、演技だと知らなければ、本気で愛されていると勘違いしてしまいそうだ。そういえば別れた夫からも、こんなふうに見つめられたことがあったっけ。もしかして、あれも演技だったのかしら。「来てくれて良かった。これからちょうど朝食なんだ」

わたしはそう言われてようやく、自分の任務を思い出し、コナーの芝居に合わせることにした。「やあねえ、あたりまえじゃない。チュッチュちゃん」この愛称を聞いたとたん、彼の顔がひきつった。「ドーナツ一年分と引き換えにしたって、ぜーんぜん惜しくないわ！あなたと一緒にいられるんだもの」

つまりわたしの演技は、リアリティ番組の足元にも及ばない、いや、昼メロもびっくりという情けないレベルなのだ。だけどこれくらいで逃げ帰って、ミャオに泣きつくわけにはいかない。

コナーの演技は、わたしよりずっと自然だった。「とにかく入ってくれ。シェフのマリアを紹介しよう。彼女の料理はすごく美味いんだ」

彼は歩きだす前に、横目でわたしの全身をチェックし、その瞳に欲望の光を浮かべた。それから手を伸ばし、わたしの頰をなでまわした。「すっかり見違えたな」

胃がぞくぞくするのは、どうしてかしら。

「だけどぼくを呼ぶのに、あの愛称はどうかな」

きっとお腹がすいたせいで、胃袋が震えただけよ。そうよ、絶対そうだってば。

コナーのあとについて、モダンにリフォームされた広い廊下を進んでいく。やっぱりミニマリストだ。物はほとんどない。それでもハーフティンバーなど、チューダー様式独特の雰囲気は保たれていた。真っ白な壁面と、柱や梁《はり》などの黒っぽい木材が、見事なコントラストを描いている。額縁や造り付けの棚板にも同様の木材が使われ、調和のとれたインテリアを生み出していた。

やがてつきあたりのキッチンに着くと、わたしはその豪華さに目を見張り、今すぐにでもオリヴァーの夕食を作りたくてたまらなくなった。アンティークの美しい木製のガスレンジを別にすれば、すべてがリフォームされ、最新式の設備――エスプレッソ・マシンだけはなかったけど――がそろっていたのだ。わたしは全体をうっとりながめてから、ようやくキッチンの主マリアに視線を移した。

彼女は驚くほど小柄な女性で、キッチンのカウンターを問題なく使えるのかと心配になるほどだった。だが小さな身体の隅々から、シェフとしての自信がにじみ出ている。けんかでもしたら、お尻をキックされてこの家から追い出されてしまいそうだ。コナーとの契約に、マリアとの殴り合いが含まれていないのはラッキーだった。

彼女の鮮やかな花柄のワンピースには、しわひとつなかった。エプロンは糊がきいていて、靴はぴかぴかに磨かれている。歳はぱっと見ではわからないが、おそらく五十代だろう。黒いつややかな髪には白髪がちらほら交じっているし、分別のありそうな瞳を見れば、それなりの経験を積んできたように思われる。わたしはひと目で彼女が好きになった。

「いらっしゃい、セニョリータ。お腹がぺこぺこだったらいいんだけど」それに応えるように、わたしのお腹が大きな声で返事をした。マリアがうれしそうに笑う。「あら良かった」

コナーと一緒にあとをついていくと、ダイニングテーブルには、フルーツ、ヨーグルト、ミューズリー、それにクリームチーズが整然と並んでいた。

実際、この家でこれまで見たものは、すべてが規則正しく並んでいた。そういえばコナーのオフィスのデスクにも、パソコンしか置かれていなかった。彼って潔癖症なのかしら。

「ここには冷菜しか並べてないの」マリアが言った。「なんでも好きな物を作るわよ。バゲットやクロワッサンのトーストサンドはどう？　具材はお好みで。スモークサーモンとアヴォカド、生ハム《プロシュート》とブリーチーズ、ブルーチーズにイチジクやクルミもいいわね。ベーコンと卵を添えたワッフルも。そうそう、フレンチトーストもおすすめよ。どう、何が食べたい？　まずはしぼりたてのオレンジジュースとコーヒーを用意するわね。それとも紅茶にする？」

マリアが話している間、コナーがわたしの椅子をひいてくれた。他の人がいる前では、信じられないほどやさしい。

「ありがとう、マリア」コナーが言った。「ぼくはコーヒーとオレンジジュースを」

「わたしはオレンジジュースだけお願いします」ああやっぱり、アデレードに帰りたい。ロスに来てまもなく、アメリカ人のほとんどが本物のコーヒーの味を知らないと気づいた。そしてついさっき、この家のキッチンでドリップ・マシンを見たとき、コナーだけは違ってほしいという期待も、あっさり打ち砕かれていた。

マリアが足早に出ていくと、ダイニングはふたりきりになった。コナーがわたしを物欲しげに見つめている。ああ、そうだった。わたしが毒見を終えるまで、彼は何も食べられないのだ。

わたしは咳払いを一つしてから、彼に尋ねた。「最初に何を食べたいの？ チュッチュちゃん？」

彼は唇を引き結んだが、ミューズリーとヨーグルト入りのボウルを黙って差し出した。長い指で、待ちきれないようにテーブルをたたいている。わたしはそれに気づかないふりをして、じっくりと味わった。

「食材の種類が多ければ多いほど、チェックが複雑になります」説明しておいたほうがいい。自分の命が惜しければ、彼ももう少し落ち着いて待てるようになるだろう。

コナーが低くうなったので、納得したと考え、ボウルを彼の前に押し出した。すると彼は、ボウルではなくわたしの手をつかんだ。そうか、まもなくマリアが戻ってくるからだろう。

彼女が飲み物を運んでくると、コナーはわたしを抱き寄せ、長い指を二の腕に這わせた。たちまち鳥肌が立ったが、これは快感ではない、嫌悪感のせいだと自分に言い聞かせる。

「それで、食べたいものは決まったかしら？」マリアが尋ねた。

なるべく、毒見をするのが簡単な料理のほうがいい。トーストしたバターつきのクロワッサンを頼もうとしたとき、コナーが割り込んだ。

「実はね、マリア。ぼくのゴージャスな恋人は、自分では決められないタイプなんだ」わたしを愛おしそうに見つめる。「だから、そうだな。お勧めのバゲットをふたりでシェアして、そのあとワッフルをもらおうかな」

彼はそう言ったあとで、表情をまったく変えないでドヤ顔をするという、信じられない芸当をやってのけた。わたしは一瞬呆然としたが、すぐに気づいた。子どもっぽいけんかをしかけたのは、チュッチュちゃんと、彼の気に入らない愛称で繰り返し呼びかけたわたしのほうなのだ。喉から手が出るほどこの仕事が欲しかったのに、なんてばかなことをしたんだろう。だがそこまでわかっていながら、それでもまだ、彼の高い鼻をへし折ってやりたい気持ちが抑えられなかった。

いっぽうで、複雑な具材のバゲットを食べるより、もっと悪い罰はなんだろうと不安にもなっていた。

まずは、コーヒーを手に取った。あとから口の中をオレンジジュースで洗い流すためだ。すでにキッチンで気づいていたとはいえ、ひと目見た瞬間、ドリップ式で淹れたコーヒーだとわかった。表面の泡《クレマ》はなく、渋みのある、食器を洗った汚水みたいな臭いがする。それでも鼻を近づけ、口に含んでくちゅくちゅと味わい、最後に飲み下した。

「味を見るとき、鼻にしわを寄せるんだね」コナーが言った。

「でも、吐き出してはいないわ」

彼はほんの少し、眉をつりあげた。「コーヒーは嫌いなのか？」

わたしは毒見を終えたカップを、彼の前に押し出した。「これはコーヒーじゃないわ」

彼はそれを一気に飲み干し、至福のため息をもらした。「言いたいように言えばいいさ。さあ、食べよう」

料理はどれも、マリアの言ったとおりすばらしい味だった。だが、ブルーチーズだけは違った。独特のぴりっとした味わいのなかに、かすかだが、ウッドスモーク（木が燃えて発する煙）のような渋みがある。フェネラだ。強力な毒物で、泥酔状態のような症状を引き起こす。わたしは急いでナプキンにチーズを吐き出すと、正確な致死量はどのくらいだったかと記憶をたどった。

「ブルーチーズは食べないで！」そう叫んでコナーを見上げると、いつのまにか彼の顔が二つになっている。いっぽうの鼻をつつこうとしたが、空振りに終わって、意味もなく笑いがこみ上げてきた。二つの同じ顔が、同時に心配そうな表情に変わる。わたしはそれを見て、はっと思い出した。万一の場合、〈ソサエティ〉に毒物の名前を報告すれば、医療チームが送りこまれる手はずになっている。きのうの夜、デンタル・フロスを使い忘れたけど、そんなことはまあいいか……。意識がもうろうとするなか、指輪をひねり、内部に仕込まれたマイクに向かってささやいた。「フェネーーエーーラーー」うわあ。われながらほれぼれするようなファルセットだわ。

わたしったら、天職をまちがえたのかもしれない。こんな美声だったらカントリー歌手に、それも、全米を熱狂させるような大スターになれたかもしれないのに。

とそのとき、世界がいきなりぐるぐると回りはじめた。三つの頭をつけたモンスターが両手を広げ、のしかかってくる。わたしは必死で手を振って抵抗したが、やがて力尽き、椅子からへなへなとくずれ落ちた。

3

とつぜん激しい吐き気におそわれ、目が覚めた。何か入れ物はないかとやみくもに手を伸ばしたが、だめだ、何も見つからない。そこでベッドから飛び降りると、一番近くに見えたドアへと走った。お願い、どうかこれを開けたらバスルームがありますように。だがその願いもむなしく、ドアの先には廊下が広がるだけだった。しかも、とても廊下だとは思えないほどだだっ広い。しかたがない、あの正面にあるドアまで行けば、もしかして。わたしは両手で口もとを押さえ、足をひきずって歩いていった。違う、ここもトイレじゃない。トイレは、ねえトイレはどこ？　また一つドアが見えたが、あんな遠くまでたどりつけるわけがない。こうなったら。わたしはすぐ横にあったサイドテーブルに手を伸ばし、大きな壺をぐいとつかんだ。

その中に顔をつっこんで、ゲエゲエと何度も吐き出す。しばらくして人心地がつくと、ひんやりした床にへたりこんだ。脚の間に壺をはさんだまま、壁にぐったりと寄り掛かる。ちょうどそのとき、コナーが現れた。

そしてわたしはそのとき初めて、彼の演技力のすばらしさに感動した。ゾンビのようなわたしを見ても、いやな顔ひとつしない。それどころか、わたしが無事なのを見て、心からほっとしているようなのだ。

「その古い壺、気に入ったのかい。曾祖母の婚約祝いなんだ」

わたしはうめき声をあげ、さらにぐったりと倒れこんだ。

「気にしなくていい。とんでもない性悪女だったと聞いている」コナーはそばに来ると、壺を上手によけてわたしを助け起こした。「ベッドに戻ろうか」

それからわたしをかつぐようにして、さっきまで寝ていた部屋へと向かった。それにしても、身体にまったく力が入らない。よくぞここまでひとりで歩いてこられたと思うほどだ。

「なんなの、このばかみたいに広い廊下は」わたしはぶつぶつとつぶやいた。

部屋に着くと、コナーがベッドに寝かせてくれた。「もしまた気分が悪くなったら、バスルームはそこだから」彼が指でさしたのは、部屋にある別のドアだった。

またしても、わたしはうめいた。この部屋にはドアが二つしかないのに、はずれのほうを選んだらしい。そして同じく、仕事選びもはずしたようだ。

「もう少し休んだほうがいい。二時間もすれば回復するはずだ」

つぎに目が覚めたのは、携帯が鳴り響いたせいだった。頭がぼんやりしたまま、通話ボタンを押す。

「ミズ・エイヴェリーですか？」

「あ、はあ」

「よかった。こちらは〈カモノハシ金融〉のサマンサ・ニールソンです」

〈カモノハシ金融〉とは、例の闇金業者の隠れ蓑だ。わたしはここに、十万ドル以上の借金があった。ステファン・ヴァレンティノ（またの名をスティーヴあるいはスティーヴォ）と生涯を共にすると誓ったとき、まさかその結婚生活が一年しかもたず、その代償を残りの人生をかけて払うことになろうとは、思いもよらなかった。

あれは新婚ほやほやの頃、スティーヴが突然、二十万ドルの融資を受けたいと言いだした。ふたりの愛の巣を購入するため、〝確実に儲かる〟と勧められた株に投資したいという。そんな話を鵜呑《うの》みにするなんて、たしかにわたしもどうかしていた。だが弁解させてもらうと、その融資というのが、悪徳金融からの借金だとは知らなかったのだ。それに、ヴァレンティノ家に代々伝わる絶品のパスタ、そして、エプロンしか着けていないセクシーなスティーヴ――この二つの合わせ技で、わたしはすっかり彼に骨抜きにされていたのだ。

ところがスティーヴの思惑ははずれ、株式市場は急落した。そこで彼は、妻のわたしに借金の半分を押しつけるべく、離婚を思いついたというわけだ。おかげでわたしは、十万ドルの借金を背負うはめになり、開業したばかりのカフェの運営費すら払えなくなった。そして二カ月後、マフィンの売り子として格安の賃金で働きながら、こわもての借金取りに追われる身となったのだ。今思うと、あのパスタのレシピだけでも手に入れておけば、この借金地獄から抜け出せたかもしれない。

「九カ月間、まったく返済をされていないのをご存じかしら？」フレンドリーな口調で、とてもフレンドリーとは思えない闇金業者が言った。

「失礼ですが、お探しの人ってミズ・エイヴェリーでしたっけ？　その人は――」

「あなたがミズ・エイヴェリーだということはわかってます。この件で何度もご連絡して、お声はよく存じあげてますから」

「それ、勘違いじゃないかしら。今、風邪をひいてるのでふだんと声が違うんです」くしゃみをうまく出すテクニックってあるのかしら。

「お母さまのところに弊社の者が伺って、この番号を再度確認したほうがよろしいでしょうか。その場合、連絡を取りたい理由をお話しせざるを得なくなりますけど」

わたしは顔をしかめた。「わかったわ。降参よ。だけどわけを聞いてくれない？」

「ミズ・エイヴェリー、国外に逃げたとしても、返済が免除されるわけじゃありませんよ。アメリカにいらしても、わたしどもは必ず見つけだしてみせます。たとえ、法的手段に訴えてでも」

ご冗談を。法的手段の範囲とは到底思えないんですけど。だけど、その具体的な――殴る蹴るという――方法を口にしないということは、案外そのつもりはないのだろうか。いやいや、それは甘いだろう。なにしろ相手は、海千山千の犯罪組織だ。電話越しに、違法とわかる脅迫行為をするわけがない。「わかってます。お金を返さないですまそうなんて思ってません。ただ――」

「それを聞いて安心しました、ミズ・エイヴェリー」

わたしは身体を起こし、食いしばった歯をこじあけた。「ミズ・ニールソン、実はもう一ついいお知らせがあるんです。今ちょうど、特別な研修を終え、お給料のいい仕事についたところなんです。だから、どうぞ返済のほうもご心配なく」

十五%というばかげた金利のため、マフィンの売り子の時給では、延滞金の返済すらままならない。ましてや借金そのものを減らすなど、どう考えても無理な話だった。ちなみに借金の額は、十万ドルから十万五千ドルに増えており、わたしの返済意欲を刺激するため、これまでにも何度か、〈カモノハシ金融〉から取立人が送り込まれていた。だからこそ、極秘任務の勧誘を〈ソサエティ〉から受けたとき、何を迷うことがあろうかと飛びついたのだ。なにしろ、最初の任務についたその日から、三百六十五日働けば十万ドルがもらえるというのだから。だがあのときはもちろん、仕事の詳細についても、〈ソサエティ〉がどういう組織なのかも、ほとんど知らなかった。そして実をいうと、今でもまだ、この組織の正体を本当に知っているとは言えなかった。

そうはいっても、最初の給料日がいつかは知っていた。「二週間後には、延滞金をほぼ完済できます。きのうから仕事を始めているので」

「返済に向けて努力されていると聞いて、大変うれしいですわ。ですがミズ・エイヴェリー、わたしどもには、あなたの予定に合わせてのんびり待つ余裕はありませんの」

「たったの二週間よ」

「いえ、本来の返済日からは九カ月と二週間です。新しいお仕事についたのなら、会社から前借りするわけにはいきませんの？」

「残念ですけどミズ・ニールソン、それはちょっと難しいかと」

「でしたらミズ・エイヴェリー、支払い遅延の罰金がさらに加算されることになります」

「罰金ですって！」わたしは悲鳴を上げた。「残念ですけど、もう切らなくては」

「わかりました。お話できて良かったですわ、ミズ・エイヴェリー。では、新しいご住所の連絡をどうぞお忘れなく」

わたしは急いで電話を切った。うっかりまずいことを口走るわけにはいかない。〝支払い遅延の罰金〟というのが、どうか、殴る蹴るを表す符丁ではありませんように。なんだかひどく胸騒ぎがする。いずれにしろ、今の住所は死んでも教えるわけにはいかない。

この件はしばらく考えなくてもすむよう、心の片隅にある小さな穴に突っ込んでおくことにした。考えるべきことは、他にいくらでもあるのだ。ぐったりとクッションにもたれると、ベッドがやけに大きいことに気づき、背筋に冷たいものが走った。まさかこのベッド、コナーのじゃないわよね？あわてて周りを見回してみたが、これまでに見た他の部屋と、特に変わらないように見える。スタイリッシュな家具、抽象画の油絵、オブジェの飾られた造り付けの棚。これでは区別がまったくつかないので、しかたなく、枕のにおいをかいでみた。ああ、やっぱり。まちがいなくコナーのだわ。だけどそれよりまずいのは、わたしの息がまちがいなくゲロ臭いことだった。

そこでベッドをおり、バスルームに向かったが、シャワー自体がなかなか見つからない。ふと、小さな段差につまずきそうになって、そこでようやく、広々とした一角が全部シャワーブースだと気づいた。仕切りのガラス板もカーテンもない。見たところ、蛇口もシャワーヘッドもない。だが壁のボタンをいくつか押していくうち、天井からいきなりシャワーが落ちてきた。あわてて服を脱ぎすて、口の中に歯磨き粉を絞りだし（新品の歯ブラシが見つからなかった）、シャワーに向かって口を開けると、指一本でごしごしと歯をこすりはじめた。

できれば頭は濡らしたくなかった。ヘアケア用品もメイク道具も、何一つ持ってきていないのだ。だが天井からシャワーが降ってくるのではなすすべもなく、あっというまに髪が濡れ、ちりちりに縮れてきた。せっかく高級なヘアムースで固めてあったのに、文字どおり水の泡だ。せめて顔だけはと必死でガードしながら、ブースにあるボトルを手あたり次第に使っていく。やがて、身も心もすっきりとよみがえった。

だがそこで、替えの下着がないことに気づいた。

選択肢は二つしかない。何も着けずに、大空を舞うワシのように自由に飛び回るか。それとも、コナーの下着を一枚拝借するか。なかなか難しい選択ではあったが、たとえ彼の物だとしても、完全にフリーでいるよりは落ち着くだろう。特に、短いスカートの場合は。

そこでわたしは下着の入った引き出しを開けながら、これはコナーへの罰だと考えることにした。この家には、ゲストルームがいくらでもあるというのに、わざわざ自分の部屋にわたしを運んだのだから。

コナーのブリーフはきれいにたたまれ、色別に整理されていた。これは相当レベルの高い潔癖症にちがいない。もし誰かがこの引き出しを見て、そのあとでわたしの散らかった部屋を見たら、おそらくふたりの恋人関係に疑問を抱くだろう。

ブリーフをはき、ブラウス、スカートと身に着ける。だがハイヒールはさすがにはく気にはなれず、裸足のまま廊下に出た。良かった、例の壺は誰かが片づけたようだ。

「すみません、誰かいますか？」

返事がなかったので、キッチンに歩いていった。あのブルーチーズを思い出すだけで、胃がむかむかする。それでも、まもなく吐き気がおさまるのはわかっていた。研修では、シェイズとしてマスターすべき毒物を、どれも数回は口にしていた。単独ではもちろん、料理に混入された状態でも感知できるようにするためだ。だがその際もほとんどの場合、解毒剤すら与えられなかった。それぞれに特有の風味を覚えるだけでなく、実際に症状を体感する必要があるからだ。

そのため、八カ月の研修中、胃痙攣《けいれん》や嘔吐、激しい下痢に何度も苦しめられた。

並の人間だったら、この地獄の研修を生き延びることはとうてい不可能だろう。けれどもシェイズの候補生たちは、毒物への抵抗力が一般人より格段に強いとされていた。特殊な遺伝子変異PSH337PRSを保有しているというのだ。

ただ、〈ソサエティ〉がどのようにして、こうした極秘の遺伝子情報を入手したかは、候補生には知らされていなかった。少なくともわたしは、特別な検査を受けた覚えはない。実は研修中にも、候補生の間でこの話題が出たことがあった。さまざまな意見が出たものの、最終的には、世界各国の病理学研究所と不正な取引をしているのでは、という結論に落ち着いた。つまり、通常の血液検査をする際、多額の金と引き換えに、この遺伝子変異の存在を確認させているというのだ。

またシェイズは、こうした遺伝子変異だけでなく、桁はずれの味覚と嗅覚を持っており、そのおかげで毒物を見分ける能力が特別に優れていると聞かされていた。でもわたしは、候補生の条件として、人生に行き詰まるような、桁はずれのどんくささが含まれているのではとひそかに疑っていた。この手の仕事において、〝死に物ぐるい〟というのは、遺伝子の変異に匹敵するほど重要だと思われるからだ。いずれにしろ、〈ソサエティ〉がうさんくさいことだけはまちがいない。

だがそれでも、吐き気が少しずつおさまるにつれ、わたしの食欲はよみがえってきた。冷蔵庫を漁ろうとも思ったが、まもなくランチの時間だ。その前に少し、コナーの家のなかを探検することにした。

そう、わたしは探求心旺盛でもあるのだ。

とはいえ屋敷内がとんでもなく広いので、戦略的に動くことにした。まずは玄関に戻り、そこから一つずつ、すべての部屋をのぞいていく。思ったとおり、どの部屋もセンス良く、きちんと整理され、無駄なものはいっさいない。どんなに粗探しをしても、場違いなものは一つもなかった。

そのうち、コナーの書斎らしき部屋に行き当たった。デスクの上にはオフィス同様、マックブック・プロがあるだけだ。そのあまりの徹底ぶりににやりとしたとき、背後にコナーが現れた。

「何か探し物かな?」

わたしはばつの悪さをごまかそうと、わざと元気よく振り返った。「あら、もうランチの時間?」

自分が裸足のせいもあって、彼の背の高さに驚く。

「ああ、そろそろだ」

「あの、〈ソサエティ〉に報告はいかなかったのかしら。わたしがマイクで――」

〈ソサエティ〉の規則では、それが何であれ、有毒物質を摂取したシェイズは、ドクターの診察を受けることになっていた。万全を期すためであり、リスクの高さや摂取量には関係ない。今回健康上の問題は特になかったが、〈ソサエティ〉から何の連絡もないのはおかしい。指輪に仕込まれたマイクが壊れていたのだろうか。

「その件はランチのときに話そう。予定が急遽《きゅうきょ》変更になった」コナーはいきなり振り向くと、大股で歩きだした。

「なぜあなたのベッドにわたしを運んだの?」わたしはあとを追いながら、コナーに尋ねた。

「少なくとも四つはゲストルームがあるでしょ」

コナーは振り向きもしなかった。「忘れるなよ。きみはぼくの恋人役じゃないか」

「だったら、恋人の視点から知りたいことがあるの。どの部屋もきれいすぎて——」

「それが何か？」

「なんていうか、恥ずかしがらずにほんとのことを教えてほしいの。恋人なら知っとかないと……」

「はっきり言いたまえ」

「その……つまり、あなたは強迫神経症なの？」

「ちがう」ダイニングに着くと、コナーはわたしのために椅子をひいた。「秩序ある状態が好きなだけだ」

わたしは試しに、目の前の卓上塩を少しだけ左に動かしてみた。

だがコナーは、冷めた目でわたしを見ているだけだ。「ランチはマリア自慢のハンバーガーだ」

ハンバーガーか。今回はさすがに毒は入っていないだろう。たしかに研修では、セレブたちが毒を盛られるのは、日常茶飯事だと聞いていた。ただそうはいっても、まさか任務について最初の食事に毒が入っているとは思わなかったし、ターゲットのコナーが平然としているのも不思議でならなかった。よっぽど慣れているのだろうか。だけど、わたしはそうじゃない。今さらながら、現実の世界は研修とはちがうのだと、こわくなっていた。

気を取り直し、毒見をする手順を考えてみた。ハンバーガーは一部分だけでなく、いくつかに切り分け、それぞれを一口ずつ食べたほうがいいだろう。殺しのプロであれば、料理全体ではなく、ごく一部の、限られた部分にだけ毒を盛ることも可能だ。とはいえ、そのわずかな部分に致死量を混入するのは、そう簡単ではない。極めて毒性が強く、なおかつ、無味無臭の物質に限定されるからだ。また万一クライアントに症状が現れても、同じ部分をシェイズが食べて毒物を特定すれば、解毒剤を処方できる。ようするに、死に至る可能性はごく稀《まれ》なケースと考えていいのだ。だが当然ながら、その〝ごく稀なケース〟に、自分が遭遇しないとは限らない。

わたしは鬱々とした気分を紛らわすため、コナーの顔にこっそり目をやった。卓上塩のわなに耐えようとする苦痛の表情が、ほんの少しでも見られないかと期待したのだ。だが彼は、これまで見たことのない顔つきでわたしを見つめていた。

真剣で、上から目線のところはどこにもない。

「きみには、正直に言わないといけないな」

心臓が一瞬、止まりそうになった。自分の部屋には監視カメラがついている、おまえが下着を盗んだのはわかっている――そう言われるのかと思ったのだ。

だがつぎに聞いた言葉は、それよりはるかに心臓に悪かった。

「実はぼくも、〈テイスト・ソサエティ〉の人間なんだ」胸の前で、彼が腕をくんだ。

「はあ？　なに言ってるの？」

「いいから、黙って聞いてくれ。候補生たちは全員、実際のクライアントに派遣される前に、まずは疑似的な任務につくことになっている。きみにとっては今回のぼくの案件がそうだ。研修以外で、つまり実地でもシェイズとしてやっていけるか、それを確認するためで、言ってみれば、最終的な実務試験というわけだ。これをクリアして初めて、シェイズとして正式な任務につくことになる」

一気に食欲が失せた。ミズ・ニールソンとの会話はまだ記憶に生々しく、吐き気がふたたびこみあげてくる。わたしにはシェイズの仕事が、どうしても必要なのに。この町に来るため、なけなしの金をはたいて、家族や友だちとも別れてきたのに。もしもシェイズになれなかったら……。いいえ、待って。ということは、アデレードに帰る方法について、もうあれこれ悩む必要もなくなるのかもしれない。

飛行機の積み荷として遺体を搬送するのは、どれくらい料金がかかるんだろう。両親のことを考えれば、エコノミーのチケット代より安いといいんだけど。

ううん、今は気持ちを強く持って、この男に言うべきことを言ったほうがいい。わたしは感情的にならないよう、声を抑えて言った。「なぜ前もって教えてくれなかったのかしら。こんなに遠くまで来て、八カ月間も毒を食べつづけ、それでもまだ仕事につけない場合もあるんだってことを」

ああだめだ。声に怒りが出まくっている。フェネラによる中毒症状は、ほとんど消えているはずなのに。

コナーの表情は、話を切り出す前とまったく変わらなかった。「少し落ち着くんだ。正直言って、きみには感心してるんだよ。口にしてすぐ、フェネラに気づいたからね。毒見役としての能力は問題ないと思う。最終試験にもたぶん合格するだろう。課題としては、もっと役柄になりきること。それともう一つ、礼を失するような態度はやめたほうがいい」

左のまぶたが、ぴくぴくと痙攣した。この高飛車な男は、二日にわたってわたしをもてあそび、社命とはいえ、故意に毒を盛った。おそらく借金が何たるかも、わたしの人生を自分が握っていることも、わかっていないのだろう。

「礼を失する？」声にはまだ、怒りがにじんでいた。「きのう、わたしの外見やらなにやらに口出ししたのは、あなたのほうでしょ。それにすぐに気づいたとはいえ、わたしがゲロで苦しんだのは、あなたが毒を盛ったせいよね。そのあなたが、失礼なことをするなってわたしに言うわけね？」

「まあ、そんなところだ」コナーは無表情な顔にもどっている。

だがわたしの顔は、無表情とはほど遠かった。「〈ソサエティ〉の人間なら、せめて解毒剤を飲ませてくれても良かったんじゃない？」

コナーは口ごもることすらしなかった。「ちょっと問題が起きたんだ。それで、きみへの対応をどうするかで時間が必要だった」

呆然として彼を見つめた。「だったら、本でも読めと言っとけばよかったじゃない。あなた、どうかしてるんじゃないの？」

彼は黙ったままで、まばたきすらしない。わたしの言葉は何一つ、胸に響かないのだろうか。わたしが冷静になるのを、待っているのだろうか。

わたしは気持ちを静めようと、深呼吸をしてみた。だが思ったほど役には立たない。「わたしのほうも、態度をあらためる必要はあるかもしれない。だけどあなただって、もう少しやりようがあったんじゃないかしら。百歩ゆずって、ゲロを吐かせるのは最終試験のために必要だったかもしれない。だけど、苦しむわたしにバケツを持ってくるとか、下着の替えを持ってくるように事前に言っておくとか。ねえ、どれも簡単なことじゃないの?」

わたしの髪が濡れていて、それなのに、吐く前とまったく同じ服を着ていることに、コナーはたった今気づいたようだ。それからわたしの股間あたりに視線を移し、瞳孔を広げた。

「下着を着けていないのか?」

喉から、激しくむせる音がした。「それが答えって、どういう神経してるのよ!」

彼はわたしと目を合わせ、出会ってから初めて、心からの笑みを浮かべた。

4

わたしから笑みが返ってこないことに気づくと、コナーはすぐビジネスモードに戻った。

「最終試験のことだが、なぜぼくがきみに明かしたのか疑問に思わないか？　この試験のことは、合格してシェイズになった者たちにも知らされることはない。試験の存在自体が噂として流れてはまずいからだ。だからきみにも、この件については黙っていてほしい」

それはわたしにも、よくわかった。とはいえ、〈ソサエティ〉からはこれまでもいろいろ、口外無用だとくぎを刺されてきた。他にもまだたくさん、秘密があるのだろうか。

〈ソサエティ〉の過剰とも思える秘密主義について、今まではそれほど気にはならなかった。両手を尖塔の形に合わせ、クスクスと笑い合って、薄暗くした部屋で〝ごっこ遊び〟をしたいなら、どうぞ勝手にやってよと思っていた。二週間おきに、お給料をきちんと払ってくれるかぎりは。人の命を守ってるというんだから、別に問題はないわけだし。

だがこうなってみると、研修所で飛び交っていたさまざまな憶測に、もっと注意を払うべきだったのかもしれない。コナーはわたしをじっと見つめながら、返事を待っている。

「了解」わたしは言った。「決して漏らしません」

「うん、いいだろう」

この男が、〝チュッチュちゃん〟よりもっといやがる呼び名はないかしら。

「シェイズの最終試験を担当するのは、ぼくの仕事のほんの一部だ。正式には、調査部門のチーフをやっている」

好奇心が、怒りを押しのけた。「調査ってなんの？」

コナーがわたしの目を見返した。「いいか、これから言うことはすべて極秘事項だ。何か一つでも外部に漏れたら、きみは即座に不合格となる。わかったな？」

わたしは返事に詰まった。誰かに漏らすつもりはない。だがオリヴァーで試した自分の演技力を思い出すと、秘密を隠しとおす自信がなかった。だけどここで、ノーと言えるわけがない。「了解」

「よし」コナーはうなずいてから、話し始めた。「毒殺事件、特に未遂事件で、いわゆる大物が絡んでいる場合は、世間に公表されないことが多い。そしてその調査を任されているのが、ぼくたち〈ソサエティ〉なんだ。当然すべてが秘密裡に行われるから、政府や警察内部でも、そうした事件や〈ソサエティ〉のことを知っているのは、ごく少数の人間に限られている」

まあ、そうでしょうね。

「調査の結果、ぼくたちが犯人を法的機関につきだすのは、被害者が亡くなったときと、確証をつかんで地方検事に引き渡す場合だけだ。もちろん警察やＦＢＩの中には、この取り決めがおもしろくない人間もいる。だが毒殺の分野ではぼくたちほどのスキルがないため、いちおう折り合いはついてるんだ」

まあ、そうでしょうよ。まだ不信感はぬぐえないものの、思った以上に〈ソサエティ〉が強大な組織であること、またそれゆえ、法的機関でさえ、彼らにやりたいようにやらせていることは理解できた。

「それで、そうした調査をするのがぼくの主な仕事なんだ。これは、クライアントに提供するサービスの一環でもあって、毒殺を未然に防ぐのがシェイズの仕事、いっぽう調査員の仕事は、未遂犯を見つけ、再犯を防ぐことなんだ。〈ソサエティ〉には、彼らに関する膨大な情報が保存されたデータベースがある。もちろん極秘扱いだ」

「なるほど。それならなぜ、わたしに話したの？」

「ついさっき、ぼくが緊急に対応すべき事件が起きたんだ。だが困ったことに、きみの最終試験を引き継ぐ人間が見つからない。そこで、きみに選んでもらいたいんだ。ぼくの調査に同行し、それを最終試験の代わりとするか。あるいは、別の人間が試験を担当できるようになるのを待つか」

「待ってる間も、お給料はもらえるの？」

コナーが両肩をすくめた。「だとは思うが、確認したほうがいい」

別の試験官のほうが、コナーよりやさしいかもしれない。恋人役より、簡単な役をもらえるかもしれないし。だけどさらに何週間も待ったとして、その試験官が合格点をくれるとは限らない。それにもし、試験再開まで給与の支払いが保留となったら、その間どうやって食べていけばいいのだろう。

「エイヴェリー、早く決めろ」

んもう。なんてジコチューなの。他の試験官のほうが、コナーよりはきっとましだろう。だけど、闇金モンスターが来るのをじっと家で待つなんて、あまりにもつらすぎる。守ってくれるのは、不気味なパイナップルたちとミャオしかいないのに。だったらこのまま、試験を続行したほうがいいかも。事件とかいうのにも、ちょっと興味があるし。

それに今のわたしには、あれこれ悩む時間があるほうが精神的にもよくない。

「試験続行でお願いするわ。で、どんな事件なの？」

コナーが唇を引き結んだ。たぶん、わたしから逃げられたらラッキーだと思っていたのだろう。「あるシェイズが、毒物を摂取して意識不明になった。今朝のことだ。初めは、睡眠薬のアンビエンを盛られた、たいした量ではないと彼女から報告が入った。それでも規定通り、〈ソサエティ〉からドクターが派遣され、眠っている彼女をしばらく見守っていたそうだ。ところが二時間後、彼女は突然ひきつけを起こし、急遽〈ソサエティ〉のクリニックに搬送されたんだ。今は医療的な処置によって、昏睡《こんすい》状態に置かれている。だが、アンビエンを中和する薬が効かないため、予断を許さない状況だ」

コナーのかかとが床をこすった。そのシェイズを心配しているの？　それとも説明するのが面倒でいらだってるの？

「問題は、彼女がアンビエンだと勘違いしたのか、それとも、さらに別の毒物も摂取したのかがわからないことなんだ。そのため、可能性のある毒物を片っ端から検査しているが、すべて終えるまでに十日近くはかかるらしい。だがドクターの話では、彼女はそれまでもたないだろうと」

わたしは椅子の背に深くもたれた。「どういうこと？　他の解毒剤を試してみたら？」

「彼女の状態がひどく不安定なんだ。的はずれの解毒剤を与えたら、死ぬ可能性もある」

「だったら、彼女が口にしたものを別のシェイズが毒見したら？」

コナーが首を振った。「〈ソサエティ〉の規則でね。毒物の特定は、彼女がやっておくべきことだったんだ。もしそれが新種の毒物だった場合、適切な解毒剤もすぐにはわからない。そんな状況で、シェイズをまたひとり危険にさらすわけにはいかないからな。それに摂取したのが遅効性の毒物であれば、彼女が直前に食べたものを毒見したところで意味がない」

わたしは呆然と彼を見つめた。まさかこんなことが起きるとは思ってもみなかった。だからこそ、あれほど厳しい研修だったのか。だからこそ、特別の遺伝子を持った人間だけがシェイズになれるわけか。任務中にシェイズが死ぬことはめったにないと聞いていたのに。

〈ソサエティ〉の言うことを、素直に信じたのがばかだったのかもしれない。研修所で飛び交っていた噂の一つに、毒物に強い遺伝子変異など存在しない、というのがあった。それらしき情報がネット上に見つからないからだ。だけどあのころのわたしは、考えても無駄なことだと聞き流していた。だってそれ以外に、わたしが候補生に選ばれる理由があるだろうか？　その疑問は、いまだに胸の中でくすぶっていた。それにもし、大物たちの毒殺事件を、平然と闇に葬り去るような強大な組織であれば、ありもしない遺伝子変異をでっちあげるなんて、そんなみみっちいことをするだろうか。

だが今は、そんなことを考えてもしかたがない。それに、今回の事件はかなり例外のようだし、意識不明とはいえ、そのシェイズだってまだ死んだわけじゃない。

「彼女に残された時間がドクターの言うとおりなら、ぼくたちが今すべきことは、犯人を見つけ出し、何の毒かを白状させることだ」コナーが言った。「望みはまだある。きみとぼくとで、彼女を救うんだ」

わたしはひじ掛けをぎゅっとつかんだ。ゲットしたと喜んでいた仕事が試用期間だと知ったのは、ほんの数分前のことだ。そして今、その仕事は、聞かされていたよりもはるかに危険だとわかった。だが自分の命はさておき、誰かの命が、このドジで無能なわたしの手に——全部とは言わないまでも——ゆだねられているのだ。そんなプレッシャーに耐えられるだろうか。わたしは、コナーの真剣な顔を見上げた。「ふたりでとは言っても、ほとんどはあなたがやるんでしょ？」

彼の唇が、ぴくりと動いた。「ああ、そうだ」

その直後に、マリアがハンバーガーを運んできた。タイミングが良すぎる。もしかして、ドアのうしろで聞き耳をたてていたのだろうか。だとしたら、コナーの仕事が何であるかも、すべて承知しているのだろうか。

わたしはハンバーガーを毒見して、その皿をコナーのほうへ押しやった。自分のハンバーガーには手をつけなかった。食欲がまったくない。紅茶を一口飲んでから、自分の知識を総動員して、犯罪の調査方法を考えてみた。だがその作業は、あっというまに終わった。なにしろわたしの知識の九割は、刑事ドラマや推理小説から仕入れたもので、残る一割は、違法すれすれのことをやっているらしいパパに教えられたものなのだ。

「容疑者はいるの？」

コナーはハンバーガーにかぶりつきながら答えた。「ありがたいことに、山ほどいるよ。セレブが標的の場合はいつもそうだ。難しいのは、それを絞り込んでいくほうだな。残された時間はあまりないんだから」付け合わせの料理を皿に残したまま、彼は立ち上がった。「まずは、本来の標的となった人物に会いに行こう。事件の概要は、行く途中で説明するよ」

わたしは口いっぱいに紅茶をふくみ、彼を小走りで追った。途中でハイヒールをはいたせいで、歩くスピードが一気に落ち、ずいぶん遅れて車にたどりついた。

彼の車は、どこにでもある黒いＳＵＶだった。

「ずいぶん独創的じゃない」

「目立ちたくないからね」

豪華なシートに腰を下ろし、彼の話に集中しようとしたが、うまくいかなかった。自然乾燥した髪が爆発していないか、吐く息にゲロのにおいが残っていないか、気になってしかたがないのだ。出がけに玄関の鏡をちらりと見たが、すぐに、見なければよかったと後悔していた。

「クライアントの名前は、ジョッシュ・サマーズ。聞いたことがあるかも――」

「超有名シェフじゃない！」思わず声を上げた。ジョッシュ・サマーズはさわやかで、ぜひとも会ってみたいタイプのセレブだ。マクドナルドでハンバーグをひっくり返すバイトから始め、今やアメリカだけでなく、ヨーロッパでも有名なシェフのひとりだった。ここロスに、ミシュランの二つ星のレストランを構え、自身の名前を冠したテレビ番組にも出演している。彼のサクセス・ストーリーは、今のわたしの支えにもなっていた。マクドナルドでハンバーグを焼くのと、アデレードでマフィンを売るのにたいした違いはない。それにジョッシュは現在四十四歳で、わたしより十五も年上なのだ。それを考えれば、今は極貧のわたしでも、将来の夢を大きく持っていいのだと思えてくる。

ジョッシュのすごいところは、それだけではなかった。セレブの立場を生かし、慈善事業にも熱心に取り組んでいるのだ。財団を作って料理学校を運営し、貧困家庭の子どもが将来プロのシェフになれるよう、育成しているのもその一つだった。

「そのとおり。ジョッシュが〈ソサエティ〉に依頼してきたのは、一カ月ほど前のことだ。申込書によると、二つのルートから命を狙われているらしい。まずは、そのあたりを訊いてみるとしよう」

貧しい子どもたちを支援する彼を狙うなんて、どうかしている。それに、世界でも指折りの天才シェフを失ったら、人類にとっても大きな損失になってしまう。どうしても世の中から消えてほしいなら、彼を拉致して、一生お抱えのシェフとして働かせたほうがいいのに。わたしなら絶対そうする。悪党だって、もっと現実的に考えればいいのに。

「たったの二つ？　容疑者は山ほどいるって言ってたじゃない」

「だから、手始めにということだ。その二つを調べたあと、掘り下げていけばいい」

わたしは頭を振った。なんだか、ウサギの穴にでも落ちてしまったような気分だ。そこでは、現実の世界では想像もつかないようなことが起きていて、「こやつらの首をちょんぎってしまえ！」と権力者たちが顔を真っ赤にして叫んでいる。そして、そのターゲットとなった人間の首が刎ねられないよう、シェイズたちが身を挺して戦っているというわけだ。どうしよう。今さらだが、とんでもない世界に足を踏み入れてしまったようだ。

ジョッシュの家はウエスト・LAの丘にあり、サンドストーンの外壁が美しい豪邸だった。これまでパシフィック・パリセーズを訪れる機会はなかったが、わたしはひと目見て気に入った。それぞれの敷地が驚くほど広く、また傾斜地ということもあって、ダウンタウンではすっかり失われた開放感に浸れるのだ。事件の調査でなかったら、のんびり自然の美しさを堪能したいくらいで、故郷のアデレード・ヒルズに戻ったような錯覚さえ覚える。建ち並ぶ豪邸があるかないかは、別だけど。

だが玄関のドアが開いたとたん、懐かしい故郷から現実に引き戻された。

そこには、知的なグリーンの瞳の紳士ジョッシュ・サマーズが立っていて、苦しげに顔をゆがめていた。無理もない。誰かが彼の死を願い、その身代わりとなって、ひとりの女性が今にも死にそうだというのだから。

とりあえずわたしは、彼女に死にそうな状態でいてもらうため、できることをするしかない。

「彼女の容態は？」〈ソサエティ〉の調査員だとコナーが名乗ると、ジョッシュは開口一番こう尋ねた。ちなみにコナーは今回、わたしを恋人ではなく、〈ソサエティ〉の同僚としてジョッシュに紹介した。

「予断を許さない状態ではありますが、今は安定しています」コナーが答えた。「彼女を救うためには、何の毒かを特定することが先決です。あなたにはぜひ、全面的な協力をお願いしたい。うそはなし、隠しごともなしで」

コナーの直球の言葉を、ジョッシュはまっすぐに受け止めてくれた。「もちろんです。でもまずは入ってお座りください。それなりに長くなりますから」

わたしたちは、吹き抜けになったリビングルームに案内された。正面には、高さ五、六メートルほどの大きな窓が広がり、サリヴァン・キャニオン・パークの絶景が見渡せる。アースカラーのラグや、いくつもの観葉植物によって、美しい自然がよりいっそう身近に感じられた。

「どうぞお座りください」ジョッシュが言った。「それで、何をお話しすれば？」

景色をほめて、コナーが時間を無駄にすることはなかった。「ダナが毒を盛られた状況を教えてください」

ダナという名前を聞いたとたん、わたしは目の前に広がる渓谷美を忘れ、恐怖に顔がひきつった。うそよ、まちがいだと言って。たまたま同じ名前だったと言って。

ジョッシュは目を閉じ、眉根を寄せた。「遅めの朝食をとっていました。ちょうどこの場所で。料理はぼくが作りました」そこで、ごくりと唾をのんだ。「昨夜は遅かったので、ふたりとも疲れていました。それで朝はのんびりしようと……」声がしだいに小さくなっていく。ふたたび、彼の喉ぼとけが動いた。

コナーはひと言も言わなかった。だんまり合戦に出れば、まちがいなく優勝するだろう。

「それで、レモン・ブラックベリー・スフレができあがって、ダナがまず毒見をすると言いました。もちろんいつものことなんですけどね。ただ今朝に限っては、急いで食べるようにと、つい彼女をせかしてしまったんです。自分が食べるとき、スフレが冷めているのはいやだったので」そこで言葉を切ると、苦痛にゆがんだ顔でコナーを見つめた。「もしやそのせいで、ダナはじっくり味わうことができなかったのでは？ ちがいますか？」

わたしはコナーの表情をこっそり観察したが、同意も非難も浮かんではいなかった。とはいえ、彼が何を考えているのかわからないのはいつものことだ。

「ダナはどれくらいスフレを食べましたか？」コナーはジョッシュの質問には答えず、そう尋ねた。

「三口ぐらいかな」

「わかりました。続けてください」

「スフレをのみこんだあと、ぼくに笑いかけたと思ったら、すぐに指輪に向かって何かつぶやきました。それから自分で床に横たわると、そのまま眠ってしまったんです。それでぼくはもうびっくりして、〈テイスト・ソサエティ〉の緊急連絡先に電話したんですよ。そうしたら、一応ドクターを行かせるが心配はいらない、そのうち目が覚めるだろうと言われたんです」そのときのことを思い出したのか、ジョッシュの手は小刻みに震えている。「十分後にドクターがやってきて、一緒にダナをゲスト用のベッドに運びました。そのあと彼から、ふだんどおりの生活を続けるようにと言われました」

コナーはポケットからよれよれのメモ帳を取り出し、手早く書きとめている。彼のことだからゴージャスな革製かと思ったが、一ドルショップで売られているようなリングノートだった。

「そのあと、どうしました？」

「ドクターに言われたとおり、いつもと同じように過ごしました。すでに〈テイスト・ソサエティ〉から調査チームが来ていて、あちこち写真を撮ったり、スフレはもちろん、朝食に使った食材をすべて持ち帰ったと思います。混入されたアンビエンの量を調べれば、犯人に殺人の意図があったかどうかわかる、そう言ってましたね。そのあと外出を許可されたので、自分の店に行きました。しばらくして、メニューをシェフたちと相談しているときに電話が入り、ダナがクリニックに緊急搬送されたと知りました。毒殺未遂事件として調査を始めるとも」

コナーはまたいくつかメモを取った。速記なのか、解読不能の文字が並んでいる。「ダナの代わりの、新しいシェイズはもうこちらに来ていますか？」

「ええ、ケイレブですね。ぼくの専属トレーナーということになっています。でも食欲はまったくありませんね」

ひと目見ただけで、彼の苦悩が伝わってきた。肩はこわばり、絶えず両手が震えている。

「これ以上、あなたにできることはありません」コナーがジョッシュに言った。「ダナはあなたを守るためにここに来て、やるべきことをやったまでです」ジョッシュの胸にしみこむよう、言葉を切った。「事件の背後にいる人物を見つければ、ダナは死なずに済む。それどころか、またシェイズとして復帰できるかもしれません。もしあなたの命を狙ってもおかしくない人物がいるなら、どうぞ教えてください」

ジョッシュはため息をつき、椅子の背にもたれた。それでも肩はこわばったままだ。

「そうですね。それほど敵を作ったつもりはないんですが……。一番可能性が高いのは、あのオーガニックフードのチェーン・ストア〈ホールサム・フーズ〉かな。実は二カ月ほど前、あの店の商品の不買運動《ボイコット》を表明したんですよ。福利厚生費を節約するため、社員を全員パートタイマーの扱いにしていると知ったんでね。で、それ以降、売り上げが大幅に減少したと聞いています」

「誰か特定の人物ともめたことはありませんか？〈ホールサム・フーズ〉の関係者で」

「いえ、それはありません。ぼくもいきなりボイコットを表明したわけじゃないんです。まずは労働条件を見直すよう申し入れ、そのときに、西部地区のトップであるマックスウェル・イエーツに会いました。もちろん彼は憤慨していましたが、脅すようなことはありませんでしたね。むしろ、紳士的でしたよ」

コナーは不満そうにうなった。「他に、心当たりの人物は？」

「そうだなあ。ちょっと思いつかないなあ」

「それ以降、イエーツでなくても、〈ホールサム・フーズ〉の人間から連絡はありませんでしたか？」

「連絡ですか……。ああ、そうだ。クリスマス・パーティの招待状ならもらいましたよ。びっくりしましたけどね」

ジョッシュのせっかくの軽口も、空振りに終わった。案の定コナーが、何の反応も返さなかったからだ。

ジョッシュはようやく、コナーが答えを待っていると気づいた。「いいえ、連絡はありません」

「じゃあ、他に誰か得をする人物はいますか？　あなたに何かあった場合」

「そうですね」ジョッシュは額をさすった。「もしかしたら、アルバート・アルストレムというシェフかもしれない。ぼくは今年の夏、カリフォルニア料理コンテストで優勝したんですが、そのせいで、アルバートに相当恨まれているようなんです。彼の三連覇を阻んだということでね。脅迫をされたとか、そういうことはありません。でも知り合いの審査員の話では、文句をつけてきただけでなく、結果を不正操作した、訴えてやるとまで言ってきたそうです」

彼はそこで口をつぐんだ。自分の命を狙う人間が他にもいるかどうか、考えているのだろう。

もしそんな質問を受けたら、わたしだったら何人挙げられるだろう。まず思い浮かんだのは、闇金モンスターだ。それから、小学二年のときにひっぱたいてやった意地悪女も。向こうが先にたたいたとはいえ、やっぱりわたしを恨んでいるだろう。あとは、シェイズの研修でわたしをライバル視していた女も……。

「慈善団体については遺言でも触れてるから、まあぼくが死んだら、得をするとも言えるが……。でも今後も寄付は続けるつもりだから、長い目でみれば、ぼくを生かしておいたほうがメリットは多いはずだ」

コナーがうなずいた。どうやらジョッシュと同じことを考えていたようだ。わたしはと言えば、慈善団体がお金のために殺人をおかすなんて、考えてもみなかった。この短期間で、学習曲線がすごい急カーブを描いているような気がする。

「他にはどうです？」

「いや、思いつくのはそれくらいですね」ジョッシュは少しいらだっているようだった。

コナーは黙って彼を見つめていたが、答えがかえってこないので、続けて尋ねた。「プライベートでは何も？　ご家族の関係は？」

「家族はいません。天涯孤独ってやつですね」

ジョッシュが寂しそうに言ったので、わたしは気の毒に思った。どんなに仕事で成功しても、どれほどの富と名声を手にしても、ひとりぼっちという事実は変わらない。貧しくても家族に囲まれて暮らすか、豪邸にひとりで住んで何不自由なく暮らすか――どちらかを選べと言われて、悩む必要があるだろうか。愛する家族と引き換えにしてまで、欲しいものなんてあるわけがない。あ、でも、アリスおばさんだったら現金と取り換えてもいいかも。

「たとえば、昔の恋人は？」コナーが尋ねた。「以前なにかあった相手でもいい。金以外の動機からも考えてみてください」

「いません」ジョッシュがこぶしを握り締めた。だがほんの一瞬だったので、まばたきをしていたら気づかなかっただろう。

実を言うと、わたしは人の心を読み取るのはあまり得意なほうではなかった。すご腕のセールスマンであり、ポーカーの名手としても知られるパパの洞察力を、残念ながら受け継がなかったらしい。だからこそ、別れた夫スティーヴにもまんまとだまされたのだと思っている。そういえば、パパは彼が大嫌いだったっけ。

だがそんなわたしでも、ジョッシュが必死で怒りを抑えているのはわかった。ただそれが、無神経なコナーへの怒りなのか、それとも苦い思い出に対する怒りなのか、そのあたりはわからなかった。

「ひとりの女性の命が懸かっている、それを忘れないでください」コナーが言った。

「よくわかってますよ」そっけない言い方ではあったが、それでも彼がダナに対して、どれほど責任を感じているかはよくわかった。自分に飛んできた銃弾を、女性が身代わりとなって受け止める——そんな経験をする男性はそうそういないだろう。それに気のせいだろうか、ダナとジョッシュの間に何かあったようにも感じる。もしその勘が当たっていれば、彼の苦しみはよりいっそう深いはずだ。

コナーが立ち上がった。「それでは、朝食を作った場所を見せてください」

ジョッシュのキッチンが見られる。わたしは興奮のあまり、心臓が跳ね上がった。

ジョッシュが先に立って案内し、すぐうしろにコナーが続く。はやる気持ちを抑えながらも、わたしはコナーのかかとを何度も踏みそうになった。

「食材は誰が揃えるんですか？」コナーが訊いた。

「タリアです。ぼくは貧しい家庭の子どもを対象に料理学校をやってるんですが、彼女はその卒業生なんですよ。だから食材の選び方は完璧だし、無駄な買い物をすることもない。真面目ですごくいい子なんです。彼女が今回の事件に関係しているとは思えません」

廊下のかどを曲がり、キッチンを目にしたとたん、わたしはその場に立ち尽くした。淡い大理石のカウンターが部屋の中央に広がり、天窓からの光を浴びて、まぶしいほどに輝いている。また四方の壁に沿って、世界でも最高峰と言われる電化製品や調理器具がずらりと並んでいた。手彫りの取っ手が付いたシネッソ社のエスプレッソ・マシン〈ハイドラ〉だけでも、わたしの全財産よりはるかに価値があるだろう。たとえコルヴェットを含めても……。ってあれは、わたしの私物じゃなかったっけ。まあとにかく、この〈ハイドラ〉のおかげで、快感とはどんなものだったかをひさしぶりに思い出すことができた。

だがコナーは、キッチンを見ても眉一つ動かさなかった。「例のスフレを作るのに使用したものを教えてください」

即座に答えが返ってきた。「六インチのソースパン、調理用ミキサーとボウル、愛用のスパチュラ、それとスフレ型のココットが二つ。どれも、〈テイスト・ソサエティ〉の人たちが持っていきましたよ。詳しく調べるからと」

ジョッシュの言葉を聞いて、長年の疑問が解けた。やっぱりトップ・シェフは、計量カップやスプーンは使用しないのだ。だが残念ながら、ダナを救う手がかりにはならなかった。

「材料は？」コナーが訊いた。

「小麦粉、バター、ミルク、卵、レモンの皮、それに生の、新鮮なブラックベリーです」

アンビエンは、そのブラックベリーに混入していたにちがいない。錠剤もあるが、液剤であれば、ブラックベリーと同じ香りがする。

もちろん、ダナの報告がまちがっていなければの話だが。ブラックベリーのせいで、アンビエンだと勘違いした可能性もないことはない。

「それぞれの材料を最後に使ったのはいつだったか、わかりますか？　今回初めて封を切ったものもあるんでしょうか」

ジョッシュはすべて、すらすらと答えた。

コナーはそれを書き留め、考えながら言った。「なるほど。そうなると、毒はここ十日の間に仕込まれたことになる。この家の鍵を持っている人間、それと、過去二週間に出入りした人間の名前をここに書いてください。わかる範囲で結構です。わたしはその間、防犯システムを調べてみます」

彼はペンと紙をジョッシュに渡し、廊下へ向かった。

だがわたしは、その場をすぐ離れる気にはなれなかった。何の取り柄もないわたしと比べ、ジョッシュはセレブのなかのセレブだ。とはいえ、やはり同じ人間で、ダナに責任を感じ、ひどく動揺している。それなのにコナーは、いたわりの言葉一つかけようとしない。これじゃあジョッシュはまるで、浮かない顔をしたサボテンと同じじゃないの。「あの、ミスター・サマーズ。お会いできて光栄でした。もしこんな状況でなければ……」

ジョッシュがペンを走らせる手を止め、わたしを見つめた。「ありがとう」

「ダナのことはあなたの責任ではありません、そうでしょう?」

「うん、ありがとう」さっきよりやわらかな口調だった。

それからまたリストに戻ったので、わたしは〈ハイドラ〉を最後にもう一度拝んでから、コナーのあとを追った。

部屋をいくつか通り過ぎてから、ようやく彼に追いついた。「何を探してるの?」

コナーが振り向いたとき、その顔に浮かんだ表情の微妙な変化を、わたしは見逃さなかった。最初は、なぜわたしがここにいるのかという驚き。続いて、ああそうだった、この問題児を同行させていたのだという脱力感。わたしは危なく、こっちだってあんたに好きでくっついてるわけじゃないわよ、と言ってやりたくなった。だけどそれを言ってはおしまいだ。シェイズになれるか否かは、彼の手にかかっているのだから。

しばらく黙っていることで、ふたりの間の緊張感をやわらげることにした。

やがてたっぷり十五秒は経ったあと、コナーが視線をはずした。「この家に忍び込むのがどれくらい難しいかを調べてるんだ。調査チームによれば、敷地内の複数の監視カメラには、特に不審な人物は映っていなかった。だがそれは裏を返せば、カメラに映らずに侵入できるような、相当高いスキルを持つ犯人だとも言える。つまり、その手のプロということだ。あるいは、カメラに映っていてあたりまえの、ジョッシュにとって身近な人間だとも考えられる」

ふむふむ、たしかに。「ちなみに、なぜジョッシュにわたしを同僚だと紹介したの？ 恋人役をマスターしろって、あんなにお説教したくせに」

「なぜだと思う？」

「もしかして、プロらしく毅然としていることを学ぶため？ 落ち込んでいるクライアントを前にしても」

「そのとおりだ。だがジョッシュの家以外では、恋人役のほうがいいだろう」

「了解」

コナーは調査に戻り、屋敷内への侵入手段や、屋外の防犯システムを調べ始めた。わたしは彼のうしろをついてまわったが、ひきしまったお尻を見つめるだけで、何の役にも立たなかった。

手伝いたいのはやまやまだが、何をすればいいのかわからないのだ。

「なかなか難しいが、不可能ではないな」ようやくコナーが言った。

わたしは最初、〝コナーのお尻を見ないでいること〟について、彼がコメントしたのかと思った。だがそのあとすぐ、屋敷内への潜入のことだと気づいた。

「となると、実行犯はやはりプロの殺し屋か、屋敷内にいても不自然じゃない人間だろう。監視カメラをかいくぐり、しかもまったく痕跡を残していないわけだから」

自分も同じ考えだったと言わんばかりに、わたしは大きくうなずいた。

「ジョッシュのところに戻ろうか。何人くらい思い出せたかな」

ふたたびコナーのお尻を見ながら、キッチンに向かった。できればダナの苗字を訊きたかったが、事件現場にいる間は、仕事の邪魔はしたくない。

コナーはジョッシュからリストを受け取ると、そのまま折り畳んで、よれよれのメモ帳に挟んだ。「大変助かります。ところで、玄関のスペアキーはなくなってませんか？」

「ええ、ありますよ。もともと一つだけですが」

「屋敷内に？　それとも屋外ですか？」

「家のなかです。長いこと有名人をやってるんで、セキュリティもそれなりに気をつけてますから」

コナーはうなずきもしない。「それでは、ここ二カ月でどこかの鍵をなくしませんでしたか?」

「いいえ」

「そうですか。では今日は、これで失礼します。調査が進んだら、また何かお尋ねするかもしれません」

ジョッシュは玄関まで送ってくた。別れ際、こんなわたしでも役に立ったというように、あたたかい握手をしてくれる。キッチンにいる時間が長いせいか、やけどや切り傷の跡が、手のひらにたくさん残っていた。わたしはあらためて思った。彼はすさまじい努力の末に、トップ・シェフの座をつかんだのだ。そうした、世界でも指折りのシェフをせっかく訪ねてきたのに、彼の料理を一口も食べずに帰るなんて、あまりにも残念すぎる……。

だが考えてみれば、残念がっている場合ではなかった。ジョッシュが作った料理を最後に口にしたのはダナで、その彼女は今、昏睡状態にあるのだから。

車に戻るとすぐ、コナーに尋ねた。「ダナの苗字はなんていうの?」

「ウィリアムズだ。それがどうかしたのか?」

わたしはいきなり、パンチを食らったような気分になった。まさか、あのダナだったなんて。「彼女、研修所の講師だったの。最初の一カ月だけだったけど」

まったく知らないシェイズが死にそうだと聞いただけでもつらいのに。ダナがいたから、最初の苦しい時期をのりこえられたのに。厳しい研修も、ホームシックの寂しさも。

研修のクラスは、わたしを含めて全部で十一人だった。そのうちの三人は、セレブの腕にぶら下がっていい思いをしたいだけの女の子で、研修がスタートして二週間で、ふたりが脱落した。他には、わたしには絶対に英語を話そうとせず、意思の疎通が不可能だった外国人が五人。そういえば、苦虫をかみ潰したような顔の男もいたっけ。ガムみたいにして、人生に何度もぐちゃぐちゃにされ、最後にぺっと吐き捨てられたような感じの。あとひとりは、歳が近そうだったから、友だちになれるかもしれないと少しだけ期待していた。でもあの女、ライバル心をむきだしにして、大事な選考試験の前に、わたしに毒を……。

だけど、ダナだけは違った。歳は二十五でわたしより若かったけど、シェイズとしてすでに何年も働いているせいか、しっかり者で、いつもあたたかく接してくれた。

「研修って、毎日毒を盛られているようなもんでしょ。この八カ月を生き延びたら、実際の仕事なんて楽勝よ」ダナは笑いながら、励ましてくれた。

しばらくして、そのダナが新しい任務につくと聞いた。わたしはすっかり落ち込んだが、彼女が研修所を出ていったその日、ベッドの上にチョコレートの大箱を見つけた。高級チョコショップ〈ヘーグズ〉のもので、ダナがわたしのために、わざわざオーストラリアから取り寄せたものだった。

喉にこみあげてくるものを、ぐっと飲みこんだ。彼女を救うチャンスがほんのわずかでもあるのなら、どんなことでもしよう。たとえ、コナーが許してくれなくても。

「思うんだけど、ジョッシュは何か隠してるんじゃないかしら」わたしは言った。

コナーが応えなかったので、さらに続けた。

「つまりね、あのふたりは、シェイズとクライアント以上の関係だったんじゃない？ それにジョッシュは、大事なことだとわかっていて、話さなかったことがあるような気がするの。たぶん、プライベートなことで」

コナーが眉をつりあげたので、わたしの鋭い観察力に感心したのだろうと思った。だがそれは、とんでもないまちがいだった。

「女ってのはほんと、おとぎ話みたいなロマンスが好きなんだな。別に、そういう関係を禁止する規則はないけどね」グレーの瞳が、思わせぶりにわたしの目を見つめた。「クライアントと遊ぶのは自由だ。ただし、任務が終わった時点で終わりにしてもらう」

わたしはいつのまにか、こぶしを握り締めていた。ジョッシュがコナーにいらついたのも無理はない。

「あなたに一つ、ためになることを教えてあげる。それも無料で」わたしは言った。「〝関係〟っていう言葉は、身体の関係だけを指すんじゃないの。あのふたりの関係は、なんだかとても込み入っているような気がするのよ。ジョッシュはダナと知り合ったばかりでしょ。それなのにすごくつらそうで、責任を感じているみたいだった。何か事件に関係があるんじゃないかしら」

コナーは無言のままだった。

でもこれから言うことは、彼にも関係がある。

「念のために言っとくわね」わたしは続けた。「クライアントと関係をもつって話だけど、わたしは絶対に、仕事と遊びをごっちゃにするつもりはないわ」

絶対にと言い切れるかは、実は自信がなかった。だとしても、早いうちにくぎを刺しておくに越したことはない。それに今のところは、コナーの顔写真とダーツの投げ矢さえあれば、充分楽しめそうだった。

「肝に銘じておくよ」

しばらくの間、エンジンの音しか聞こえなかった。

「考えてみれば、きみの言うとおりだな」ようやくコナーが言った。「ああ、ジョッシュが何か隠してるって話だよ」

思わず笑みがこぼれないよう、唇を引き結んだ。

「どんなに立派な人物でも、長く生きていれば、プライベートの問題で恨みをかうのは避けられないものだ。だがジョッシュが容疑者として挙げたのは、業界の人間か、彼が死んだら金が入る人間だけだった」コナーの声が低く、鋭くなった。「実を言うと、ぼくはセレブと言われる人種はあまり信用していないんだ。人の命より、自分の評判を大事にする奴らがほとんどだからね。まあ今はとりあえず、ジョッシュをよく知っている人間に話を聞くしかないだろうな」

「そんな人、どうやって見つけるの？」

コナーはポケットからジョッシュの書いたメモを取り出し、わたしに手渡した。「あの家の鍵を持つ人間だよ。読み上げてくれ」

メモに書かれていた名前は、悲しくなるほど少なかった。「ダナとタリアだけだわ。メイドさえ信じてないのね」

「よし、タリアに話を聞きにいこう」

5

タリアの家は、ロスの北西部ミッド・ウィルシャーにあった。とても可愛らしい、スパニッシュ様式の家だ。前庭には、カラフルな花をつけた木々や植え込みがあり、シンボルツリーとしてレモンの木が植わっている。

玄関に着くとすぐ、アフリカ系アメリカ人の女性がドアを開けた。二十代半ばだろうか、ミステリアスな瞳とセクシーな唇の持ち主で、つるんとした滑らかな頬に、小麦粉がくっついている。タリアにちがいない。ロスの人たちはどうして、みんながみんなこんなにも魅力的なんだろう。なんだか少し、腹が立つ。アメリカの他の地域では、肥満で苦しんでいる人がたくさんいるというのに。

だがタリアはどうやら、自分がゴージャスな美女だとは気づいていないらしい。わたしはその無邪気な笑顔を見て、嫉妬した自分が急に恥ずかしくなり、また彼女がいっぺんで好きになった。キッチンから漂う、美味しそうなにおいのせいもあったかもしれない。

「こんにちは、マダム。私立探偵のコナー・スタイルズといいます。ミスター・サマーズの依頼を受け、内密に調査しているんですが、中でちょっとお話をうかがえますか?」

タリアの笑顔が消えた。あたりまえだろう、いきなりマダムなんて呼ばれたら。彼女は着古したエプロンのポケットに触れ、わたしに視線を向けた。

「ああ、わたしの恋人のイソベルです。一緒に車に乗ってたもんですから」コナーはきまり悪そうに、わたしをちらりと見た。「今日は仕事が休みのはずだったんで」

タリアがいぶかしげにわたしを見たので、両肩をすくめた。「彼に急に仕事が入っちゃうのは慣れっこなの。だからこうやってくっついて、デートがわりにしてるってわけ」

同情したのだろう、タリアが顔をゆがめたので、いっそう彼女が好きになった。

「あの、いいにおいがするけど、ブラウニーかしら？」ハンバーガーを食べそこなってお腹がすいていた、というのもある。だがとにかく、抜群に美味しそうなにおいだった。

数分後、わたしは満面の笑みを浮かべ、ブラウニーにかぶりついていた。うん、これはダークチョコレートね。オーブンから出したばかりで、真ん中の部分がねっとりしている。ああ、幸せ。このまま死んでもいい……。二切れ目にかじりついたとき、コナーもお腹がすいているはずだと気づいた。

「あなたも食べる？」わたしは歯型のばっちりついたブラウニーを差し出したが、彼が無言で首を振ったので、咀《そ》嚼《しゃく》を再開した。

家の中は、外観よりさらに魅力的だった。木枠の窓から午後の陽ざしが射し込み、インテリアの基調である、ぬくもりのある白と黄色が際立っている。さらに、花柄とストライプを組み合わせたことで、心が浮きたつような雰囲気が生まれていた。ダイニングのテーブルにつくと、正面のサイドボードに飾られた生花や、たくさんの写真立てが目に入った。家族写真のほかに、同僚のシェフたちと厨房で写したものが数枚ある。恋人や夫の写真はないようだが、ひとり身を満喫しているのだろうか。経験から言わせてもらえば、なかなかいい選択だと思う。

わたしはブラウニーをもう一切れつかむと、ふたりの会話に耳を傾けた。コナーがジョッシュのことをあれこれ尋ねているが、慎重に言葉を選び、ダナが本当はジョッシュの恋人ではないことや、シェイズの存在については上手にごまかしている。だが残念なことに、タリアは質問されればされるほど、口が重くなっていくように見えた。たぶん刑事みたいなのが好きじゃないのだろう。コナーって、そういうにおいをぷんぷんさせてるもの。

できればわたしも質問したかったが、コナーがいやがるにちがいない。とそのとき、彼の携帯が鳴り、発信者を確認して言った。「ちょっと失礼します。緊急みたいなんで」

彼が出ていくのを見送ったあと、ブラウニーをほおばりながら、わたしはタリアに話しかけた。「こんな美味しいブラウニー、食べたことないわ」別に、無理をしてほめたわけではなかった。またいつかカフェを開くことがあったら、ぜひメニューに加えたい。ブラウンシュガーとビタースイート・チョコの風味が、コスタリカ産のコーヒー豆によく合いそうだ。

タリアに笑顔が戻って、上目遣いにわたしを見た。「ありがとう。世界一のシェフに教わったの」

「それってジョッシュのことね。あなた、彼の料理学校の卒業生なんでしょ？　彼ってほんと、立派な人みたいね」

「ええ、そうなの」タリアはテーブルクロスをいじりながら頭を上げ、真剣な表情で言った。「これまで出会ったなかで、最高の男性よ」

わたしはテーブル越しに手を伸ばし、彼女の落ち着きのない手を握った。「ねえタリア。コナーはちょっと強引だけど、ジョッシュの味方よ。今回の事件の本当の標的は、ジョッシュだったと思ってるの。だから犯人を急いで見つけないと、また彼が狙われる可能性があるのよ」

わたしの手のひらの下で、タリアの手がこわばった。

「コナーがあなたを質問攻めにしているのには理由があるの。人って案外、大事なことを言わないのよね。たいして重要じゃないと勝手に思いこんでて。もちろん、単に忘れていて、訊かれて初めて思い出す場合もあるわ。コナーも今はまだ、何が大事かわからないから、できるだけたくさんの情報を集めたいのよ」われながら、すごく説得力があるような気がする。

タリアが小さくうなずいた。

わたしは彼女から手を放し、さらに続けた。「ジョッシュのことをあなたほど知っている人はあんまりいないんじゃない？　ねえ、彼のこと教えてくれないかしら。言いたくないことは無理しなくていいから」

彼女はわたしの顔を探るように見た。「ええ、それだったら」

わたしはブラウニーを口いっぱいにほおばり、彼女が話しだすのを待った。

「初めてジョッシュに会ったのは六年前よ。運よく、彼の料理学校に通えることになって。学校での彼は、いつもすごく気さくだったわ。だけど卒業後、食材の購入を任されて、あれって思ったの」そう言って、ブラウニーで皿をなぞり始めた。「やさしいのは変わらないんだけど、とにかく仕事が命なの」そこで言葉を切った。

「それは別にいいんじゃないの」わたしは言った。

「ええ、そうなんだけど。でも仕事中毒というより、誰のことも信じてない感じなのよ。ジョッシュのもとで働いて四年になるけど、彼の家族や友だちには一度も会ったことないわ。ダナが初めてよ」タリアはまたも、わたしの反応をうかがった。「ここだけの話だけど、わたし、シェフの仕事だけでも充分やっていけるの。食材を買う仕事を続けてるのは、彼のそばにいてあげたいから。だから、自分からお願いしたの」ちょっと肩をすくめた。「ばかみたいでしょ。でも彼は寂しがりやだから、そばにいてあげたらうれしいんじゃないかって」

「ちっともばかじゃないわ。彼はあなたのこと、誰よりも信頼してると思う」

タリアはようやく、ブラウニーを放した。皿の上を何周もさせられ、縁がぼろぼろとくずれている。

わたしは脳みそをかきあつめ、コナーが訊きたそうな質問をしてみた。「あなたにこんなこと訊くのもなんだけど、ジョッシュの命を狙いそうな人に心当たりある？」

「そうねえ。ライバルのシェフたちなら、もしかして」

「具体的に言うと？」タリアはすぐに首を振った。「それか、プライベートでは？」

タリアはしばらく考えてから、口を開いた。「つきあっていた人は何人かいたようだけど。誰とも長続きしなかったみたい。ご主人のいる女性もいたと思う」

「名前はわかる？」

「いいえ。さっきも言ったけど、彼の恋人に直接会ったことはないの。ダナが初めてね。食材を届けに寄ったとき、雰囲気で誰かいるんじゃないかなって思っただけで」

つぎは何の質問をしようか考えているうち、ジョッシュから渡されたメモのことを思い出した。「ジョッシュの話だと、ここ二週間に家に出入りしたのは、メイドと庭師、それにあなたの三人だけらしいけど。他に誰か見かけなかった？　不審な物とかでも」

「いいえ。ディスポーザーの修理の人が来たけど、あれはたしか三週間以上前だったわ」

うーん、コナーだったらもっとうまく質問ができそうなんだけど……。あ、そうだ。それで思い出した。「ねえ、コナーから訊かれたと思うけど、あの家の鍵を誰かに貸したことない？　それか、知らないうちにスペアキーを作られたとか」

「それはないわ。なくしたら気づくもの。他の鍵と一緒にキーホルダーについてるから。わたし、ひとり暮らしなの」

飾ってある写真を見ても、うそじゃないだろう。質問できることはさすがにもう……。とそのとき、昔パパに聞いたことを思い出した。相手にイエスかノーかで答えてもらうより、自由に話をしてもらったほうが欲しい情報が手に入るという。そこで、最後にこう尋ねてみた。「他に何か、役に立ちそうなことはないかしら。関係がなさそうでも、たいしたことに思えなくてもいいの。念のために教えてもらえれば」

タリアが首を振り、ゴールドのイヤリングが音をたてた。だがその直後、彼女は身をこわばらせ、両目を見開いた。「そうだ、思い出したわ。ファンレターの整理を二年前からやってるんだけど、ときどき、脅迫状みたいなのが交じってるのよ。そんなのはあたりまえだ、気にすることはないってジョッシュは言うんだけど、一応とってあるの。持ってきましょうか？」

「ええ、ぜひお願い」

つい勢い込んで言ったので、タリアは不安そうな顔になった。

「あ、だから念のためよ。ジョッシュが言ったとおり、ほとんどは無害だと思うけど……」

手紙を取りにタリアが部屋を出ていったところで、コナーが戻ってきた。

「まだ戻ってきちゃだめ」手を振って追い払う。「ようやく打ち解けてきたとこなんだから」

「わかってるよ」コナーは悪びれもせず、肩をすくめた。「電話が終わってから、部屋の外で聞いてたんだ」

わたしは彼をにらみつけた。

「手紙を受け取ったら終わりにするんだ。ジョッシュについて、これ以上タリアから聞き出せることはもうないだろう。うっかり個人的なことを訊いて、せっかく築いた信頼を失ってもいけないしな。ぼくたちも、まだ他に行くべきところがあるし」コナーは急ぎ足で部屋を出ていった。ドアの向こうで、聞き耳をたてるつもりだろう。

タリアが戻ってきた。手紙がぎっしり詰まった箱を持っている。「これはファンレター用の箱なの。メールもいっぱいあるから、あとで転送するわね」

「ええ、ありがとう」わたしは自分のアドレスを教えると、立ち上がった。「ほんとに助かったわ。それに、ごちそうさま。ブラウニー最高だったわ」

タリアは初めて、わたしとしっかり目を合わせた。「少しでも役に立てたんならいいけど」そう言って、わたしの腕に触れた。「イソベル、何かわかったら連絡してくれる？　ジョッシュのことが心配なの」

コナーが許してくれるかはわからない。それでも大きくうなずいた。「ええ、そうするわ」ふと思い立って、タリアをすばやくハグする。それから、彼女の香り――生花と小麦粉とブラウニーのブレンド――をまとって、コナーのあとを追った。

後部座席に手紙の箱を置いたあと、助手席に乗り込んだ。満足げな顔で、コナーがわたしを見つめている。

「何がそんなにうれしいの？」

「きみをこの事件に引き入れたことだよ」

うそをついているか、何か企んでいるかだ。

「なんで？」

「ジョッシュ宛のいやがらせの手紙《ヘイトメール》に、目を通してもらおうと思ってさ。今夜一晩かけて」

これまでにないほど、声がはずんでいる。「それに、そのスカートをはいてると目の保養になるよ」

なるほど、わたしを厄介払いできたってことね。怒りがこみあげ、身体がかっと熱くなった。だが今はどうしてもダナを助けたかったし、ヘイトメールのほうが、オリヴァーから借りたSFの本よりは楽しめるだろう。セクハラ発言のほうも、一度くらいならしかたがない。こっちもたっぷり、彼のお尻を鑑賞させてもらったわけだし。それに、ゴージャスなタリアと会ったあとの発言だから、少しは自信をつけてもいいのかも。

「あら、それはどうも」

彼がますますうれしそうな顔になった。「そうそう、できれば鏡を見たほうがいいよ。ブラウニーが歯の間にぎっしり詰まってるから」

なんなのこの男、最低じゃない。持ち上げといて、ズドンと落とすって。

エンジンがかかる間、せっかくの美貌を台無しにした茶色いかけらを取り除いた。かけらのくせに、美味しい。

「それはそうと、タリアに情報をもらすなよ。彼女だって容疑者のひとりなんだから。犯人に借りがあって協力したかもしれないし、ダナに嫉妬して殺そうとした可能性もある。あるいは、鍵を貸してやった人間をかばっているのかもしれない。ブラウニーが美味しいからって、容疑者から外すわけにはいかないんだ」

なによ。わたしだって、料理の才能で人を判断するほどばかじゃない……。いや、だけど、絶品のパスタでスティーヴにノックアウトされたのは事実だけど。

苦い思い出を振り払おうと、コナーに尋ねた。「あなたはなんで、動機についてタリアに質問しなかったの?」

「うん、そこが探偵のつらいところなんだ。警察と違って、ぼくから質問されたところで、向こうに答える義務はないからね。クライアントはみんな大物だから、その名前を挙げれば、話ぐらいなら聞かせてもらえる。だが強引にやりすぎると、二度と家に入れてもらえないこともあるんだ。強気でいくか慎重にいくか、そのあたりの加減が難しいんだよ」

慎重にか。そう言われても、コナーがつま先立ちで歩いているのは想像できないけど。とりあえず意味のないことはやめて、犯人を捕まえる方法を考えることにした。探偵の視点で考えると、今回の事件にはもう一つ、難しい面があった。その場合、死亡推定時刻は数時間の範囲内に限定できるから、その時間のアリバイを調べれば、容疑者を絞り込めるわけだ。

だが今回のように、毒を仕込むチャンスが十日もあると、容疑者を絞り込むのは至難の業だ。その間のアリバイが一瞬でもないというだけで、犯人呼ばわりするわけにはいかない。こうした点もまた、世界を牛耳る大物たちが、毒殺という手段を好む理由なのだろう。わたしはやるせなさに、思わず大きなため息をついた。

「何かまずいことか?」

「時間は限られているのに、どこから手を付けたらいいのかもわからない。犯人は殺しのプロをやとったのかもしれないし、毒を入れるチャンスは十日もあったのよ。ダナには時間がないんだから、一つ一つ調べるわけにはいかないわ」

「ああ。とにかく容疑者の絞り込みが先決だ。これからなじみの男に連絡を取って、地元の殺し屋が関わっていないか探らせる」

かすかに、希望の光が見えた。「良かった」

「それとも一つ、摂取した毒はやはりアンビエンだと判明した。ダナは正しかったんだよ。

さっき入った電話がその件で、検査の結果、致死量がスフレに混入していたとわかった。アンビエンによる毒殺は、基本的には痛みを伴わない。だが犯人は、標的への思いやりというより、自分に都合がいいから使ったんだろう。入手が比較的簡単だし、過剰摂取と思われてもおかしくないからね。いずれにしても、毒物がもう一種類使われたのはまちがいない。アンビエンだけなら、ダナは解毒剤が効いて、すでに回復しているはずなんだ」

わたしは喉が締め付けられたように感じた。前より確実に太ったのに、うっかり一番きついパンツをはいてしまった、そんな感じの息苦しさだ。シェイズが任務中に事故にあう可能性は、研修でも当然聞いていた。ただそうした場合でも、自分ひとりでうまく対処できるのではと思っていたのだ。だが実際にこうして友人が犠牲になってみると、この仕事のまた違う一面を見せられたような気がした。そしてそれは、ひどく陰湿で、邪悪な光が当たったときにしか見られないのだ。

「アンビエンの検査結果がもう出たんなら、他の毒物の結果だってすぐ出せるんじゃない？

全部調べるのに十日はかかるって言ってたけど」

「込み入った話なんだ」

「話してくれなきゃ、納得できないわ」

コナーはしばらく迷ったあと、口を開いた。「検査でわかるのは、こっちが指定した有害物質が存在するかどうかだけで、一度に確認できる種類も限られている。物によっては、結果が出るまで数時間、いや、数日かかる場合もある。それに、正体不明の毒物が、アンビエンと同じくスフレに混入していたかどうかもわからない。遅効性だったら、すでに何日か前に摂取していたことになるからね。そこで、逆からのアプローチ、つまり、ダナの血液や尿も調べているんだが、それもなかなか難しい。有害物質自体が体内で変化したり、体液からは検出できない場合もあるからだ。どうだい、ある程度はわかってもらえたかな。実際は今の話より、もっとずっと複雑なんだけどね」

たしかに、ある程度は理解できた。だが、理解した内容は気に入らなかった。

「世の中に法医学の研究所は山ほどあるが、毒物鑑定という点では、〈ソサエティ〉はピカイチだ。警察など公的機関に依頼すれば、検査に少なくとも一カ月はかかるだろう。いずれにしろ、今の状況で警察がそこまでやってくれるとも思えない」

わたしは少しかちんときた。ダナにとっては、警察より〈ソサエティ〉のほうがどれだけ優秀かは、どうでもいいことだ。結果として間に合わなければ意味がない。一日遅くても一カ月遅くても、同じことなのだ。

やがて、車窓からの風景がこれまでとは違うことに気づいた。ロス特有のゴージャスな雰囲気はまったくない。通りにはごみが散乱し、落書きだらけの塀はひどく汚れている。窓ガラスと呼べるものは全体の三分の一もなく、残りの半分は弾痕がいくつもあり、それ以外は銃で粉砕されたのか、板が打ち付けられている。

それを見て、アメリカではみんなが銃を持っているのだと、あらためて思い知らされた。このわたし以外は。

「ここはどこ?」コナーに尋ねた。

「フローレンス・ファイアストーンだ」

わたしは息をのんだ。「ギャングの縄張りじゃないの?」

「そうだ」どうりで、いたるところに弾痕があるわけだ。

コナーは、ある古いビルの前に車を止めた。周辺の建物と同じく、いかがわしさがぷんぷんしている。彼はグローブボックスから拳銃を取り出し、ウエストバンドに差し込むと、わたしのほうを向いた。ビジネスライクな顔に戻っている。

「なじみの情報屋と話してくる。きみは車のなかでじっとしてろ。何があっても外に出るんじゃない。ロックの解除もだめだ。まずいことになったらすぐ電話しろ」

「ひとりで行くのは、わたしを危険にさらしたくないから? それとも、車に無事でいてほしいから?」

アイスグレーの瞳にほんの少し、からかうような光が宿った。「どっちもだ」

彼を見送ったあと、人けのない通りに目を向けた。悔しいけれど、ひとりになったとたん、うなじの毛がさかだったのがわかった。すでに夕方で、背後のビルのてっぺんに太陽が近づいている。暗くなる前に、コナーが戻ってきてくれればいいんだけど。

わたしは少しでも気を紛らわそうと、ジョッシュ宛のヘイトメールを読むことにした。だが一通目を開き、何度か繰り返して読んではみたものの、なかなか頭に内容が入ってこない。とそのとき、窓を激しくたたく音がして、シートから跳びあがった。ガラス越しに、にきびだらけの青白い顔がのぞいている。

「よお、姉ちゃん。ドアを開けて乗せてくんない？」男はダメ押しのつもりか、思わせぶりにいやらしい目つきでわたしを見た。

どうしよう。コナーに電話をしようか。だがやせっぽちのティーンエイジャーのナンパを、〝まずいこと〟に数えてもいいのだろうか。よく見ると、男のズボンは膝のあたりまで下がっていた。これだったら、いくらハイヒールとタイトスカートという足かせはあっても、振り切って逃げるのは簡単だろう。いや、それ以前に、車から出なければ逃げる必要もない。

そこで再度、確実にロックがされているか確認し、すぐに携帯を手に取れるよう、バッグを肩にまきつけた。それから彼を無視して、手紙を読むふりを始めた。

「よお、姉ちゃんよお」男の声は最初から耳障りだったが、今度は物騒にも思えるレベルに達していた。「聞こえねえのか？　このくそみてえなドアを開けろって言ってんだよ！」

わたしは鼻を鳴らした。この男は、ズボンのはき方も言葉遣いもまったくなっていない。

ここはひと言いってやらねば、と窓に勢いよく顔を向けたとたん、心臓が猛スピードで打ち始めた。なんと、この男は銃を持っていたのだ。ニキビ面のくせに、どういうことよ。ズボンもちゃんとはけないくせに、どういうことよ。

銃口は、わたしの頭にまっすぐ狙いを定めていた。

「ババア、同じことを何度も言わせせんじゃねえよ」男は窓ガラスに銃口をぶつけながら、どすの利いた声で言った。

これはもうまちがいなく、〝まずいこと〟に数えてもいいレベルだ。とはいえ、今すぐに連絡をしたところで、男の拳銃が火を噴くまえに、コナーが助けに来ることはまず無理だろう。瞬間移動の技でも隠し持っているなら別だけど。

わたしは神に祈った。どうか、この男を振り切って無事に逃げられますように。ブラウニーで胸焼けしていても、心臓が止まりませんように。それから、震える指でドアのロックを解除した。

すると男はドアの取っ手を勢いよくひっぱり、とんでもない馬鹿力でわたしを引きずり出した。それから間髪入れず、歩道に倒れこんだわたしの後頭部に銃を突きつけた。

「顔を伏せろ。ばかな真似はすんなよ」

言われたとおり、おとなしく顔を伏せた。このまま、脳みそを吹き飛ばすつもりかしら？それとも、殴る蹴るで、そのあげくに……。何か武器になるものはないかと、わたしは地面にすばやく視線を走らせた。

ん、もしかしてあれは？　手を伸ばせば届くところに、ひしゃげたスクリュードライバーが落ちていた。ああ、神さまはわたしを見捨てなかったのだ。押し込み強盗が用済みになったものを捨てたのだろうか。もちろん、全然問題ない。男の隙を見て、これで襲いかかればいい……。とそのとき、銃口が頭から離れ、ドアがバタンと閉まる音がした。

よし、今だ！　わたしは急いでドライバーの柄をひっつかみ、這いつくばったまま、くるりと振り向いた。見れば、やせっぽちの男は今にも車を発進させようとしている。イジー、どうする？　わたしは握りしめたちっぽけな武器を見つめ、同時に男の拳銃を思い出し、この場所から動かずにいようと決断を下した。

だがエンジンがかかったとき、その思いが揺らいだ。だめだ、やっぱり許せない。せめて一矢報いてやらねば。わたしは車に這っていくと、前のタイヤの側面に、ドライバーをぷすりと突き刺した。車はそのまま走り去ったが、タイヤからは空気が少しずつ抜けていくはずだ。よくやったわ、イジー。わたしは満ち足りた思いで車を見送ると、携帯を取り出し、震える指でコナーの番号を押し始めた。

6

コナーはすぐ、電話に出た。「イソベルか？　何かあったのか？」

わたしは泥にまみれたスカートと、血のにじんだ膝をじっと見つめた。「ううん、大丈夫。だけど車を盗まれちゃった」

「なんだって？　そこでじっとしてろ、すぐ行くから」

言葉どおり、コナーはあっというまに現れた。地べたで震えているわたしを立ち上がらせ、厚い胸に引き寄せる。「何があったんだ」口調は厳しかったが、抱きしめる力はやさしい。

「チンピラよ。やせっぽちで、ニキビ面の」

「それで」重要な情報を伝えたのに、彼の口調はどこか愉快そうだった。

「ドアのロックを解除しろって言われたの」

「まずいことになったら電話しろと言ったじゃないか」

「だって、銃を持ってたのよ」

コナーが背中をなでてくれた。「いいかい、ここはアメリカなんだ。銃なんか誰でも持っている。それにぼくはこういう業界の人間だぞ。窓は防弾ガラスだし、きみのシートの下にはちゃんと予備の銃があったんだ」

アドレナリンの分泌がなくなってくると、手のひらや膝のすり傷がひりひりと痛みだした。涙をこらえたせいで、すすり泣きがしゃっくりのようになる。「言っといてくれればいいのに」

彼の大きな手が、何度かまた背中をなでてくれた。「そうだったな。教えとけばよかった」

そう言われても、広い肩に頭を押し付け、うなずくことしかできない。

「もう、ひとりにはしないよ。だがいくつか電話をしないといけないんだ」

わたしはまたうなずいたが、まだ脚の震えが止まらなかったので、このまま抱きしめていてほしかった。

するとその願いが通じたのか、コナーは片方の手で携帯を操作した。「もしもし、こちらエージェント1493。至急、SUVを一台頼む。場所は、フローレンス・ファイアストーンの東八十一丁目だ。車を盗まれたが、今すぐ応援を手配できれば、解体される前に取り戻せるかもしれない」電話の向こうでなにやら言っている。「ああ、そうだ。ではよろしく」

「タイヤはパンクしてるわよ」わたしは洟《はな》をすすりながら伝えた。

「どういうことだ？」

「盗まれるとわかって、タイヤにドライバーを突き刺したの」

「ドライバーを持ってたのか？」

「道路に落ちてたの。かなりひしゃげてたけど。でも遠くまで逃げられないようにと思って」

コナーがふたたび、背中をなでてくれた。「よくとっさに思いついたな。いい子だ。応援が来たらそう伝えよう」

よくやった、いい子だと背中をなでられているうち、気分が落ち着くというより、なんだかいらついてきた。

「それにこんな物まで守るなんて、なかなかできないぞ」

わたしはまたしゃくりあげると、彼の腕を振りほどいた。自力で立てると、アピールするためだった。「こんな物？」見れば、コナーの指の先にヘイトメールの箱が転がっている。車から引きずり出されたとき、膝に乗せていたのだろう。

「あ、そうそう。絶対に渡すものかと思って」

コナーはにっこり笑った。少なくとも、目だけは笑っていた。彼の心が、だんだん読めるようになってきたようだ。「うん、きみらしくなってきたな」それから、わたしのみじめな格好をしげしげとながめた。「まもなく代車が来る。きみの家に送っていくから、シャワーを浴びて着替えるんだ。それでいいかい？」

とりあえず立ってはいたが、まだふらついていた。さっぱりして自分のベッドでのんびりくつろぐのも、たしかに悪くはない。悪くはないのだけど……。自分なりに、今日のできごとを振り返ってみた。まず良かったのは、パニックにならず、チンピラにそこそこ対処できたこと。おかげである程度、闇金モンスターとの来たるべき対決にも自信がついた。もう一つ良かったのは、銃で脅されたせいで、ブラウニー六切れぶんのカロリーを全部消費したこと。あ、そうか。だからこそ、また今お腹がすいているのだろう。コナーはわたしをじっと見て、答えを待っている。

「そのプランに、夕食はふくまれてるの？」

「そりゃそうさ。途中で何か買っていこう」

「わかった。それならオッケーよ」

代車の黒いSUVが到着した。散々な目にあったわたしに配慮してか、コナーは無言で車を走らせている。しばらくして、そもそもなぜ、あんな危険な地域に出向いたのかを思い出した。

「情報屋から、何かわかったの？」

前を見つめていたコナーが、わたしに視線を移した。その瞳を見て、抱きしめられた感触がよみがえり、厄介な記憶をあわてて払いのける。

「今回の件に関する噂は、今のところないらしい。これから情報を集めにまわるそうだ」

「そう、待つしかないのね」

「今夜はもうゆっくりしてくれ。さて、何が食べたいんだ？」

じっくり考える必要はなかった。心を癒やしてくれる食べ物と言ったら。「ピザよ！」

「ピザか。わかった」

いやにあっさり同意してくれたので、かえって不安になった。「チーズ・ピザよ。シアン化合物が入ってないやつよ」ここは、はっきりさせておかなくては。

コナーはまたこっちを向いたが、その顔には何も書いていなかった。「そこまでは約束できないな」

やっぱり、人でなしだわ。

五十分後、わたしはシャワーを浴び、怪我の応急処置をすませ、ベッドに気持ちよく横たわっていた。傍らには、半円になったLサイズのピザと、ヘイトメールの山、そしてオリヴァーからのメモがあった。

『うちの〈フォックス〉で、接客係を募集してるんだ。きみ、そっちの仕事なら経験はたっぷりあるだろ。どうだろう、ぼくたちふたり、故郷を逃れてきた者同士、一緒に働くのもいいかと思ってさ。それと、今夜は遅番だから夕食はいらないよ』

メモを読みながら、瞳がうるうるしてきた。いくら同じ屋根の下で暮らしているとはいえ、赤の他人だというのに、別れた夫より心配してくれるなんて。わたしはメモをたたむと、ベッド脇のランプの下にそっと忍ばせ、もう一切れピザを手に取った。この先もずっと、オリヴァーにうそをつきとおすのは難しいだろう。この件はまたいつか、じっくり考えないといけない。

ただ、今はあまりに疲れていたので、このままベッドの心地よい誘惑に身を任せたかった。オリヴァーは夕食がいらないと言うし、枕の上で丸くなっているミャオには、とりあえずハムの切れ端をあげてある。もう少ししたら起き上がって、ちゃんとしたごはんをあげればいい。そういえばコルヴェットもコナーの家に置きっぱなしだけど、明日は彼が迎えに来てくれると言ってたし……。

ミャオにごはんをあげなければ、ヘイトメールも読まなければと思いつつ、わたしはかじりかけのピザを手に持ったまま、深い眠りの底に落ちていった。ミャオも手紙もピザも、全部ほったらかしにして。

つぎに目が覚めたときは、すでに朝の六時になっていた。直前まで嫌な夢を見ていた。ニキビ面のチンピラに銃を突きつけられ、そいつがいきなり闇金モンスターに変身し、わたしを廃屋の椅子にしばりつけ、魚の腐ったような息を……。

それでもぎりぎり、下着を濡らす直前に目が覚めた。

ベッドからよろよろと這い出し、下腹部をおさえてバスルームに向かう。頬がひりひりするのは、ミャオに枕を取られ、ピザの箱に突っぷして寝たからだろう。だけどミャオには、ごはんもあげずに寝てしまったんだもの。それくらいの罰は受けて当然だわ……。わたしは寛大な気持ちでトイレを済ませた。だが顔を上げたとたん、鏡に映った自分を見て震えあがった。ピザの箱の跡が頬にくっきりと残り、やけどのように赤くなって、B級ホラー映画のゾンビにそっくりだったのだ。

わたしはゾンビのように低くうめきながら、シャワールームのなかに飛び込んでいった。

昨夜の埋め合わせに、ミャオに朝食をたっぷりあげようとキッチンに立ったとき、玄関にノックの音がした。だれだろう。鏡をのぞき、頬の赤い跡がほとんど消えているのを確認してから、玄関のドアを開けた。するとそこには、小柄で可愛らしい老婦人が立っていた。きらきらしたブルーの瞳に、バラ色の頬。真っ白な髪はうしろにひっつめてシニヨンにまとめている。

ファッションセンスも抜群だ。細身の身体に流行のシフトドレスをふんわりとまとい、そのターコイズ・ブルーを、黒のタイツやバレエシューズが引き立てている。年齢はわたしよりはるかに上のはずだが、どう見てもずっとチャーミングだし、服の高級感は比べるまでもない。

「あの、どちらさまでしょう」このアパートメントの住人とは、とても思えないけど。

彼女は静脈の浮きでた、ほっそりした手を差し出した。「エッタ・ハミルトンよ。あなたが引っ越してきたのを見たから、ご挨拶にと思って。うちはすぐそこの、３Ａなの」

「ミズ・ハミルトン――」

「エッタと呼んでちょうだい」

「ええっと、エッタ。お会いできてうれしいわ。わたし、イソベル・エイヴェリーです。友だちからはイジーって呼ばれてます」

「あら、まだ友だちになれるかどうかわからないけど」エッタはわたしの全身に視線を走らせ、部屋にずかずかと入ってきた。「クッキーはある？」

うわ、ずうずうしい。ふつうは、訪ねてきたほうが手土産を持ってくると思うけど。でもまあ、いいか。引っ越してきた日に焼いたクッキーがまだ残っているし、老人には親切にするのがわたしのポリシーだ。わたしはクッキーの缶を取り出し、何枚か皿に並べた。

「よかったら紅茶もいかがですか？」

「あら、うれしいじゃないの」

エッタはバレリーナのように優雅な身のこなしで、ダイニングの椅子に座った。興味津々で、あたりを見回している。秘密でもあるんじゃないかというその目つきを見て、わたしはひやりとした。だって、そのとおりなんだもの。とりあえず知らん顔で、お湯を沸かし始めた。

「この前あなた、ブランドショップの紙袋をどっさり持ち込んでたでしょ。だから部屋のなかを、もうちょっといい感じに変えたのかと思ったんだけど」

わたしは肩をすくめた。「あれは全部、靴や服なんです。彼からのプレゼントで」ティーバッグを探していたので、顔を見られずにすんだ。

「あら、それってきのうの夜、車で送ってきた人？」

ケトルがピーッと警告音を発した。「ええ、そうです」どうして知ってるんだろう。マグカップとミルク、砂糖をテーブルに運びながら、もしやとの思いが頭をよぎった。エッタはわたしを監視するため、〈ソサエティ〉から送り込まれたスパイかもしれない。この鋭さが、いかにも怪しい。

ちらりと見たところ、クッキーをすでに二枚も食べ終わっていた。そういう遠慮のないところは、いたって普通のおばあちゃまなんだけど。だけどそれにしては、口紅がまったく落ちていない。怪しい。

エッタはわたしの肩を軽くたたくと、砂糖をスプーンに山盛りにして紅茶に入れた。「あなた、気に入ったわ。お手製のクッキーは美味しいし、あの彼氏も目の保養になるし。これからも仲良くさせてもらうわね」

「あ、ありがとうございます」漠然とした不安を隠そうと、紅茶をすすった。

「そういえばオリヴァーに聞いたけど、オーストラリアから来たんですって？」

「ええ」

「だったら、ワニも殺したことがあるんでしょ？」

「いいえ、まさか――」

「まあ、そうなの。残念ねえ。いつかワニ・ハンティングに誘おうと思ったんだけど。ルイジアナに友だちがいてね、ワニが増えすぎて困ってるらしいの」

「わたし、銃を使ったことは一度もないんです」

エッタが落としそうになったカップが、テーブルにぶつかった。「うそ……信じられない」口をぽかんと開けたまま、わたしの肩の向こうを焦点の合わない目で見つめている。ショックで呆然としているらしい。

なあんだ。スパイじゃなかったのね。

彼女が口をきけないようなので、こちらから尋ねてみた。「あの、このアパートメントに住んでどれくらいなんですか？」

エッタははっとわれに返り、マグカップを持ち上げた。「そうねえ。考えてみたら、もうずいぶん長いわねえ。だからアパートメントの住人のことなら、なんでも知ってるわよ。まあ、おかしな人間ばかりだけどね」そこから一気に、住人たちの説明に入った。「たとえば１Ａには、退役軍人のミスター・ラーソンが住んでるんだけど、なぜかペットのハムスターとしかしゃべらないのよ。それから、２Ａに住んでるのはフラナガンっていう夫婦者なの。でも喧嘩やら浮気やらで忙しくて、近所づきあいをしている暇なんてないわね。それと、言っちゃ悪いけど、１Ｂのミズ・プレズント（機嫌のいい）ほど不機嫌な女は見たことがないわ。恋人ができたら少しは変わるんじゃないかって思うけど、あんなブスッとした女を紹介したら、相手の男にうらまれちゃうでしょうね。そうそう、２Ｂのミスター・ウィンクルも相当変わってるわ。あの家はね、水槽だらけなのよ。ほら、猫屋敷で暮らす婆さんみたいにして、魚をいっぱい飼ってるの。もちろん悪い人じゃないのよ。でも年がら年中、シャム闘魚の話を聞かされるのはちょっとねえ。ええっとあとは、１Ｃが残ってたわね。あそこにはつい最近、韓国系の若いゲイカップルが越してきたばかりなの。ふたりとも礼儀正しいんだけど、マリファナを吸いながら、朝から晩までゲーム漬けみたいなのよ。一緒にやらないかって誘ってくれるのを待ってるんだけど、全然声がかからないの」エッタは一息つくと、口いっぱいにクッキーをほおばった。「まったく、おもしろいテレビでもなかったら、一日何をして過ごせばいいのかわからないわ。そうでしょ？」

答えなくても済むように、わたしも口にクッキーを詰め込んだ。それでもわずか三分足らずで、ここ一週間よりもはるかにたくさんのお隣さん事情を知ることができた。と同時に、ここで暮らしていくうえで、エッタは欠かせない友人になるだろうと思いはじめていた。

「タバコ、いいかしら？」

「あっと、それは……」

「あら、いいのよ。玄関の外で吸うから。行きましょ」エッタは紅茶を一気に飲み干すと、ドアへ向かった。当然わたしがついてくるものと思っているらしい。

わたしはにやにやしながら、カップを持ってあとを追った。この家でエッタとアリスおばさんが鉢合わせしたらどうなるかと、想像したからだ。

エッタはタバコを一本取り出し、優雅な動きで火をつけると、口にくわえた。相変わらず、口紅はくっきりと描かれている。老人特有の体臭は少しもなく、マグノリアとメープル、それにタバコの入り交じった香りをまとっている。

「タバコは一年前からなの」彼女が言った。「それまでは一度も」

「まあ。何かきっかけでもあったんですか？」

エッタは煙を吐きながら、わたしをじっと見つめた。「きっかけ？　いいえ、別にないわ。というか、問題はそこなのよ。わたしぐらいの歳になると、友だちはみんな亡くなったか、老人ホームで暮らしているわ。自分の子ども以外は見分けがつかなくなった人もいる。オーガニック・コットンの服を着て、有機栽培の葉っぱを食べていた友だちがいたけど、そういう人たちから先に亡くなったわね。で、そのあとにできた友だちが、タバコをひっきりなしに吸って、お酒を浴びるように飲む人たちだったの。まるで禁酒法時代みたいに、飲めるときに飲まないとって。それなのにその人たち、病気なんてしたことないのよ。それでわかったわけ。早死にするのはストレスのせいなんだって。死んじゃった人たちは、そういうこともちゃんと勉強していたはずなんだけどね。だから、わたし決めたの。おもしろそうだと感じたら、何でもやってやるわって。それにタバコってね、最初の嫌悪感を乗り越えると、すごくハイな気分になれるのよ」エッタは肩をすくめ、また深々とタバコを吸いこんだ。「セックスと同じね」

わたしは口を開いて、またすぐに閉じた。

エッタはタバコを吸い終えると、金属の手すりで燃えさしをもみ消した。

「ねえ、イソベル。あなたと知り合えてほんとによかったわ。ダブルで楽しめるんだもの。手作りクッキーと、いい男のウォッチングをね」エッタは慣れた様子でウィンクすると、3Aの部屋へと歩きだした。

その姿を呆然と見送っていると、携帯が鳴った。コナーからのメールだ。「エッタ！　いい男が十分後に来るから、楽しみにしてて」わたしは大声で叫ぶと、まだバスローブを羽織っただけだったのを思い出し、あわてて着替えに戻った。

コナーが車から降りてきて、助手席のドアを開けてくれた。完璧なジェントルマンで、恋人としては申し分ない。濃紺のスリムジーンズに黒のドレスシューズ、ラベンダー色のシャツの袖はロールアップしている。ひげはきれいに剃り上げていて、見るからに仕事のデキる男だが、近づきがたくもない。ロスではどうやら、スーツを着る人間はほとんどいないようだ。面接のときにコナーが着ていたのは、威圧感を与えるためだったのだろう。

彼が運転席に向かうのを見ながら、エッタのことを思った。たくましい身体にぴったり沿ったオーダーメイドのシャツ、ひきしまったお尻を強調するスリムジーンズ――本日のコナーの装いは、お気に召したかしら？

今日の車も黒いSUVだったが、盗まれた車でも、きのうの代車でもなかった。車内には、革とシトラスの香りがかすかに漂っている。コナーの匂いと同じ、つまり彼のプライベート用の車なのだろう。

「いったい何台、車を持ってるの？」単なる好奇心から尋ねてみた。

「きみに貸してやれるほどじゃないよ。つぎつぎとなくされたら、さすがにね」彼はいつもどおり、にこりともせずにエンジンをかけた。

怒ってはいけない。今日という日はまだ、スタートしたばかりなのだから。「そうなんだ。ちゃんと覚えとかないとね。また銃で脅されたときのために」

一瞬、車内が凍りついた。

「だからその、使い方を覚えようってことよ。銃のね」

「そいつはいいな」

皮肉を言われたのかと思い、コナーの顔を盗み見た。どうしよう、本気みたいだ。銃を持っているのをママに知られたら、まちがいなく殺されるだろう。パパはたぶん、ビールをおごってくれて、貸してくれるかと尋ねるだろう。そしてエッタは、わたしをルイジアナにひきずっていくだろう。

「あとで射撃練習場に連れてってやろう。だが今は、手がかりを一つ確認しておきたいんだ」

「何かわかったの？」良かった、ヘイトメールをどこまで読んだか訊かれなくて。

「アルバート・アルソトレムの身元調査の結果があがってきた。知ってのとおり、彼はカリフォルニア料理コンテストの前チャンピオンだ。だが不審死の容疑者として、過去に二回取り調べを受けている。結果的に証拠不充分で逮捕はされなかったが、被害者はふたりとも、アルバートのビジネス上のライバルだった。また彼の手口として、基本的に殺し屋を使うこともわかっている」

「アルバートはアンビエンの処方を受けていたの？」

「それはわからない。カルテはまず手に入らないからな。いずれにせよ、二回も逮捕を免れたような曲者なら、自分の処方薬を使うようなばかなまねはしないだろう。アンビエンを不正に入手するのは、それほど難しくないしね。ただ、じかに会って追及するのは無理だろうな。ジョッシュに雇われた探偵に、やつがあっさり白状するとは思えない」

「だったら、どうするの？」

コナーはわたしの全身に視線を走らせた。今日の格好は、髪の色によくマッチするコーラルのブラウスに、Aラインのグレーのミニスカート――うしろから見るとショートパンツという最新流行のスタイル――だ。背筋をちゃんと伸ばしていれば、サンダルのハイヒール効果もあって、脚がすごく長いように見える。時間がなく、最初につかんだ服を着たのだが、スタイリストの魔法は今回も成功したようだ。

「実はね、アルバートは女性ファンに弱いんだよ。きみみたいな美人の」コナーが言った。

わたしは即座に首を振ろうとしたが、病院にいるダナのことを思い出した。

コナーは、わたしの一瞬のためらいを見逃さなかった。「彼の関与が疑われた過去二件の不審死は、直接の暴力行為ではない。ひとりは薬の過剰摂取、もうひとりは飲酒運転による衝突事故だ。つまり飲食に気をつけている限り、問題はないはずなんだ。それにきみは、彼のキャリアを脅かすような存在ではないしな」

わたしは目を閉じて、考えてみた。最悪の場合、どういう事態になるだろう。

「気が進まないなら、無理にとは言わない。職務内容からも、ずいぶんはずれてるしな」

「ううん、やるわ」わたしはきっぱりと宣言したが、お腹にまったく力がはいらなかった。

「よし。それなら無線の盗聴器を渡しておこう。ぼくが状況を把握できるようにね。近くで待機して、何か起きたらすぐ助けに行くから」

わたしは無言でうなずいた。

「やつについては、どの程度知ってるんだ？」コナーが尋ねた。

もちろんテレビでは、何度か見たことがある。だけど、セレブ・シェフのひとりというくらいで、特に印象には残っていなかった。「ほとんど知らないわ」

コナーはマニラ・フォルダーのほうへ顎をしゃくった。「彼の大ファンを演じるわけだから、読んでおいたほうがいい」

7

アルバートのファイルを眺めながら、朝食をとることにした。連れてこられたのは、赤い合皮のベンチシートにメラミンのダイニングテーブルという、典型的なアメリカン・ダイナーだ。

「意外だわ。あなたってこういう店でも食事するのね」

「きみの実技評価のためだよ。いろんな店に入って、さまざまなタイプの料理に対応できるかを確認したいんだ。実際、セレブたちがどんなものを食べているか知ったら、きっと驚くと思うね」コナーはそう言いながらも、ラミネート加工されたメニューを、実にうれしそうに眺めている。「それにこの店のコーヒーは、びっくりするほど美味いんだよ」

当然のことだが、まずは彼の料理——ちなみにコーヒーは、吐き出したくなるような代物だった——を毒見したので、自分のオムレツとパンケーキのほうは、食べるころにはすっかり冷たくなっていた。それを口につっこみながら、アルバートに関する資料に目を通していく。やがて最後まで読み終えると、わたしは首を傾げた。彼が誰かの命を狙うような人間にはとても思えなかったからだ。

高校時代の卒業アルバムを見ると、アルバートは、どこにでもいるようなオタク系の少年だった。きれいなライトブルーの瞳をしているが、赤く腫れたニキビが顔いっぱいに広がり、ヘアスタイルはマッシュルームカットで、歯列矯正のブリッジも目立つ。本人のコメント欄には、『おまえら、いつか見返してやる』と書かれているから、おそらく毎日のようにいじめられていたのだろう（結果的にはその言葉どおりになったわけだから、わたしはひとごとながら、思わずガッツポーズをしたくなった）。

そして十四年後の今、彼は物理科学を応用した、分子ガストロノミー（食材を科学的に変化させ、新しい味や食感を生み出す調理法で、アートとしても高い評価を得ている）のシェフとして、その独創的なアイデアで世の中に広く知られるようになっていた。残念ながらわたしには、彼の業績に関する資料の内容は難しく、ほとんど理解できなかった。だがそれでも、彼がユニークな手法を生み出し、革新的な調理法をさらに一歩進めたことだけは、なんとなくわかった。ロスにある、彼がプロデュースしたというレストランは、魔法のような食体験ができるということで、爆発的な人気を博しているという。

こうして勝ち組となったアルバートは、ここ数年、セクシーな美女をとっかえひっかえ恋人にしており、そのうちのひとりとは、婚約までこぎつけたらしい。だがどうやら、結婚直前に破談になったようだ。

ごく最近撮られた彼の写真を、じっくり眺めてみた。現在三十二歳、ジョッシュより十以上も若いが、すでに何度もカリフォルニア料理コンテストで優勝している。有名になるにつれ、外見には磨きがかかっていた。黒い髪はスタイリッシュにカールされ、なめらかな色白の肌に、完璧な歯並び。また逆三角形の愁いを帯びた顔は、シェフというよりは美形のアーティストだ。だがよくよく見れば、照れたような笑顔や頼りない肩の線に、オタク少年の面影が残っていた。

このわたしに、彼の熱狂的なファンのふりをするなんてできるだろうか。演技だと知っているクライアントが相手ならまだしも（それだって素人芸もいいところだ）、ライバルの暗殺を企む、ずる賢い容疑者をだますなんて。

「どうだ、やれるか？」コナーの口調もいつもとは違い、真剣そのものだった。そのせいでかえって緊張してしまう。

だがそのとき、ダナのことが思い浮かんだ。研修がつらくて苦しかったとき、テイクアウトのエスプレッソ——もちろん毒入りじゃない——をたびたび差し入れてくれたことを。そしてその彼女が、たくさんの管につながれ、青白い顔でベッドに横たわっていることを。わたしは重い気持ちを振り切るように、わざと軽い口調で答えた。「ええ。待ちきれないくらいよ」

「わかった」

コナーが立ち上がり、ふたりで車に戻った。「三十分後に、サンタモニカ・ファーマーズ・マーケットにやつが現れるという情報が入った。そこでばったり会ったふりをして、デートの約束までこぎつけるんだ」コナーはそう言って、女性用の腕時計を取り出した。

「これには盗聴マイクが仕込まれている。今日は初めて会うわけだから、あまりくだけた雰囲気にはしないほうがいい。誘導尋問をしては絶対にだめだ。まず問題ないとは思うが、念のため、助けを呼ぶときのセーフワードがあったほうがいいだろう。何にするか、自分で決めてくれ」

わたしは腕に時計をつけながら、信じられない思いでいっぱいだった。盗聴マイクにセーフワードですって？　だけど〈ソサエティ〉は、なにやら歴史のありそうな強大な組織のようだし、わたしはその一員として、セレブたちが暗躍する命がけのゲームに参戦するのだ。驚いている場合じゃない。

それでもやはり、不安でたまらなかった。わたしはアルバートにとって、デートに誘いたいと思うセクシーな美女でなければいけないのだ。命の危険うんぬんよりも、むしろそっちのほうがまずいだろう。普通に考えれば、見向きもされない可能性が高かった。なにしろここロスには、女優志望の整形美女たちがわんさかいるのだから。

コナーが駐車スペースに車を止めた。「セーフワードは決まったか？」

「ふんにゃり」

コナーは唇をゆがめたが、これは案外いけると思った。ふだんの会話で使って違和感を覚えるような、難解な言葉ではない。それにいざとなったら、食べ物やソファ、また胃の調子を表すときにも使える。

「アルバートは、あと二十分ほどで来るはずだ。それまでは露店でも見ながら、〈サルの店〉を見張れるような場所を見つければいい。情報屋の話だと、やつはここに来たら、その店に必ず立ち寄るそうだから」

わたしはコナーを車に残し、屋外マーケットをのんびりぶらつく人たちの波に加わった。通りの両側に、野菜や果物を売る露店が並んでいる。バッグをひっかきまわし、サングラスを探した。日焼け止めも塗ったほうがいいだろうか。いや、その必要はないだろう。アルバートに運よく近づいて声をかけたとしても、彼はきっと、わたしなんかには洟もひっかけずに立ち去るだろうから。

そこで、このマーケットに来たことを無駄にしないよう、今夜の夕食のラザニアの材料を探すことにした。その途中、〈サルの店〉を見つけたので、それ以上先に行くのはあきらめたが、それでもひさしぶりに、新鮮な食材のショッピングを楽しむことができた。

やがて、買うべきものはあとガーリックだけとなったとき、ターゲットを発見した。ブラウスのボタンをもう二つはずし、胸の谷間がしっかり見えるように整える。それから、手近にあった珍妙な野菜をつかむと、アルバートのそばににじり寄った。彼は、黒トリュフの山を真剣にチェックしていたが、ちらりと見ただけで、写真よりもずっとオタク感が強いとわかった。魔法使いのコスプレ・セットを物色するような、ちょっとアブない青年だと言っても通りそうだ。

「すみません」わたしは声を上げたが、手にした野菜からは目をそらさなかった。「これ、何ていう野菜だかご存じかしら？」

すぐ横から、答えが返ってきた。「ロマネスコだよ」笑いをこらえているようだ。

実を言うと、そんなことぐらいわたしも知っていた。だけど、男っていうのはたいてい、自分の博識ぶりを披露したいものでしょ？　トップ・セールスマンのパパから教わった、お役立ち情報の一つだ。「どうやって食べるのかしら」戸惑ったように言ってみた。

「ブロッコリーやカリフラワーと同じように料理すればいい。ナッツみたいな甘い香りが楽しめるよ」

わたしは緑の珊瑚《さんご》のような野菜を手の中で転がし、においを嗅ぐふりをした。「ほんとだわ」それからようやく、彼を見上げた。「ご親切にありが――」そこで言葉を切り、たった今気づいたとでもいうように、目を見開いてみせた。「まあ、アルバートじゃない？　アルバート・アルストレムよね？　うそ、信じられない！」サングラスをさっと頭の上にあげ、声をはずませた。「わたし、あなたの大ファンなんです！」

とそのとき、勢いあまってサングラスがすべりおちそうになり、わたしはあわてて後頭部をたたいてキャッチした。

だがありがたいことに、わたしのそのどんくさい動きをアルバートは見ていなかった。彼の視線は、くっきりした胸の谷間にくぎづけだったからだ。

しばらくして、その視線がわたしの顔に戻ってきた。明るい陽光を浴びたライトブルーの瞳は、まるで透き通るようだ。「本物のあなたに会えるなんて、信じられないわ」

わたしは締まりのない彼の笑顔を見て、少し緊張がほぐれてきた。「で、そういうきみはいったい誰なんだい？」

「イジーよ。イジー・エイヴェリー。もうずっと、あなたに首ったけなの」コナーに聞かれていると思うと、なんだかきまりが悪かった。

「それ、ほんとかい？」彼が訊いた。

その瞳に一瞬、獲物を狙うような光が宿り、わたしは思わずその場から逃げ出したくなった。だが、そうはいかない。弾けるような笑みを顔に貼りつけると、何度も熱っぽくうなずき、彼をじっと見つめた。目の前にいるのは、本当に殺人犯なのかしら。

アルバートは、わたしの持っているロマネスコを見るふりをして、胸の谷間に目をやった。

「それ、買うのかい？」

「ええ、せっかく教えてもらったから」

「そうか。じゃあ、少しはお役に立てたのかな」ライトブルーの瞳が、無邪気な光を帯びた。

「アクセントからすると、きみ、このあたりの人じゃないよね？」

「ええ、二カ月前に越してきたの。オーストラリアから」

「オーストラリアだって？　いつかは行ってみたいと思ってるんだよ」

「まあそうなの？　だけど伝統料理にはがっかりしちゃうかも。ソーセージ・グリルと、パブロヴァ（クリーム入りメレンゲケーキ）ぐらいしかないんだもの。あとはフェアリーブレッドかな」

アルバートは声を上げて笑った。「どういうやつか知らないけど、名前を聞いただけでよだれがでそうだな。それにオージービーフは最高だし、カンガルーだって見られる。いい国じゃないか」

「そうね。そう言われるとそんな気がしてきたわ。実はね、コーヒーも美味しいの。海外からの移住者も多いから、好き嫌いがなければいろんな料理も楽しめるわね」

「そいつはいいな。そもそも、食べ物だけで国は語れないしね」

「あら、シェフのあなたがそんなこと言っていいの？」

彼はまた声を上げて笑った。「オージーはユーモアがあるって聞いてたけど、きみと話して納得したよ。ところで、ロスで暮らしてみてのご感想は？」

「すばらしい町だと思うわ。見どころもたくさんあるし」わたしはそこで、ロマネスコを持ち上げた。「初めて見るような野菜もいっぱいある。それにこんな近所のマーケットで、世界一のシェフに偶然会えるなんて。そんな町が他にある？」

彼は下を向くと、胸の谷間に露骨に目をこらした。「もし良かったら、他の町ではできない体験もさせてあげたいな。どう、興味はあるかい？」

わたしはキャアと歓声を上げようとしたが、うまくいかなかった。こういう場合、ぽかんと口をあけ、よだれを垂らすタイプなのだ。そこでアルバートの腕に触れ、とろんとした目で彼を見上げた。「夢みたいだわ。ぜひ体験させて」

彼は満面の笑みを浮かべた。「今日は予定がいっぱいなんだけど、きみ、明日はどう？ランチでも一緒に」

「いやーん、うれしーい！」この子どもっぽいしゃべり方をコナーに聞かれていると思うと、涙が出てきそうだった。

「良かったら、うちでどうかな？　ぼくの料理を食べてもらいたいんだ」

このときばかりは、演技をする必要はなかった。天才シェフの料理を、彼の自宅で？　今にも踊りだしたい気分だった。

「ほんとにほんとなの？　うそじゃないの？」

アルバートは名刺をとりだした。「これはビジネス用なんだけど、このアドレスにきみの住所を送ってくれれば、迎えの車を手配するよ。十一時半でどうかな」彼はもう一度胸の谷間をこっそり見てから、トリュフの山に向きあった。「明日を楽しみにしてるよ、イジー」

わたしは気の利いた言葉が思い浮かばず、黙ってうなずいた。このまま何も言わずに立ち去ってもいいのかしら。それとももう少し、感謝の言葉を並べたほうがいいのかしら。だがそのうち、トリュフの歴史についてアルバートが店主と話を始めたので、ようやくその場を離れる決心がついた。

最初に待ち伏せしていた露店に戻ると、ずっと手に持っていたロマネスコを買った。ラザニアに入れても悪くないし、そもそもわたしの手のひらの汗をたっぷり吸いこんでるから、買わないわけにいかないもの。袋に入れてもらうと、わたしは浮き浮きとした足取りで、コナーの待つ車に向かった。よくやったわ、イジー。オタク系とはいえ、セレブ・シェフのご機嫌を取り、彼の自宅への招待を勝ち取ったのだ。ううん、それだけじゃない。わたしだけのために腕をふるってくれるというんだから、最高じゃない？

だがそのとき、アルバートは殺人未遂事件の容疑者だと思い出した。とたんに足が重くなり、ひきずるようにして車にたどりつく。

助手席のドアを開けると、コナーの視線がわたしの胸元に吸い寄せられた。ブラウスのボタンをはずしたままだったのだ。「なるほど、そういうことか」

「うるさいわね」野菜の袋をシートの下に置き、助手席に乗り込んだ。

「よくやった、エイヴェリー。できすぎだよ」

わたしは顔を赤らめ、ボタンを留めなおした。「どういう意味？　言われた通りにしただけよ」

コナーはしばらくわたしの胸元を名残惜しげに見ていたが、やがて咳払いをすると、目をそらした。「自宅に招かれたということは、どういう意味かわかってるよな」

「ごちそうをふるまってくれるんでしょ？」

「そうじゃない、やつはきみと寝ることを期待してるんだ」

「うそ、最悪」息ができない。まるで大きな象に、胸をいきなり踏みつけられたみたいだ。言われてみれば、たしかにそうとしか思えないのに。だけどあのときは、胃袋に脳みそを支配されていたのだ。

わたしの真っ青な顔に、コナーも気づいたようだった。「心配するなよ。〝最初のデートでは寝ない〟というポリシーを押し通せばいい。万一のために、薬も渡しておくから。それをこっそり飲ませれば、やつはベッドの上で泣きを見るはずだ」

わたしは息を吹き返した。

「もちろんぼくも、やつの家の外で待機している。セーフワードを聞いたら、すぐに駆け付けるから」

なんだ、それなら大丈夫かも。気分が少し良くなったところで、はっと気づいた。「あ、しまった！」

「どうした？」

「ガーリックを買うの、忘れちゃったわ！」

8

コナーは首を振ってから、車を発進させた。アルバートに出くわす危険をおかしたくないから、ガーリックは別の店で買うしかないだろう。

「つぎはどうするの？」

「これまでのところ、〈ホールサム・フーズ〉の関係者が事件に関与していた証拠は見つかっていない。だがあれだけ大きな規模の会社に、やみくもに立ち入って調査をするのは時間の無駄だろう」膝の上の、二つのマニラ・フォルダーを差し出す。「ひとまず、ジョッシュの家に出入りできる人間にしぼって調べよう」

わたしはまず、庭師のフォルダーを開いてみた。白髪頭のホアン・カスティーヨは、五十七歳。メキシコからの移民で、この十八年、庭園の維持管理を行う〈グリーン・ウィズ・エンヴィー〉社で働いている。家族は妻と成人した子どもがふたりで、イースト・LAの、比較的安全な郊外に質素な家を構えている。そのあたりの住民はほとんどがヒスパニック系だ。住宅ローンはほぼ完済しているが、一家の銀行口座にある預金高は雀の涙と言っていい。快適な老後や、今よりましな暮らしを約束され、ホアンがセレブ殺人に手を貸した可能性はあるだろうか？

もちろん彼は、ジョッシュの家の鍵は持っていない。だが、仕事中は冷蔵庫の飲み物を自由に飲んでもらっていると、ジョッシュの調査票に書かれていた。つまりホアンには、ブラックベリーにアンビエンを入れるチャンスはいくらでもあったわけだ。

ホアンのフォルダーを閉じ、二つ目のメイドに関するフォルダーを開いた。まずは写真を、それから経歴を見てびっくりした。名前はコレット・メルル、二十六歳のフランス人だ。ブランド物のスーツに身を包んだエレガントな美女で、推薦状には最高レベルの評価がつけられている。フランスの大学で文学の学位を取得したともあり、何もかもがそろった彼女を、わたしはうらやましく思った。前科もなく、使用人としては文句のつけようがない。だがどうして彼女は、メイドの職を選んだのだろう。そしてなぜメイドの給料で、わたしよりはるかにリッチな暮らしができるのだろう。

フォルダーから目を上げると、ホアンの住むエル・セレーノに到着していた。彼の家は、線路から一ブロックほど離れたビルの谷間にあった。通りの名はアルハンブラ・アヴェニュー。前庭に、〈グリーン・ウィズ・エンヴィー〉のロゴが描かれたヴァンが止まっている。車を降りて玄関をノックしたとき、轟音《ごうおん》と共に貨物列車が通過し、窓がガタガタと揺れた。その直後、ホアンの奥さんのフランシスカがドアを開けた。気さくな感じのぽっちゃりした女性で、白髪交じりの黒い髪を一本の三つ編みにまとめ、左の肩におろしている。わたしたちが知らない人間だと気づいて目をすがめたが、すぐに口角を上げ、にっこりした。

「何かご用かしら？」

「はじめまして。私立探偵のコナーといいます。彼女はイソベル、わたしのガールフレンドです。実はご主人のお客さんの依頼で、ある事件の調査をしています。それでぜひご主人に、ご協力いただきたいと思いまして」

「身分証を見せてくれない？」

コナーが写真付きの身分証を渡すと、フランシスカはちらりと見たあと、わたしたちを中に招き入れた。「ホアンはお昼を食べてるとこなの。さあ、どうぞ。お役に立てるとも思えないけど」

家の中は狭かったが、鮮やかな色でまとめられ、居心地がよさそうだった。小さな木製のダイニングテーブルで、ホアンがビーンズ入りのシチューを食べている。スパイシーな香りに、わたしは思わずよだれが出そうになった。彼はミントグリーンの開襟シャツ、ダークグレーのズボンというこざっぱりとした格好で、テーブルの下から、ブラウンの編み上げブーツが突き出している。セレブたちの立派な庭園で働くには、これくらいお洒落にきめていないといけないのだろう。

「あなたたち、お昼は？」フランシスカが訊いた。

「ありがとうございます。ですが、たった今食べてきたとこなんで」コナーが応えた。

わたしは急いで唇をかみ、この大うそつきめ、と叫ばないように必死でこらえた。それから、ホアンのシチューの皿に手が伸びないよう、両手を太ももの下において座った。本場仕込みのメキシコ料理には目がないのだ。

「ミスター・カスティーヨ、ちょっと教えてください。このあいだの火曜日、ミスター・サマーズの庭の手入れをされたのを覚えてますか？」コナーが尋ねた。

ホアンはスプーンを宙で振りまわした。「ああ、もちろんだよ！　あそこには週に一度通ってるんだ。いつも最高の状態にしときたいからね。あの庭を見たかい？　見事なもんだろ？　ミスター・サマーズも大満足さ」そう言って、輝くような笑顔を見せた。わたしたちにプレゼントをくれて、ほら、開けてごらんとでも言うような、そんな笑顔だ。「ホアンと呼んでくれ。そうかしこまらんで」

「お仕事がお好きなんですね、ホアン？」

ホアンはうなずき、口いっぱいにシチューをほおばった。「ああ、やってて楽しいからな」

「あの日、ミスター・サマーズの家で誰かと話しましたか？」

ホアンはまたうなずいた。「ミスター・サマーズと話したよ。ハーブをもっと植えたいと言ってたな」

「他に話した相手は？」

「いるよ。庭の木とね」言った直後に、自分の冗談に大笑いした。

だがコナーはにこりともしない。「お嬢さんたちはお元気ですか？」

いきなり話題が変わって、ホアンはきょとんとした。だがすぐに、うれしそうに話し始めた。「ああ、元気だよ。いい子たちなんだ。なあフランシスカ、わしらは幸せもんだよなあ?」フランシスカは愛情のこもった、だが疲れたような笑みを夫に向け、うなずいた。

「金銭的なトラブルなんかは?」

「ないよ。いい子たちだって言ったろ。それにしっかり者だ。締まり屋っていうのかな、母親と同じで。こんなふうにさ」片方の手を丸めてこぶしをつくり、また笑った。そのときふたたび列車が通過し、轟音で窓が揺れた。

「あなたの体調のほうはどうなんです? ホアン」コナーが訊いた。

ホアンがフランシスカを見ると、彼女がスペイン語で何か言った。くぎを刺すような口調だ。

「ああ、わしも元気だよ」ホアンは皿に残ったシチューをかきこむと、急いで立ち上がった。「どこも悪いとこはない。絶好調だ。だがそろそろ仕事に戻らんと。きれいな庭で、みんなに喜んでもらいたいからな」

わたしたちは礼を言って握手を交わすと、ホアンのあとについて玄関を出た。するとちょうどそのとき、ホアンのヴァンのうしろに、赤いトヨタ・カローラが止まった。運転席から、看護師の制服を着た中年の白人女性が降りてくる。それから助手席のほうにまわり、ドアを開け、年配の女性が降りるのを手伝いはじめた。

ホアンが玄関に頭をつっこみ、声をかけた。「おいフランシスカ、ローザとキャロラインだ」それから車に駆け寄った。「キャロライン、わざわざ送ってくれなくてもいいんだよ。フランシスカが迎えにいくんだから」

いいのいいのと言うように、看護師は手を振った。「シフトが明けて帰ろうとしたら、ローザもちょうど帰る支度ができてたのよ。たいして手間じゃないし、誰だって用が済んだら早く帰りたいでしょ？　ね、ローザ」

彼女の手につかまったまま、ローザがうなずいた。顔色が悪く、まるで漂白剤に長く浸けすぎたハンカチのようだ。一歩進むたびに足が痛むらしい。ふたりがゆっくり近づいてきてようやく、なぜローザが頭にスカーフを巻いているのか、眉をペンシルで描いているのかがわかった。遠目ではわからないが、化学療法のせいで脱毛しているのだ。

フランシスカがすぐ脇をかすめていったとき、こうつぶやくのが聞こえた。「この人たち、なんでまだいるのよ」

コナーを見ると、首を傾げている。彼とふたりで車に向かう途中、うしろからフランシスカの声が聞こえた。ホアンと同じく、ありがとう、申し訳ないとキャロラインに何度も繰り返し、ローザには、調子はどうかと尋ねている。そのあとの会話は、車に乗ってドアを閉めたため、聞こえなくなった。

「つまり、動機はあるわけだ」コナーがキーをイグニッションに挿し込み、回しながら言った。「化学療法は金がかかるからな」

「健康保険に入ってるかもしれないわ」

「まあな」

フランシスカのやさしい笑顔、ホアンの屈託のない笑い声、居心地のいい家を思い出し、気持ちが沈んだ。「ホアンのこと、好きだわ」ぽつりと言った。

「毒殺犯のわりにはってことか？」

「ちがうわ、悪い人だとは思えないの」

コナーはわたしを見た。「なるほど、第六感が鋭いようだな。他にも何か気づいたことはあるかい？」

頭の中で、ホアンの家での会話を振り返ってみた。「そうね。フランシスカはたしかに、ローザの病気を隠そうとしたのかもしれない。だけど、途中でホアンに何か注意していたのは」唇をかんで続けた。「仕事に遅れるよって言っただけかもしれないでしょ？スペイン語はわからないけど」

コナーは首を振った。「エイヴェリー、気に入ったからって容疑者からはずすわけにはいかないんだぞ」

「わかってるわよ！　だけど、壁に時計がかかってたじゃない。いつもフランシスカが確認して、ホアンに出かける時間を教えている可能性はあるわ」

「ローザの病状と、誰が治療費を払っているのか調査チームに確認させよう。だがカルテを見るのは難しいかもしれんな」頭を振った。「ふつうは見張りをつける程度ですませるんだが、そんな悠長なことをやってるひまはないからね」

「だったら誰か他の人に話を聞くのは？　あの家のお金の事情を、変に勘ぐらずに教えてくれるような」

「うん、いい考えだ」コナーは無線で調査チームに連絡した。スペイン語のできる人間からホアンの家族に電話をさせ、治療費の支払い状況を聞きだすようにと指示を出している。そのあとで、がん患者の支援組織だと名乗れば正直に答えるはずだ、と続けた。

「何よそれ！　ホアンの家族をだますことになるじゃない」

「きみのアイデアじゃないか」

「そんなこと言ってないわ！　実際にはありもしない援助を期待――」

コナーがさえぎった。「いや、いかにもありそうじゃないか。それに、何かを約束するわけでもないしな」

「そんなの言い逃れよ」なんであんなこと言ってしまったんだろう。それに、このコナーという男は本当に最低だわ。目的を遂げるために、ひとの不幸を平然と利用するなんて。〈ソサエティ〉も、こうした彼のやり方を知っているのだろうか。

しばらく無言だったコナーが、ようやく口を開いた。「ぼくだって、そこまで人でなしじゃないさ。わかってほしい」

「何が言いたいの」

彼は鼻から息をゆっくり吸い込んだ。「もしホアンが事件と無関係で、ローザの治療費で困っているとわかれば、匿名で援助させてもらう。もともと最初からそのつもりだった。さあ、もうぐだぐだ言うな。とにかくダナの命が最優先なんだ。ぼくのやり方にいちいち口を出さないでほしい」

そうだ、忘れていた。すべてはダナを救うためなのだ。だけどやっぱり、そこまでは割り切れない部分もあった。人の命が懸かっていて、実害がなければ、どんな手段でも正当化できるのだろうか……。わからない。自分のなかでは、まだはっきりした答えは出せそうもなかった。窓の外に目をやると、ホアンの住む地域に比べ、家のサイズが大きくなっている。高級住宅地ラーチモントにある、コレットの家に向かっているらしい。

チャコールグレーの瓦屋根、真っ白なファサードに木製のフレンチドア——コレットの住む家は、とてもモダンだった。豪邸ではないが、軽く百万ドルはするはずだ。メイドの給料だけで、どうやったらこんな家に住めるのだろう。

そこで、はたと思い当たった。俗語では〝フレンチ〟と〝メイド〟を組み合わせると、あまりお上品とは言えない意味がある。もしやコレットは、本来の仕事とは違うタイプのサービスをしているのでは？　とそのとき玄関のドアが開き、コレットが現れた。

写真で見たとおり、絵に描いたような美人だった。メイクもヘアスタイルも非の打ち所がない。ブルーの大きな瞳とピンクの口紅のせいで、どこかあどけなさも感じられる。

だがコナーを見たとたん、媚びるように笑いかけ、無邪気な乙女のイメージを一瞬にして吹き飛ばした。そのあとで、わたしに冷たい視線をさっと走らせた。

「何かご用ですか？」フランス風のお洒落なアクセントを聞いて、わたしは自分が少しかわいそうになった。オーストラリアの訛りが、やけにがさつに思えたからだ。コレットはすぐに、コナーに色っぽい視線を戻した。まるでこの場から、わたしが消え失せたかのようだ。いつもどおり、コナーがジョッシュの名前をあげ、自分たちの立場——私立探偵とその恋人——を紹介すると、中へどうぞと招き入れられた。

家のなか全体が、エレガントにまとめられている。彼女について歩きながら、コナーがわたしの手をつかみ、耳元でささやいた。「何か口実を見つけて、先に帰るんだ。やきもちを焼くふりをするのがいいな。彼女がぼくを誘惑するつもりなら、いろいろ聞き出せるかもしれない」

なるほど。わたしの演技力を認めさせるのにいいチャンスだ。そこで、彼の腕にしがみつき、すねたような口調で言った。「ねえチュッチュちゃん、どうしてデート中に仕事しなくちゃいけないの？」

「ダーリン、すまない。だけど犯罪者は、ぼくらの予定なんて考えちゃくれないんだ。それと、忘れたのかい？　チュッチュちゃんと呼ぶのはやめる約束だっただろ？」

声を落としてはいたが、コレットが耳をすませているのはわかった。腰を振る動きが、さらに大胆になったようだ。わたしはつぎのセリフを考えながら、形のいいヒップラインをにらみつけた。

案内されたリビングルームには、オフホワイトのソファと、ハイバックの椅子が三脚置かれていた。どの椅子もテイストは違うが、ヘリンボーン柄のベージュのラグのせいか、不思議と統一感がある。コレットがソファにすわったので、わたしたちはひとりずつ、ハイバックの椅子に離れて座るしかなかった。

見るぶんにはお洒落な椅子だが、座り心地はよくない。

わたしは部屋をぐるりと見回した。フロアランプが二つ、それに、ガラスとコッパーを組み合わせたテーブルがセンス良くレイアウトされている。炉棚の上にはやはりコッパーの花瓶が三つ並んでいて、その背後には、凝った装飾の鏡が掛かっている。どこもかしこもぴかぴかに磨かれ、塵ひとつない。自分で掃除しているのかしら。それとも、自分よりずっとお手頃なメイドをやとっているのかしら。どちらにしても、コナーとコレットならすごく気が合いそうだ。それに比べてわたしなんか……。あっそうだ、忘れてた。やきもち焼きの恋人を演じるんだったわ。

「なんでメイドのお給料で、こんなゴージャスなおうちに住めるのかしら？」

コナーが腕を伸ばし、わたしの手を握りしめた。申し訳なさそうにコレットを見る。「すみません、彼女が失礼なことを」

「あら、気になさらないで」コレットはわたしに顔を向け、不自然なほど大きな笑みを浮かべた。「不思議なんだけど、気前のいいクライアントに恵まれているみたいなの」

そう言って、コナーに胸元が見えるように身体をくねらせた。彼もそれを、ほれぼれと眺めている。

「何かお飲みになる？」

わたしは空腹を訴える胃袋をねじ伏せ、そっけなく言った。「いいえ、結構です」

コナーはしぶしぶコレットから視線をひきはがし、わたしに言った。「なあダーリン、だったら車に戻って、友だちに電話でもしたらどうだい？」

わたしは彼を見てから、いかにも怪しむような目つきでコレットに視線を移した。

「ほら、仕事の話は退屈しちゃうだろ？」

わたしは顎をつんと上げ、立ち上がった。「それもそうね。リリーに電話してって言われてるし」コレットをにらみつけ、自分のものだと言うようにコナーの胸に手をあてた。「じゃあ、ちょっと失礼するわ。チュッチュちゃん、あんまり待たせないでよ」

廊下を歩きながら、コナーのことを考えた。話を聞きだすのに、どこまで彼女といく気なんだろう。いやだ、わたしったら。なんでそんなこと気にするのかしら。

とにかくまあ、コレットとかいうあの女は、まったく受け入れられない。いや、容疑者ということなら受け入れてもいいけど。

玄関のフレンチドアまで来たところで、コート掛けにかかっている鍵束に目が留まった。手を伸ばし、音をたてないようにフックから慎重に持ち上げる。それから携帯を取り出し、一つずつ写真に収めた。念のためだ。わたしは全部写し終えると、元に戻し、急いで車に向かった。

9

しばらくして、コナーが車に戻ってきた。ピンクの口紅が頬についているのは、あえて指摘しなかった。「どうだった？」

「タリアを調べたらいいと言われたよ」

「え、なんで？」

「コレットの話だと、タリアは気の毒なほどジョッシュに夢中で、ダナに嫉妬していたそうだ」

わたしは腕を組んで、わざとらしく咳払いした。コレットの目には、誰もが気の毒でやきもち焼きに映るのだろう。

「コレットのほうが怪しいと思うがな」コナーが言った。「掃除以外のサービスも、ジョッシュに提供しているとほのめかしてたよ。ダナを恨んでいたのかもしれないな。彼女のせいでジョッシュに捨てられると思って。いずれにせよ、彼女がその手のサービスで大金を得ていたのはまちがいない。悪い取引ではないと考えているようだ」

「危ないことに巻き込まれるとか、心配じゃないのかしら」

「見返りが充分でなければ、取引はしないだろう。コレットは自分以上に金を愛している。すぐに調査チームに、彼女の口座を調べさせよう」コナーはバックミラーをのぞくと、ポケットからハンカチを取り出し、口紅のあとをふき取った。

調査チームと聞くたびに、スモークガラスの窓に囲まれ、まぶしい蛍光灯の下で、大勢の人がコンピューターに向かって作業をする姿を思い浮かべてしまう。実際にはたぶん、床から天井までの大きな窓と、ちゃんとしたエスプレッソ・マシンを備えたリッチで都会的な空間だとは思うけど。〈ソサエティ〉には、それだけの財力があるはずだもの。

ううん、やっぱりエスプレッソ・マシンはないかも。その必要性を感じている人間がいるとは思えないから。「あなたがいちゃついてる間、わたしはちゃんとあの家を調べてたのよ」

「へええ、どんな？」

そこで、鍵束の写真を撮ったことを話した。

「やるじゃないか」コナーが言った。「コレットにジョッシュの家の鍵は必要ないだろうが、スペアキーがあれば、誰かに渡して毒を盛った可能性もある。いざとなれば、この件を口実に問い詰めることもできるな」

自分も同じことを考えていたというように、わたしは大きくうなずいた。「つぎはどこへ行くの？」

「ダナの家だ」

「なんで？」

「クライアントの周辺に怪しい動きがあった場合、ふつうはシェイズが一番に気づくから、まずは彼らに話を聞くんだ。でも今回はそういうわけにいかないだろ？　だから彼女の部屋に手がかりが残されていないか、探してみようと思うんだ」

わたしはあんぐりと口を開け、コナーを見た。彼に家捜しをされるなんて、考えただけでもぞっとする。これもまた、シェイズの任務の一環で、〈ソサエティ〉が説明をするのを忘れていたのだろうか。「それってプライバシーの侵害じゃないの。見られたくない物だってあるはずよ。たとえば日記とか」

「日記か。いいねえ。それこそ役に立ちそうじゃないか」

「だけど、他人が見てはいけないものよ！」

コナーはうんざりしたように言った。「日記を読まれて命が助かるのと、プライバシーを尊重されて見殺しにされるのと、どっちがいいんだ？」

わたしが感情的になればなるほど、彼は冷たい顔になっていく。

深呼吸を一つして、今の質問をよく考えてみた。自分がもし日記をつけていたら、この二日間、どんなことを書いただろう――

コナーの下着って、肌ざわりが最高だわ。

このままもらっちゃってもいいかも。

それにコナーのお尻って、最強にかっこいいし。そうだわ、彼に捧げる詩でも書いてみよう。

ピカソの絵。

ロダンの彫刻。どれもみんなため息モノ。

ああだけど、あなたのお尻はそれ以上。

寝ても覚めても目に浮かぶ。


だから、質問の答えは簡単だった。「見殺しにしてちょうだい」

胃袋のうめき声を鎮めるため、まずはオーガニック・レストランに立ち寄って、食料を調達した。それからしばらくして、コリアンタウンにあるダナの質素なアパートメントに到着した。

「きみは車で待っていればいいさ。だけどぼくを止めても無駄だよ」コナーが言った。家の中をもし隅から隅まで調べたら、ダナにぜったい恨まれると思う。彼女はもともと社交的なタイプではないし、身の上話もほとんど聞いたことがない。たとえ、命を助けるという大義名分があっても、家捜しという卑劣な手段を正当化できるものではないだろう。ただそうは言っても、やはり不安だった。もしコナーが大事な手がかりを見逃し、そのせいでダナが死んだらどうしよう。そんなことになったら、わたしはこの先一生後悔して生きていくことになるだろう……。結局わたしは車を降り、コナーのあとを追った。

三階まで上がると、どれも同じような木製のドアが奥まで並んでいた。やがて、ダナの部屋を見つけた。玄関のドアは黄色に塗られていて、この建物には違和感がある。コナーが鍵を開け、わたしは無言でダナに謝りながら、部屋の中に入った。

室内は質素で、あたたかい暮らしの温もりはまったく感じられない。ダナはこの部屋で、生活という作業を、ただ淡々とこなしていたようにも思える。家具は数えるほどしかなく、それもありきたりの物ばかりだ。絵や写真すら掛かっていないせいか、黄色いドアがますます浮いて見える。前の住人が塗り替えたのだろうか。

だが、いくら個性のないように思えても、私物をひっくり返して手がかりを探す気にはなれなかった。そこで、冷蔵庫から腐りやすいものを取り出し、他のゴミと一緒にして捨てることにした。だけどこんなことをしても、彼女が戻ってこなければ意味がない……。わたしはまばたきをして、こみあげる涙をこらえた。なにがなんでも、戻ってこられるようにするしかない。

冷蔵庫にはたいしたものは入っていなかった。スキムミルク、ターキーのスライスが二枚、レタス、パン、調味料が少々。任務中のシェイズは、自宅で食事をすることはほとんどないからだ。いたみやすい食料を取り出し、カウンターに載せていく。

ふと、ゴミ箱が気になった。探偵だったら、きっとこういうものもひっかきまわして調べるのだろう。

わたしは目の上に落ちてきた髪を吹き払うと、シンクの下をのぞいた。黄色いゴム手袋を見つけ、両手にはめる。もう言い訳はしない。ビニールのゴミ袋をつかむと、息を止め、ゴミ箱の中身を一つずつ移していった。潰れた生ゴミや湿ったティーバッグ、汚れたペーパータオル、パンの耳。

勘の鋭い人間なら、こんなものからでも何かひらめくのかもしれないけど。

わたしはゴミを一つの袋にまとめると、最後に持ち帰ろうと、玄関の前に置いた。

コナーはダナの寝室から出てきて、キャビネットをくまなく調べている。日記はまだ見つかっていないようだ。焦りを感じるいっぽうで、どこかほっとしている自分がいた。

キッチンに戻り、場違いなものはないかと、食器棚を調べはじめた。そのときふと、〈ロイヤル・ダンスク〉のクッキー缶を見つけ、手が止まった。場違いだからではない。わたしがクッキーには目がないからだ。いつの時代も、宇宙飛行士に憧れる子どもは少なくないが、わたしは小さいころ、絶対にクッキー・モンスターと結婚しようと思っていた。一枚ぐらいもらったって、ダナは怒らないはずだ。

しばらくためらっていたが、結局は我慢できずに缶のふたを開けた。だが中には、新聞の切り抜きが一枚入っているだけだった。モノクロ写真で、三人のティーンエイジャーが写っている。怪しい。場違いにもほどがある。クッキーのかけら一つ残っていない。残念なのはもちろん、ますます怪しく思えた。

写真の下には、説明が添えられていた。『左から順にヘンリー・スミス、ジョッシュ・サマーズ、ケイト・ウィリアムソン』

たしかに、真ん中の少年は若いころのジョッシュだ。他のふたりは見当もつかないが、しかたがない、二十年以上も前の写真なのだ。

コナーのところへ、それを持っていった。

「そこの書類の上に置いておけ」

言われたとおり、パソコンと公文書らしき書類の山の上に、切り抜きを置いた。

そのあと、残りの部屋もくまなく調べたが、手がかりと言えるようなものは見つからなかった。それでもコナーは、ダナのパソコンから何か見つかるのではと期待しているようだ。調査チームに連絡し、パソコンのチェックと一緒に、切り抜きの元の記事を探すように指示を出している。

わたしは車に戻るとき、来たときよりもいっそう気持ちが沈んでいた。ゴミ袋を持っていたせいもあるかもしれないけれど。「ダナのお見舞いに行ってもいい？」わたしは尋ねた。

「意識不明なのはわかってるけど、ひとりぼっちじゃ寂しいと思うの」

コナーは、心から気の毒そうに言った。「悪いが、セキュリティ上、被害者に会えるのはごく一部の人間に限られてるんだ。そこを甘くすると、何者かが侵入し、とどめを刺すかもしれないからね」

わたしはうわの空でうなずき、ゴミ袋を捨て、車に乗り込んだ。ふてくされたわけではない。だが会話を続ける気にもなれず、黙って窓の外を見つめた。

コナーが車のエンジンを切ったときも、まだぼんやりと外を眺めていた。頭を振って車を降りると、コナーから耳栓を渡され、そのときようやく、射撃練習場にいると気づいた。

「銃を撃つのは初めてだったな」

コナーがひと通り、安全ルールについて説明した。指はつねに引き金から離しておく、いつ暴発してもおかしくないと思って慎重に扱う、そんな内容だ。だがそう教わったところで、不安が消えるわけではなかった。

コナーが拳銃を差し出したが、本物かどうかはわからなかった。なにしろ、銃を手にしたのは人生で一度きり、それもおもちゃの水鉄砲だったのだ。実際に持ってみると、思った以上に重くて大きかった。それに、すごく不格好だ。

「こいつが、ルガーマークⅡ22／45だ」何か意味があるような口ぶりだったが、さっぱりわからない。「初心者には最適なんだ。単動式で反動が少なく、撃ち損じがほとんどない。握った感触もいい」

「とっても優秀なのね」わたしは両手でおそるおそる持ったあと、銃口を下に向けた。万が一暴発した場合に備え、爪先からもなるべく離しておく。「だけど説明を聞いても、半分も理解できなかったわ」

「心配はいらない。実際に練習しながら、また説明する」彼が背後にまわった。正しい構えになるよう、文字どおり、手取り足取りして教えてくれる。まるでロマンス映画のワンシーンのようだ。たくましい身体を押しつけられ、その瞬間、恋に落ちて……。だが殺しの道具を手にしていると思っただけで、彼の熱い身体など、どうでもよくなっていた。

「よし、じゃあ実際に撃ってみよう」彼が安全装置をはじいた。「標的に狙いを定め、引き金をそっとひくんだ」

撃った瞬間、銃口から小さな金属片が飛んできた。思わずのけぞって、悲鳴を上げる。わたしが大きく振り回す両手を、コナーが押さえ込んだ。「大丈夫だ。こういうときのために保護メガネをかけてるんだから。さあ、自分の撃った弾がどうなったか見てみろ」

コナーがわたしを定位置に戻す間、標的の紙を確認した。外側の縁が撃ち抜かれている。

「いいぞ。じゃあ、もう一度」

息を深く吸って、今度は力いっぱい引き金をひいた。さらに、もう一度。それから、弾倉をリロードする方法を教えてもらうと、そのあとまた、構えの修正や射撃練習を繰り返した。二十発ほど撃ち終えると、銃が少しは手になじんできたように感じた。また、自分の足を撃たないようにと脅えることもなくなり、黒い円の内側を撃つことに集中できるようになった。さらにもう一ラウンド終えると、的をはずすことがなくなり、構えを修正されることも少なくなった。

「よし、今日はここまでだ」

夢中で撃っていたが、たしかに両腕ともふるえていた。地面にも薬莢《やっきょう》がたくさんちらばっている。

轟音がひびく練習場をあとにして、コーヒー（わたしは紅茶）を飲みにいった。ダナの部屋で頭にもやもやとかかっていた霧は、いつのまにか消えている。銃を撃つと、何か不思議な力が働くのかもしれない。といっても、安全に管理された環境で、犠牲者が紙の人形に限った場合の話だが。

いつものように、鼻にしわを寄せてコーヒーを飲むと、コナーの前に押しやった。

「射撃を教えてくれてありがとう」

コナーはうなずいて、コーヒーを一口飲んだ。「今日はこれで終わりだ。家に戻って休んだらいい。できれば、ヘイトメールに目を通しておいてくれ。ぼくのほうは、調査チームにダナのパソコンを届け、そのあと事件のファイルを読み返してみるよ」

わたしはコルヴェットを運転し、マーケットで入手した野菜や、あとから買ったガーリックをぶらさげ、家に戻った。オリヴァーはミャオと一緒にカウチに横たわり、パソコンでSF映画を観ている。わたしを見て、一時停止のボタンを押した。

「イジー、おかえり」

「ただいま、オリヴァー。今日も例のプレゼント、ミャオからもらった?」ハグとごはんを別にしたら、ミャオが一番好きなのは、ゴキブリを捕まえることだ。しかも、とても上手だから、玄関を入ったところに、コリコリした歯ざわりのいい死骸がしょっちゅう置いてある。その日に最初に帰ってきた人への、プレゼントのつもりらしい。ほんとになんてよくできたニャンコなのかしら。ゴキブリを仕留めるのってすごく難しいもの。

「ああ、もらったよ！　今日は三匹だ。めちゃくちゃデカいやつが一匹いたぞ」顎の下をオリヴァーがくすぐってやると、ミャオは得意満面で喉を鳴らしている。

「変ね。わたしはここ二日間、生きてるやつを一匹も見てないわ。オリヴァーに見せたくて、どっかにため込んでるのかしら」

オリヴァーはにやりと笑った。「さすがはミャオだ。ゴキブリを見て、ぼくのほうが喜ぶとわかってるんだよ」

わたしはカウンターに野菜を置いた。「喜ぶって言っても、生きてるのより死んでるやつのほうがましってことでしょ。だけどミャオが賢いのは否定しないわ」

オリヴァーの表情が真剣になった。「ねえイジー、〈フォックス〉での接客係の件、少しは考えてくれた？」

わたしは引き出しをかきまわし、ピーラーを探した。「ああ、あの話ね。すごくありがたいんだけど、やっぱり今の仕事のほうがいいかな。お給料も断然いいし」

ミャオを膝からおろしてオリヴァーがやってきた。いつもと同じ、ライムとスモーキー・ラムの香りが漂う。バーテンダーという仕事のせいなのか、コロンなのかはわからない。

「なら良かった」口調からすると、そうは思っていないようだ。「今の仕事って、どういうやつなんだい？」

いきなりずばりと訊かれ、わたしは口ごもった。「はっきりとは教えられないの。秘密保持の契約書にサインしたから。あ、一枚だけね」本当は、膨大な量の契約書にサインをして、さらに、意味不明の怪しげな宣誓までさせられていた。ミャオが足元に寄ってきたので、抱き上げてやる。

「それって、裏《シェイディ》の仕事ってことじゃないか」

わたしは一瞬、ドンピシャすぎる言葉にあせったが、ミャオを抱いていたおかげで口ごもらずに済んだ。「いやあね。そんなんじゃなくて、プライバシーを大事にする人たちとの仕事ってことなの」といっても、シェイズのプライバシーはあんまり大事にされてないけど。わたしは落ち着きなく、ミャオの背中を何度もなでまわした。「ちっとも危ない仕事じゃないのよ、ほんとよ」

だが少しも納得していないのだろう、オリヴァーは硬い表情のままだった。それから、わたしの着ているブラウスとスカートに目を留めた。どちらもブランド物で、〈フォックス〉に行くときにいつも着ていたジーンズとTシャツとはえらい違いだ。

「どうだかな」オリヴァーが言った。「秘密の仕事。金持ちの彼氏。それにゴージャスな服。ぼくに報告する義務はないけど、困ったことになったら必ず相談してくれよ。約束だぞ」

わたしはミャオを床に下ろし、サンダルを脱ぎ捨てると、野菜の皮をむきはじめた。「心配してくれてありがとう。だけどこの件については信用してほしいの。お願い」こんな言い方で、納得してくれるわけがないのはわかっていた。

だったらやっぱり、例の話題をふるしかない。

「それに」わたしは続けた。「ルームメイトがゴージャスなほうがうれしいでしょ？　だってあなた、ゴージャスな女王陛下の大ファンなんだから」

オリヴァーが女王について話しだしたら止まらないのは、〈フォックス〉ではもはや伝説になっていた。単に笑いをとるために大げさに語っているのか、彼女に特別の思い入れがあるのか、そのあたりはわからない。ただ、女王を話題に出せば、オリヴァーのおかげで六十秒は楽しめるとみんなが知っていた。

無料のジュークボックスとでも言えばいいか。

「ゴージャスだって？　あの女王が？　もしかして、ぼくにケンカ売ってる？」

良かった、作戦大成功だ。「とんでもない。だけど彼女、すごくお洒落じゃない？」

オリヴァーは声を荒らげた。「あのさあ、きみどこかで隠遁《いんとん》生活でも送ってたんじゃないの？　あのちっちゃい婆さんのどこがゴージャスなんだよ。ごてごてした服をとっかえひっかえ着て、帽子まで揃えているけど、全部コーギーの毛だらけじゃないか」興奮して、両手を振り回している。「そういう、犬の毛だのよだれだのが付いた服を、毎日使用人たちはヒイヒイ言いながらきれいにしてるんだぞ！　帽子屋だってかわいそうだよ。毎年毎年、ばかげたデザインを山ほど考えなくちゃいけないんだから。だけど一番かわいそうなのは、ぼくたち英国臣民さ。あの婆さんに贅沢をさせるために、汗水たらして働いてるんだから」反論できるならしてみろよ、と言わんばかりだ。「どうなんだよ、イジー。いったいそのどこがゴージャスだって言うんだよ？」

わたしは必死で笑いをこらえた。「だけど、あなたまだ、税金はイギリスに払ってるんでしょ?」

オリヴァーは怒りに燃えた目でわたしをにらみつけ、肩をいからせてソファに戻った。良かった、ひとまず彼の追及は免れた。「夕食ができるまで、あと一時間半ぐらいかかるけど。いい?」

彼は悲しそうに首を振った。「きみにいつもいつも食事を作らせて、申し訳ないとは思ってるんだ。だけど今は、それも悪くないかなって気がしてる。こうした強制労働を経験することで、きみが少しでも、かわいそうな英国臣民に共感できるかもしれないからね」オリヴァーは格調高いイギリス英語でそう言うと、映画の再生ボタンを押した。

料理が強制労働ですって? 無料のジュークボックスより断然いいわ。

わたしはオリーブオイル、セロリ・ソルト、数種類のハーブで野菜を和えると、器に並べ、オーブンに入れた。つづいてホワイトソースを作りながら、エッタに届けてあげようと、クッキーの種をこねはじめた。八歳のときにママを手伝うようになってから、キッチンはわたしにとって自分の城のようなものだ。同時進行の作業だってお手の物。ずいぶん長いこと、料理を作って盛り付け、コーヒーを淹れ、接客までこなしてきたのだから。

ミャオはいつのまにか、オリヴァーのいるソファに戻っていた。オリヴァーがいないときはわたしにすり寄ってくるのに、彼がいるときは、いつも影のようにつきまとっている。だからといって責めたりはしない。誠実であることがいかにすばらしいかは、誰よりもよくわかっている。まさにそれこそが、別れた夫に欠けていたものだったから。

これからは必ず、シャワーを浴びてベッドに入る前に、ミヤオにごはんをあげよう。

食事を終えると、わたしは自分の部屋にひっこんで、ジョッシュ宛のヘイトメールの箱から、一通目を取り出した。類似点が見つかる可能性もあるから、消印と筆跡は確認しておく。だが読み始めてすぐ、首を傾げた。さまざまな性行為を書き連ね、それをジョッシュに試してやると脅してはいるが、解剖学的に見て、ほとんどが不可能なのだ。また個人的にも、それほどそそられる行為とは思えない。殺してやるとはひと言も書かれていなかったので、〝調査不要〟の箱に入れた。

二通目は、「あなたをいつも見つめています」と書かれているだけだった。ストーカーっぽくて不気味ではあるが、明らかな脅迫とは言えない。これも、さっきと同じ箱に入れた。三通目は、あまりに暴力的な内容で、毒殺という繊細な手段を、この差出人が取るのはとうてい無理だと判断した。

読み終わった手紙で小さな山ができるころには、目がしょぼしょぼして、かなり深い人間不信に陥っていた。〝要調査〟の箱に入れたのは四通。

そのうち三通は同じ男からで、〈ホールサム・フーズ〉の経費削減のせいでクビになったとジョッシュを恨んでいた。どうやら失業生活が長引くにつれ、怒りがエスカレートしているようだ。だがわたしには、この男が今回の犯人だとは思えなかった。毒殺という殺しの手段は、一般的には非力な女性に好まれ、いっぽう男性の場合は、暴力に訴えるという傾向があるからだ。ただしこれはあくまでも一般論で、セレブたちの世界では男女に関係なく、毒殺事件──未遂を含め──は驚くほどの件数にのぼる。〈ソサエティ〉によれば、それもまた、当局がそうした事件をもみ消す理由の一つらしい。事件が表沙汰になって世間を騒がせ、毒殺という手段が一般社会にも広がることを恐れているのだ。なるほど。匿名性と間接性──毒殺の大きな特徴とされるこの二つは、よく言われるように、インターネットの特徴でもある。だがこれによって、ネットの世界で、それまで見られなかった人間の忌まわしい側面が露呈したことを考えれば、毒殺事件がなるべく注目を浴びないようにするのは、たしかに賢明かもしれない。

それにもし、この失業男が本気であれば、署名入りの脅迫状を何度も送るわけがない。それでも一応、この手紙はコナーに見せたほうがいいだろう。夫が脅迫状を書いたとは知らず、男の妻が毒を盛った可能性も捨てきれない。それにもちろん、この広い世の中には、大マヌケの犯罪者もいるだろうから。

残りの一通は、ある貧困家庭の母親からだった。子どもがジョッシュの料理学校に通っていたが、あるときから家に戻っていないらしい。ジョッシュに息子を奪われた、いつか同じ苦しみを味わわせてやる──そう怒りをぶちまけている。彼女に殺し屋をやとう金はないだろうが、知り合いの知り合いには、一肌脱いでやろうという人間もいるかもしれない。それに母親の愛情というのは、何よりも強い動機になる。殺人をおかしても、不思議ではないほどの。

10

研修所を出て暮らすようになってようやく、気候を理由に、オリヴァーがロスに留まる理由がわかった。空はどこまでも晴れわたり、気温は二十五度と、このうえなくさわやかだ。そしてあと十一日したら、最初のお給料が出る。

闇金モンスターに略奪されなければ、の話だけど。

気分がいい理由はもう一つあった。アルバートとのランチデートを控えているから、いくらコナーでも、毒入りの朝食をわたしに食べさせるわけがないからだ。

コナーが迎えにきた。家を出ると、エッタの家の前に置いたクッキーの皿がなくなっている。良かった。ミスター・ラーソンが、ハムスター用の餌としてくすねたのでなければいいんだけど。

エッタから近隣の情報を入手してからは、フラナガン家の前を通るときは、つい耳をすませてしまう。たしかにいつも、ベッドでの喘ぎ声か、怒鳴りあいのどちらかがドア越しに聞こえてくる。今朝は仲良くいちゃついているようだ。いいんじゃない。そういう楽しみと自分がいつから縁がなくなったのかは、考えないことにしよう。下までおりると、いつものようにコナーが助手席のドアを開けて待っていた。

彼は運転席に座ると、口元にうっすらと笑みを浮かべた。「何か気がつかないか？」

はてなマークが頭に浮かんだ。彼が一夜にして、不細工になったわけではない。それどころか、いっそう魅力的に思える。きのうダナの部屋を出たあと、黙ってはいたが、とてもやさしかったから。それとも昨夜、ベッドでの彼を想像しながら眠ったせいかも。ロスにいるおかげで、美男美女への免疫がある程度ついてきて、ほんとに良かった。でなかったら……。「何かしら？」

コナーがハンドルを軽くたたいた。「こいつは、きみがおっぽり出した車だよ。タイヤは替えてある」

わたしは腕を組んだ。膝が震えているのは、お腹が空いているせいかしら。彼がめちゃくちゃ美形だとか、そんなことはもうどうでもよかった。「おっぽり出したってなによ。まるでわたしに選択肢があったみたいじゃない」

「あっただろ」

「頭に銃を突きつけられてたのよ！　ほんとにほんとなんだから」

「まあ厳密に言うと、あいだに防弾ガラスの窓があったけどね」

わたしの顔には、怒りの言葉が百万個は書かれていたと思う。

コナーはまた、ハンドルをぽんとたたいた。「なんだ、きみも喜んでくれると思ったのに」

わたしは声を震わせた。「あ……あなたって、ほんとに残念な人ね」

車が走りだしても、しばらくふたりとも無言だった。とうとうわたしから、仲直りのプランを出した。

「どこかで朝食をごちそうしてくれる？　少しは残念じゃなくなるかも」

カルヴァー・シティにある、小さなサンドイッチ店に立ち寄った。長居をさせたくないのか、座り心地の悪いブリキの椅子が置かれている。だが厨房からただよってくる匂いのおかげで、そんなことはちっとも気にならなかった。

わたしはBLTサンドを注文した。パニーニを選んでから、アヴォカドと卵を追加で入れてもらう。コナーは、朝食限定のブリトー・セットを選んだ。料理が来るのを待つあいだ、わたしからは、〝要調査〟にしたヘイトメールを見せ、彼からは調査の状況を説明してもらった。

「それほど報告があがってるわけじゃないんだ」彼が言った。「ホアンのところで見かけた年配の女性は、彼の姉さんだ。大腸がんのステージⅢで、ここ二カ月、化学療法を受けている。親戚からの援助を受け、なんとか治療費を工面しているらしい」

陽気で日に焼けたホアンの顔が目に浮かんだ。そんなつらい状況にあっただなんて。もちろん、性別や人種、お金の有無に関係なく病気にはなるし、家族の死は誰にとっても耐えがたいことだ。だがそれに治療費の心配まで加わったら、なおさらつらいだろう。「やっぱり、匿名の寄付を受けたほうがいいわね」

コナーがわたしをにらみつけた。「ひとのことはいいから、自分の仕事に集中しろ」

「だってわたしの仕事はあんまりおもしろくないんだもの」

コナーはしばらく黙っていた。深呼吸の練習をしていたようだ。「ホアンの口座を調べたが、不審な入金はなかった」ようやく口を開いた。「コレットの口座もぜんぶ調べたよ。そうとう貯めこんでるな。時給は少なくとも百ドル、客によっては四百ドルも払っているようだ」

サンドイッチが来る前に聞いて良かった。でなければ、テーブルいっぱいに吐き出してしまうところだった。家を掃除するだけでそんなに大金がもらえるなら、シェイズなんてやってられない。

コナーは椅子にもたれ、わたしの顔を探るように見つめた。「わかってるだろ。法外な時給は法律違反じゃない。コレットの客たちは並のメイドじゃいやなんだ。美人で教養もあるメイドを雇えば、自分にも箔がつくと思っている。だから大金を払ってるんだ」

何よそれ。まあ教養があるかと訊かれれば、わたしの場合はノーだけど。それに実を言うと、掃除や裁縫など家事一般についても、あまり得意とは言えなかった。

「どうだい。ぼくの仕事だって、そんなにおもしろいとは言えないだろ」

わたしは彼に向かって、手をひらひらさせた。「わたしに気を使わないで、どうぞ話を続けて」

「三週間前、ジョッシュはコレットの時給を三倍にした」

具体的にいくらなのかは、できれば聞きたくなかった。もうすぐ入るお給料が楽しみじゃなくなってしまう。

コナーは、わたしが話しだすのを待っていた。そこで嫉妬心を脇に押しやり、コレットの時給がアップした理由を考えてみた。「ということは、ジョッシュが家をもっときれいに磨いてもらいたくなったのか。それとも、何かおかしなことが起きたか」

「そうだ。だがその理由がなんであれ、給料がアップしたコレットがジョッシュの命を狙うとは思えない。こうなってくると、一番怪しいのはきみの友だちのアルバートだな」

料理が運ばれてきたので、小さなテーブルの上に置けるよう、書類を片付けた。

まずはコナーの料理を、一口ずつ毒見した。オムレツ、チーズ、ハッシュドポテト、ベーコン、サルサソース、アヴォカド。この朝食セットには、ロスの美味しいものがすべて詰め込まれている。トーストしたわたしのパニーニも最高だ。あとは本物のエスプレッソがあれば、完璧なのに。

コナーから、無線付きの腕時計のほかに、ガラスの小瓶を渡された。「デートに持っていくといい。この瓶には、ケトコナゾールがたっぷり入っている。興奮抑制剤だから、アルバートにこっそり飲ませれば、いざというとき襲われずにすむ。精製して無味無臭にしてあるから、水以外に混ぜれば気づかれることはない。十五分もすれば効いてくる」

わたしは小瓶を受け取って、バッグにしまった。食べ終えたばかりのサンドイッチが、胃の中でもぞもぞしている。

「なるべく多く聞き出せるに越したことはない。だが質問攻めはまずい。怪しまれない程度にしておくんだ。きのうと同様、ぼくは近くで待機している。状況は無線でわかるから、きみが危険な目にあうことはない」

「それはありがたいんだけど」わたしは時計をつけながら言った。「ジョッシュを恨んでいる母親も調べたほうがいいと思うの。ほら、息子を奪われたっていう手紙を書いてきた」胃袋の不審な動きは気にしないほうがいい。大事な話をしているのだから。

「そうだな」コナーはあまり、気が乗らないようだった。

「犯人じゃないかもしれないけど、話してみる価値はあるはずよ。損得じゃない、愛情による動機も考えてみたほうがいいと思うの。居場所も調べてあるわ」彼女の住所を書いた紙を、テーブルに置いた。「タリアが育った場所の近くなの」もちろん、彼女が犯人であってはほしくない。だけど、はたして偶然だろうか。やはり見過ごすわけにはいかない。

コナーはその紙に触れようともしなかった。「じゃあ、きみのデートが終わったら一緒に行ってみるか」

「ドライブがてら、ひとりで行ってきたら？　せっかく自分の車が戻ってきたんだから」

「きみひとりで、アルバートは無理だ」

わたしは思いきり、彼をにらみつけた。「まるでわたしが、か弱い乙女みたいじゃないの」

「イソベル、やつにはこれまで、何度も殺人の容疑がかけられてるんだぞ」

わたしは視線を落とし、自分の膝をじっと見つめた。コナーの言うことはよくわかる。だけど、ダナのがらんとした部屋がたえず頭に浮かぶのだ。手紙を送ってきた母親は、サンディエゴに住んでいる。ここから車で二時間はかかるから、デートのあとにふたりで行ったら、戻ってくるのは夜になってしまうだろう。

わたしは顔を上げた。これまではいつも、コナーの判断にゆだねていた。彼はやっぱりプロなんだから。でもだからこそ、この件を彼に任せたいのだ。もしかしたら、ダナを救う鍵になるかもしれない。わたしを守るために待機して、手遅れになるのはいやなのだ。「殺人といっても、結局は容疑止まりだったんでしょ？」そう指摘してから、続けた。「ダナが昏睡状態になってもう三日目よ。時間切れにはしたくないの」

コナーはたっぷり一分間、わたしを見つめていた。

わたしも負けずに見返していると、ようやく住所の紙を手に取った。

「わかった。きみの言うとおりにしよう」

コナーに家まで送ってもらうと、デートの支度にとりかかった。口紅を何度も塗りなおしたり、髪のほつれをなおしたり、服装を確認したりと、われながら落ち着きがない。今日のボトムスは、黒と白、ピンクの花柄のペンシルスカートで、脇に深くスリットが入っていた。白のストレッチ素材のトップスは、もともと深めのUネックだが、ネックラインをさらにひっぱって下げてある。例の小瓶がバッグに入っているかも、もう一度確かめた。大丈夫、五分前に見たときから一ミリも動いていない。

わたしはそこで、ようやく気づいた。マーケットのときは、近くにコナーがいるとわかっていたから、安心してアルバートにアプローチできたのだ。だが今は、不安でたまらなかった。平然としているミャオがうらやましい。ミャオの顎の下をくすぐると、お返しに、黒とグレーの毛をスカートにくっつけてきた。いい感じに、花柄に溶け込んだみたい。

玄関をノックする音がした。震えながら開けてみると、エッタが立っている。今日の服は紺と白の、身体にフィットした女らしい半袖のワンピースだ。真珠のネックレスとウェッジサンダルを合わせ、手にはタバコを持っている。

「ちょっとおしゃべりでもしない？」

「あのクッキー、もう全部食べちゃったんですか？」

エッタはわたしをじろりと見て、すぐに笑顔になった。「気に入ったわ」

それを聞いて、わたしはドアをいっぱいに開け放した。「お茶の用意をしますね」

エッタは吸い殻をもみ消すと、あとについて入ってきた。お湯が沸くのを待つ間、さっそくクッキーを食べている。わたしは腕時計にちらりと目をやった。あと十分したら、迎えの車が到着する。

「あなた、うちの夫に似ているわ。もう死んじゃったけどね。歯医者に行く前、いつもそんなふうだった。何か心配ごとでもあるの？　ストレスが一番よくないって教えてあげたでしょ」

「これから約束があるんです。しかも相手がセレブなんですよ」

エッタはクッキーをまた一枚つかんだ。「あらまあ、お金持ちやセレブもいいけど、その人ハンサムなの？」

「ええ、まあ。ああいうタイプがお好みなら」

「わたしは選り好みなんてしないわよ」エッタは意味ありげに言ってから、言葉を継いだ。「きらいなのはね、ストレスでいっぱいのあなたを見ること。オーストラリアの生まれなら、タフなんじゃないの？」

わたしは肩をすくめた。「オーストラリアには、危険な動物がうじゃうじゃいると思ってませんか？　あれちょっと大げさなんですよ。もちろん毒蛇はたくさんいますけど、対処法は単純明快、踏まなければいいだけなんです。それに、相手が危険か危険じゃないかは見ればわかりますしね。だけど、ロスでは違う。相手の表情や態度を見ただけでは、自分を殺すつもりかどうかは見抜けない。すてきなネックレスねって笑顔でほめてくれた人が、内心では、あんたの首をそれで絞めてやるって思ってるかもしれない」

エッタはクスクスと笑った。「多少は当たってるかもね。だけど対処法は、ここロスでも単純明快よ。銃を持ち歩いて、いざとなったら迷わず使え——それに尽きるわね」彼女はバッグをひっかきまわし、銃を取り出した。グロックだろう。「表情や態度だけじゃ見抜けないって、なるほどね。いいんじゃない。どうせみんな、いつかは死ぬんだもの」

11

十一時半きっかりに、アパートメントの前に黒いリムジンが止まった。このあたりには場違いな感じだ。わたしは深呼吸を一度すると、エッタにさよならと言って、階段を下りていった。二階のA号室は静まり返っているから、フラナガン夫妻は出かけているのだろう。わたしを見ると、運転手が降りてきた。アントニオだと名乗り、手を取ってリムジンに乗せてくれる。ゴージャスな革張りの黒いシート、巨大な薄型テレビ、満杯にされたミニバー。わたしはぽかんと開けそうになった口をあわてて閉じると、真っ昼間ではあるが、シャンパンをごちそうになることにした。これからのことを考えると、お酒の力を借りるのも悪くはない。

三十分ほどして、アルバートの家に到着した。そびえたつフェンスとガードマンのいる門が、屋敷の主を招かれざる客からがっちり守っている。通ってよしとガードマンが合図をしたから、わたしは歓迎されているのだろう。

建物自体は、ロスで一番の高級住宅街ベル・エアのなかでも、ひときわモダンだった。二階が一階より大きく、それも斜め上に突き出した、いわゆるオーバーハング構造になっている。白い壁面に、床から天井までの黒い窓枠が映え、文句なしに美しい。だが不安定に見えるせいか、なんとなく落ち着かない。

アントニオが車を止め、助手席のドアを開けてくれた。シャンパンの最後の一口を飲み干し、車から降りたつ。「こちらへどうぞ、ミズ・エイヴェリー」彼は前に立って歩いていき、鮮やかなブルーの玄関をノックした。その手を下ろす前に、ドアが開いた。

戸口には男性が立っていた。初めて見る、本物の執事だ。

「ようこそお越しくださいました、ミズ・エイヴェリー」洗練された口調のなかに、さりげなく軽蔑感をにじませている。「ミスター・アルストレムがお待ちです」

わたしはクスクスと笑いたくなるのをこらえた。浮かれた気分は、シャンパンのせいもあるだろう。だけどこの人ったら、わたしがこれまで思い描いていた執事そのものなんだもの。すまし顔で尊大な雰囲気から、染み一つない黒のモーニング・コート、そして英国ふうのアクセントにいたるまで。

彼のあとについて、自分の部屋と同じくらい広い玄関ホールを通り抜けていく。この時点でもう、ハイヒールをはいてきたことを後悔していた。玄関をちらりと振り返ると、そこには自由があって、アントニオが立っていた。感じのいい彼と離れたせいか、なんだかすごく心細い。

そこで、無線付きの腕時計に触れ、自分を励ました。くよくよ考えてもしかたがない。この場所がどこか、要塞のように見えるとか。コナーは車で、二時間もかかる場所にいるんだとか。

執事のうしろを歩きながら、この家をひとりでこっそり調べるのはとうてい無理だとわかった。あまりにも広すぎる。案内してほしいとアルバートに頼み、もし彼が見せてくれない部屋があったら覚えておけばいい。せめて、書斎の場所くらいは確認しておきたい。

だが何歩か進んだだけで、そのプランはあっさりあきらめることにした。こんな広い屋敷をハイヒールで見て回るなんて、とんでもない話だ。

この仕事についてまだ三日目だが、ドラッグより、ハイヒールが原因で死ぬ可能性が高いような気がしてきた。

案内された部屋は、広々としたダイニングキッチンだった。木目の美しい重厚なテーブルに、テイストの異なるモダンなアームチェアが合わせてある。その一つに、アルバートはゆったりと腰をかけ、『フード・フォア・ソウル』という本を読んでいた。表紙には、目の前にいる彼とまったく同じポーズのアルバートが写っている。わたしの到着を執事が告げると、彼はようやくその姿勢をくずし、驚いたような顔をしてみせた。「やあ、イジーじゃないか。本当に来てくれたんだね」

その瞬間、わたしは彼が気の毒でたまらなくなった。どんなに格好をつけていても、彼の口調や仕草は悲しいほどぎこちなく、その真意が透けて見えたからだ。まるで、いい子だねえと言ってもらいたくて、必死になって飼い主を喜ばせようとする子犬みたいだった。

「いやあね、からかってるの？　なにがあっても来るにきまってるじゃない」

わたしは精一杯、熱っぽいまなざしで彼を見つめた。

だが残念ながら、わたしの演技がうまくいったかどうかは、結局はわからずじまいだった。彼の目が、わたしの胸の谷間にくぎ付けだったからだ。実を言うと、おそまつな演技をごまかすため、トップスの胸元をさらに深く下げてあった。

どうやらその効果はてきめんだったらしい。

「きみが待ちきれないくらいならいいんだけど」彼はそう言って、わたしの股間に視線を落とした。

いやだわ、そのあたりには、男の視線をひくような細工は何もしてないのに。わたしは思わず嫌悪感でぞわっとしたが、それをぞくっというセクシーな期待感に見せかけることにした。「ええ、早くいただきたいわ」

「良かった」彼の顔に、締まりのない笑みが浮かんだ。それからすぐに立ち上がると、エプロンを巻きつけ、紐を結びながらキッチンへ向かった。ダイニングから見渡せるオープンなキッチンだ。キャビネットやカウンター、パネルは光沢のある黒で、分子料理用の器具や電化製品はステンレスで統一されている。未来の化学実験室のようで、いかにもアルバートっぽい。

「そこに座って、フルコースの料理ショーを楽しんでよ。一品目《ひとしなめ》はすぐにできるから」

テーブルには、ひとりぶんのカトラリーしか並んでいなかった。「あなたは食べないの？」

「ああ。おあずけを食らうのも好きなんだ」アルバートはそう言って、意味ありげにわたしを見つめた。

わたしはごくりと生唾をのんだ。まずい。緊張というより、興奮のせいだと彼が勘違いしてくれたらいいんだけど。それにしても不思議なのは、アルバートがやけに積極的なことだった。ついさっきまでは、自信のなさが全身からにじみ出ていたのに。自分の独壇場であるキッチンに入ると、こうまで変わるものなんだろうか。いまや彼の眼中には、食材しかないようだった。さっきまでの自意識過剰なところは、影も形もない。

わたしはいつのまにか、彼が手際よく調理する様子を見つめていた。色白でほっそりした手に、ピアニストもうらやむような長い指。でもどうしてか、薄気味悪さを感じてしまう。

待っている間、テーブルに置かれたメニューを手に取った。わたしだけのために印刷してくれたのだろうか。それとも、この家に招待するたくさんの女性ファンたちのために、何十枚と印刷してあるのだろうか。だがそれに目を通しはじめると、胸いっぱいの不安だけでなく、この家に来た本来の目的まできれいさっぱり忘れてしまった。そこには、分子ガストロノミーのスターシェフによる、魅惑的な九品の名前が記されていた。

ワイルド・マッシュルーム＆ハーブ・グラニータ　トリュフ・オイル添え
牡蠣《かき》の魅惑のダンス　海の香りのゲルをからめて
ホタテの夢物語　レモン、パプリカ、チリのソース添え
泡帽子をかぶった豚肉のコンフィ

アヒルのスモークド・ブレスト　ラヴィオリ包み
カラフルな野菜たちと眠るソルトグラス・ラム
シナモンアイスクリーム　ヤカラティアの木とブリー産ピーナッツのチュイール添え
チョコレートムースに禁断の風味を加えて
ニワトコの花とザクロのプルルンパフェ

目の前に一品目が置かれた。まるで皿の上に、真っ白な雪が積もったようだ。アルバートはその皿から手を離すと、そのままさりげなくわたしの胸にタッチした。だがその不快感を、料理への期待感が上回った。

「トリュフ・オイルをかけようか？」

わたしがうなずくと、こんもりした雪の上にオイルが滴《したた》った。このふわふわのが、メニューにあったグラニータ、イタリア風のシャーベットだろう。ということは、雪だと思ったのはそれほど的はずれではなかったようだ。

アルバートは、わたしがスプーンですくうのを目を凝らして見つめている。最初の一口をじっくり味わうのは、食材の毒見をするのとよく似ていた。

ただ、美味しさに驚くふりをする必要はなかった。マッシュルーム、チャービル、バジル、アサツキの風味が舌いっぱいに広がり、それをさらに、トリュフ・オイルのほのかな香りが引き立てている。

「うわあ、こんなの初めて」

アルバートがにっこりした。「気に入ってくれた？」それから、わたしのグラスに黙ってワインを注ぎ、つぎの一口を待ち構えた。なんだか実験室のネズミになったような気分だ。ワインはきりっとしたライトな口当たりで、このグラニータにぴったりだった。いったいいつまで監視されているのかと不安になったが、やがて彼は、つぎの料理を作るためにキッチンに戻った。そこでわたしはひとりでゆっくりと味わい、最後の一口を食べ終えたちょうどそのとき、絶妙のタイミングで二品目《ふたしなめ》が出された。

大きな、殻付きの牡蠣が一つ。からめてあるのが、海の香りのゲルとかいうやつだろう。サリコニアとシロキクラゲの海草らしいにおいがする。その脇には、アネモネの天ぷらと、オイスターリーフを飾った海藻が添えられており、その上に彼がソースを注ぐと、いきなり白い霧が発生した。と同時に、潮の香りがたちのぼる。おそらく海藻の下に、ドライアイスが隠れているのだろう。だがそれでも、ドラマチックな演出に心が浮き立った。なんだか海辺にいるような気分になって、食材がいっそう新鮮に感じられる。スプーンでそっとすくって、口に入れてみた。牡蠣のなめらかさ、そして天ぷらのさくさく感が鮮やかなハーモニーを奏でる。毒が潜んでいる気配はまったくない。今回もまた、感嘆の声を上げるのに演技はいらなかった。

「とんでもなく美味しいわ」わたしはため息をついた。「今年のカリフォルニア料理コンテストだけど、なんでジョッシュ・サマーズが優勝したのかしら」

彼の顔は最初のひと言にぱっと輝いたが、つぎのコメントを聞いて凍りついた。まるで我が家の年季の入ったミキサーが、クッキーの生地をこねている途中、いきなり停止したときのようだ。

「そう、そのとおりなんだよ」アルバートは、歯をくいしばって顔をゆがめた。直前のうれしそうな顔とはあまりにも違いすぎて、とても同一人物とは思えない。

わたしは彼の反応には気づかないふりをして言った。「審査員たちだって、このすばらしい料理を食べたんでしょ。なのに天才だってわからないのかしら。そんなのってありなの？」

「ああ。でも残念だが、そういうおかしなことが実際に起きたんだよ。だが同じことは、もう絶対に繰り返さないだろうね」アルバートは、怒りに満ちた口調で断言した。その表情は厳しく、ライトブルーの瞳には、獲物を狙う狂暴さが感じられる。

「んもう、かっこいいわあ」わたしは胸に手を当て、声を上げた。「でもどうしてそんなにきっぱり言えるの？」

彼は口を大きく開けて笑ったが、完璧すぎる歯並びはかえって不自然に見えた。それから、長い指でわたしの腕を軽くたたいたが、ついでに胸のほうもちゃっかりかすめるのを忘れなかった。「きみの可愛いオツムを、そんなことで悩ませちゃいけないな。リラックスして、今日という日をめいっぱい楽しんでってよ」

まあ、この男ったら、どこでこんなセリフを覚えたのかしら。それも真面目に言っちゃうんだから、たいしたものだわ。わたしはなんとも応えようがなく、笑顔でごまかした。「そうね。それがいいわよね」

彼はまた、わたしの腕を軽くたたいた。「さあ、作りたてを食べてよ。ぼくはつぎの料理を準備するから」

皿の横には、さっきとは違うワイングラスが置かれていた。ああ、そうか。一皿ごとに良く合うワインを飲んでいたら、そのうち酔っぱらってしまう。今さらだが、リムジンでシャンパンを飲んだことを後悔していた。しかたがない、今度も極上のワインだったが、涙をのんで残すことにした。

つぎに出されたホタテもまた、この世のものとは思われないほどおいしかった。だが、パプリカとチリのソースを口にしたとき、ごくわずかに、GHB‐Xのしょっぱさを感じた。これは、デートレイプでよく使われるドラッグGHBの一種だ。簡単に手に入るGHBとは違い、入手が困難で、一般にはその存在すらほとんど知られていない。摂取すると性欲が増し、抑制がきかなくなって、暗示にかかりやすくなる。アルバートはこれまでと同様、最初の一口を食べたわたしの反応をじっと観察している。わたしはしかたなくのみこむと、目を白黒させたのを気づかれないよう、おおげさに感嘆の声を上げた。

心拍数が一気に上昇する。普通の女性ファンだったら、レイプドラッグが入っているとは気づきもしないだろう。わたしのなかで、アルバートはいっきに容疑者リストの上位に、いや、第一容疑者として浮上した。まだ今のところ、アルバートはちっともセクシーに見えないが、わたしの遺伝子が、このGHB - Xの力に、どれくらい持ちこたえられるかはわからない。

わたしはアルバートが四品目にとりかかっているすきに、こっそり腕時計に向かってささやいた。「GHB - Xを盛られたけど、とりあえずは大丈夫」この家の近くに誰かが待機していて、緊急事態だとわたしが無線で伝えれば、コナーにすぐ知らせることになっている。ここが頑張りどころだ。ドラッグが効いてくる前に、できるだけ多くの情報をアルバートから聞き出しておきたい。

「ねえ、アルバート。最近どこか、旅行とか行った？」

彼は手元から目を離さず、キッチンから答えた。「いや、先月視察旅行があったけど、そのあとはどこにも行ってないな」

「それからずっと、ロスを出てないの？」

「そうだよ」

「じゃあ、一カ月前にあなたと会っててもおかしくなかったのね」

彼はにっこり笑ったが、料理からは顔を上げなかった。「そうだね」

恐ろしいほどの集中力だ。そのターゲットが、わたしだけではないことにほっとする。

「ここに来られたなんて、ほんとラッキーだわ。なんだかぞくぞくしちゃう」

アルバートがようやく顔を上げ、わたしにウィンクした。「そいつはうれしいな」

「あなたのお料理って、ほんっとに最高！　わたしにとってはまちがいなく、カリフォルニアの料理チャンピオンよ」それを聞いて彼は顔をこわばらせたが、何も言わなかった。「ジョッシュとかって人、絶対に許せないわ。彼のこと、あなたはどう思ってるの？」

アルバートは鼻を鳴らした。「あんなやつ、無能な老いぼれだよ。だけど慈善活動をしてるからって、マスコミに気に入られてるんだ」

わたしは勢い込んでうなずいたせいで首の筋を痛めてしまった。「まったくだわ」そこで言葉を切ったが、アルバートは黙ったままだった。「あなたは、慈善活動には興味ないの？」

「考えたことはあるよ」答えながら、てきぱきと作業を続けている。「だけどね、ああいうのはばかげてるよ。だってここはアメリカだよ。努力さえすれば成功する国なんだから」

アルバートはわたしに顔を向け、熱のこもった口調で語りかけた。「ぼくはここまで来るのに、誰からも施しを受けたことはない。だから努力もしない連中に、無駄金をつぎこむ気はないんだ。慈善活動で、マスコミや世間にちやほやされたいとも思わないしね。ぼくはアーティストなんだ。自分の専門分野で勝負したい。その結果、ニュースに取り上げられるっていうならかまわないけどね」

わたしはうなずき続けたが、首の痛みだけでなく、情報収集がうまくいかないことも悲しかった。彼がつぎの料理にとりかかったので、哀れな首をさすりながら、これまで聞いた話を振り返ってみた。

アルバートは最近、ロスから出ていない。つまり殺し屋を雇うとしたら、地元の人間だろう。また彼は、他者に共感する力が極端に低い。ジョッシュに対する軽蔑を隠そうともしないし、性欲を満たすためなら、平気でレイプドラッグを使う。さて、ここからどういう質問をぶつけるかが問題だ。致死量の毒薬を、どこかにうっかり出しっぱなしにしたことがあるか。いや、こんな遠回しに訊くんじゃなくて、ずばり、人を殺したことがあるかと訊いてしまうか……。うじうじと迷うわたしの前に、五品目の料理が運ばれてきた。

実を言うと、四品目を食べている途中から、アルバートが隙を見てわたしの胸に触れると、それがうれしくてたまらなくなっていた。アルコールとGHB-Xの合わせ技に、いよいよ太刀打ちできなくなったようだ。

「トイレに行きたくなっちゃった！」そう叫ぶと、アルバートはびっくりして振り向いた。

「あ、ごめんなさい。お酒を飲むと声が大きくなっちゃうの」

彼が表情をやわらげた。「そんなことないさ。トイレだったら、そのドアを出たところだ」

わたしは足がよろめいて、ドアまで歩いていくのも一苦労だった。思ったよりそうとうまずい。トイレを済ませて手を洗うと、顔に水をバシャバシャとひっかけ、頭をすっきりさせようとした。だが直後に、メイクをしていたことを思い出し、そっと水気をふきとってから、腕時計につぶやいた。「まずいわ。アルバートがとってもセクシーに見えてきたの。セーフワードも思い出せない。もうすっごく固いモノ《イレクション》が欲しいの、あ、まちがった。欲しいのは解毒剤《イクストラクション》だわ。えっとまあ、そういうことなの。じゃあね」

ふらふらしながらダイニングに戻ると、携帯が振動するのを感じた。うわあ、なんてエロチックに揺れるの……。発信者はコナーだった。

『やつにケトコナゾールを飲ませろ。助けに行くまで、二十五分はかかる』

ケトコナゾール？　そうそう、それがあったんだ。だけど飲ませろと言われたって、アルバートは料理を作るだけで、自分は何も口にしない。だがそのときふと、彼がワイングラスを持っていたのを思い出した。バッグから例の小瓶を取り出し、キッチンにそっと近づいていく。「ねえ、今度は何をつくってるの？」胸の谷間がしっかり見えるよう、調理台にもたれた。

そのサービスに彼は大喜びだ。「最後のデザートだよ。そのあとはぼくがいただく番だ」

興奮のあまり、わたしの胃袋がぷるるんと震えた。にっこりと笑いかけられ、彼の動きをうっとりと見つめる。グラスのふくらみに長い指を当て、唇まで持っていく。あの指で、ヒップをなでまわされたら……。

アルバートはワイングラスをいったん置くと、調理台へ戻った。ええっと、ワインと言えば、何かしなくちゃいけないことがあったんだけど……。彼の手さばきを見ようとして姿勢を変えたとき、持っていた小瓶を落としそうになった。そうだ、この小瓶だわ。慎重に蓋を開け、彼のグラスにそっと中身をあける。

とそのとき、アルバートが振り向いたので、わたしはびっくりして跳びあがった。だがどうして驚いたのか、自分でもよくわからない。「まもなく完成だよ」彼がワインを飲んだ。

「さあ、テーブルについて」

わたしはおとなしく席についた。

アルバートが最後の皿と、椅子を一つ持ってきた。それに腰をおろし、わたしが食べる様子を見つめている。料理に集中しなくては。どうしよう。彼の熱い視線で胃袋が溶けちゃいそうだわ。

「どうだい？」

「あなたって最高」

彼がにやりと笑ったので、胃袋がまたびくんと震えた。なんでさっきは、こんなセクシーな笑顔がマヌケに見えたんだろう。「きみだって、なかなかのもんだよ」

顔が輝いたのが、自分でもわかった。「それ、ほんとう？」

アルバートはわたしの腕をつかんで立たせると、唇を重ねてきた。「本当さ」わたしのお腹に、硬くなった分身を押しつけてくる。「ソファに行こう。あっちのほうがゆっくりできる」

わたしはもつれる足で、彼のあとを追った。だがソファに横たわった彼に近づくと、手を上げて止められた。「服を脱いでくれないかな」

おぼつかない手つきでトップスを脱ごうとしたが、頭を抜くところでひっかかった。布地に囲まれた狭い空間のなかで、自分の荒い息遣いが聞こえる。めちゃくちゃ興奮しているようだ。ストレッチの生地を伸ばし、ようやく自由になると、アルバートも服を脱いでいるところだった。

シャツのボタンをはずすと、がりがりの青白い胸があらわになった。乳首のまわりとおへその下に、ぽよぽよと茶色の毛が生えている。羽をむしりとられた、ニワトリの胸肉みたいだ。

マリネして、ぺろりと全部食べちゃいたい気分。

頼りない胸毛を視線でたどっていくと、直立した分身に到達した。

鶏肉で脳内がいっぱいだったので、こっちは太ったチキンの首みたいに見える。

「うん、いいね」ライトブルーの瞳は、わたしの胸にくぎ付けだ。「つぎはスカートだ」

今度の格闘の相手は、ボタンとファスナーだった。やっとのことで脱ぎ終えると、勝利の笑みを浮かべ、アルバートのもとへ向かう。だが彼の目はもう、わたしを見ていなかった。自分のしなびた分身を見つめていたのだ。

「どうしちゃったの？」ひとりだけ、置き去りにされたような気分だ。

彼はわたしのハイヒールと下着を手に取って、祈るように見つめた。けれども脱力した分身からは、何の反応も返ってこない。今度はソファからおりてわたしに飛びつくと、両手で胸をまさぐりながら、舌を口に押し込んできた。わたしはアルバートが欲しくて、ハアハアとあえいだ。だがまもなく、真っ赤な顔の彼に押しのけられた。

ちょうどそのとき、ドアがノックされた。

「だんなさま？」声がくぐもっていたが、おそらく執事だろう。「お取り込みちゅう申し訳ないのですが、門のところで、警察を呼ぶとわめいている男性がおりまして。この家に自分の恋人が監禁されているとかなんとか、意味不明のことを言っているのですが」

アルバートの顔がいっそう赤くなった。「彼女が自分の意志で来たんなら、そいつには何もできやしない。なあイジー、帰りたくないだろ？」

わたしは頭が混乱して、泣きそうだった。「わたしに訊いてるの？」

アルバートはしなびたままの分身を見下ろし、小声で悪態をついた。「いや、もういい。服を着て帰ってくれ」わたしは涙をこぼしながら、もたつく指で、のろのろと服を着始めた。

「ああ、そんなんじゃだめだ。ジョージ、こっちに来て彼女を手伝ってやれ」

執事が入ってきて、てきぱきと服を着せてくれた。「どうぞこちらへ、ミズ・エイヴェリー」

彼のあとについていったが、玄関まではあまりにも遠く、永遠にも思えるほどだった。つづいてガードマンに案内されたが、敷地を一歩出たとたん、背後でぴしゃりと門が閉まった。そこにはコナーと、知らない男が待っていた。ふたりともびっくりするほどセクシーで、服を脱ぐのが一苦労でなかったら、今すぐにでも裸になりたいくらいだった。

コナーがわたしを、固く抱きしめた。「もう大丈夫だよ、イソベル。無事でよかった」なんだ、がっかり。彼の下腹部は全然硬くなっていない。「レヴィが今すぐ、解毒剤をくれるから」

世界一セクシーなコナーから、世界で二番目にセクシーな男性に引き渡された。

「本当に無事でよかったね。すぐに元気にしてあげるよ」わたしの口元に、彼がコップを当てた。「さあ、これを飲んで。そうそう、それでいい」

とつぜん世界がくるりと回り、誰かに抱きあげられたと思ったら、目の前が真っ暗になった。

12

目を開けると、顔の前に天使がいた。ヒスパニック系の天使で、やさしいブラウンの瞳をしている。その周りを、女性なら誰もがうらやむような、長いまつ毛が縁取っている。しばらくして、レイプドラッグから救ってあげると約束してくれた、あの天使だと気づいた。

「効いてないわ」

「何が？」

「解毒剤よ。あなたやっぱり、とんでもなくセクシーに見えるもの」

彼の唇の両端が上がった。「となると、そのうちぼくとデートしたほうがいいな。確実に解毒剤は効いてるからね」

あらまあ。「それ、本気なの？」

彼はにっこり笑うことで、応えてくれた。イケメンすぎて、まぶしいほどだ。「今この場で、ぼくといけないことしたい？」

頬がかっと熱くなった。「い、いいえ」それでも頭のどこかで、思い描いていた。くしゃくしゃの黒髪に指をからませると、柔らかい唇と、うっすらひげの生えた顎がわたしの首筋を焦がして……。まあ、想像するだけなら勝手だから。

彼はまだ微笑んでいる。「そうか。こっちは望むところなんだけどな。だけどもう行かなくちゃ。近いうちにぜひデートしよう。じゃあね」わたしの手に名刺を握らせると、片方の足が悪いのか、引きずりながら出ていった。不規則だが、エネルギッシュな足音が遠ざかっていく。彼が触れた部分――現実でも想像のなかでも――のほてりには、気づかないふりをした。もう充分、面倒なことにまきこまれているのだ。そのうえ、あんなに笑顔のすてきな男性と深い仲になるわけにはいかない。彼の名刺に目をやった。だめだめ、ドクター・レヴィ・エドアルド・レイスに電話するなんて。セクシーなえくぼも、忘れなくては。

身体を起こすと、またもコナーのベッドに寝ていることに気づいた。そしてぴったりのタイミングで、コナーが部屋に入ってきた。

いつも以上に硬い表情をしている。「だから言っただろう。きみをアルバートとふたりきりにはしたくないって」

「ありがと、助けにきてくれて」

コナーの首の血管が脈打った。こんな彼を見たのは初めてだ。

「まったく、あと三十分ぼくが遅かったらどうなっていたことか。これからは必ず、ぼくの言うとおりにしてもらう。わかったな」

彼の真剣な顔を見ているうち、アルバートの家で起きたことを少しずつ思い出した。まるで、背中を氷水がつたうようなその記憶に、身体が小刻みに震えてくる。と同時に恥ずかしさがこみあげ、顔が熱くなった。「そういえば、ヘイトメールの母親を訪ねてくれたのよね。どうだった？　少しは収穫があった？」

「彼女は二年前に亡くなっていたよ」コナーは足早に出ていくと、必要以上に大きな音をたて、ドアを閉めた。

ベッドからおりると、足をひきずってバスルームへ行き、指がふやけるまで熱いシャワーを浴びた。起きてしまったことをくよくよ考えてもしかたがない。しばらくシャワーの流れに身を任せていると、だんだん気持ちが落ち着いてきた。だが、バスルームから出たそのとき、またしても替えの下着がないことに気づいた。んもう。ドラッグを盛られてぼろぼろになり、シャワーを浴びて新しい下着が必要になる――残念だが、どうやらこれが、わたしのお決まりのパターンになりそうだ。結局は今回も、コナーの引き出しから一枚拝借したが、今後のためにも、バッグには下着の予備を必ず入れておこうと心に誓った。

それから服を手早く着て、メイクもせず、髪も濡れたままでコナーを探しに行った。彼は書斎にいた。

わたしはぴりぴりした雰囲気を少しでも和らげようと、部屋の入り口で敬礼した。「着任いたしました、上官殿」彼の顔は、おもしろくもなんともないと告げている。

「つぎの任務は？」手を下ろしてたずねた。

「なじみの情報屋から連絡が入った。地元の殺し屋がジョッシュを狙っているという噂があるらしい。だが、詳しいことはわからないそうだ」

「つまり、どういうこと?」

「コレットやタリアなど、あの家に出入りできる使用人以外でも毒を入れたかもしれない、それだけのことだ。アルバートはもちろん、ジョッシュを恨む人間なら誰でも殺し屋をやとった可能性はある、つまり容疑者ということだな」

「まあ」もう少し役に立つ情報を期待していたのに。

「今日アルバートがGHB‐Xを使ったことを考えれば、違法ドラッグが横行する裏社会に、やつはかなりのコネがあると考えていい。あのドラッグの存在はほとんど知られていないし、入手できる人間はさらに少ない。そんな希少なものを気軽に使えるということは、定期的な供給元を確保しているということだ」

「そしてなんのためらいもなく、他の人間にドラッグを使う」

封印していたアルバートの家での記憶が、またしてもよみがえった。どんなに押し戻そうとしてもだめだ、自然と身体が震えてしまう。コナーはふだんから厳しい表情をしているが、今回は特別だった。アイスグレーの瞳に敵意をむきだしにしている。ここまで怒りをたぎらせる人間がいるのかと、わたしは怖くなった。

だが何度か小さく息を吐きだすうち、コナーの瞳の色はいつもどおり、コンクリートの壁のような、感情のない冷たいグレーに戻った。「ダナのパソコンを調査チームが調べたが、たいしたものは見つからなかった。みんなと違い、彼女はメールをすぐに消去するタイプだし、検索履歴にも気になるものはなかった。ファイルもほとんどが、仕事か税金がらみだったそうだ。あとはいくつか、海賊版のミュージックアルバムがダウンロードされていただけで、写真も保存されていない。フェイスブックのアカウントさえ持っていないらしい」

わたしはうなずいた。「そうだと思ったわ。彼女は社交的というタイプじゃなかったし、昔のこともほとんど話さなかった。フェイスブックをやっていないのも知ってたわ。わたしがチェックしてるのを見て、言われちゃったもの。そういうのをやる人って、ほとんどが自分大好き人間だよねって。自分は人気者だって確認したいんだよねって」

コナーの口角がほんの少し上がった。「きみもそのひとりなのかい？」

「そりゃそうよ」

彼が紙を一枚差し出した。「きみ、ダナの部屋で新聞の切り抜きを見つけただろ？　これがあの記事の全文コピーだ」

それは、運転していた十七歳のヘンリー・スミスが亡くなったという、痛ましい事故の記事だった。写真の左端の少年がヘンリーで、大木に衝突した際、車から投げ出され、首の骨が折れて亡くなったという。シートベルトをしていなかったらしい。同乗者のジョッシュ・サマーズ、およびその恋人のケイト・ウィリアムソンは、シートベルトのおかげで、ごく軽傷で済んだとある。記事にはさらに、ヘンリーがアルコールやドラッグを摂取していたかはまだ調査中だが、彼はまじめで成績も良く、事故や喧嘩で警察沙汰になったことはないと書かれていた。また、ヘンリーとジョッシュは幼い頃からの親友だが、ジョッシュはコメントの求めに応じていないとも記されていた。

しばらく考えてみたが、この記事にどういう意味があるのかはわからなかった。「なぜダナは、こんな切り抜きを持っていたのかしら」

コナーが肩をすくめた。「この事故の関係者でなければ、何かを調べていたか、あるいは恐喝だろう。知りたいのはこっちだよ」

「ダナが何か、危ないことに手を出していた可能性はあるの？」

「まあ、あるかもしれないな。だが彼女のパソコンには、手がかりはいっさい残っていない。だから結局は、推測にすぎないということだ」

「ジョッシュに訊いてみましょうよ」

「そうだな、訊くだけ訊いてみるか。これだけではさっぱりわからないし、せっかく入手した情報を中途半端にしておくのも気に入らない。それとこの機会に、例のコレットの鍵の写真と、ジョッシュの家の鍵を比べてみよう。彼女の時給を三倍にアップした理由も知りたいしね。ジョッシュの予定を訊いてみよう」コナーがメールを送った。

「ジョッシュのプライベートのアドレスを知ってるの？」

「ああ、緊急用にね。でも今メールを送った相手は、彼の新しいシェイズだよ」コナーの携帯が振動した。「自宅にいるそうだ。行こうか」

まずい。ノーメイクだし、髪はまだ濡れている。「えっと……」

コナーがわたしをざっとながめた。「五分だけ待つよ」

「でも、あなたの評判に傷がつかない？」

彼は窓から、真っ暗な外をながめた。「ジョッシュのリビングが、ムーディーな間接照明であることを祈ろう」

13

マスカラとリップグロスだけで武装を終え、コナーの車の助手席に乗りこんだ。そういえばこの前ジョッシュの家を訪ねたときも、毒を盛られたあとで、コナーの下着をつけていたっけ。だけど今回は、下着の件はコナーには気づかれていないはずだ。わたしは前髪をおろして顔を隠し、携帯の画面に夢中になっているふりをした。

玄関を開けたジョッシュは、Tシャツと短パンに、スエードのモカシンというカジュアルな格好だった。今夜誰かが訪ねてくるとは思っていなかったのだろう。前回と同じく、茶色いレザーチェアの並ぶリビングに案内された。吹き抜けの大きな窓があるが、すでに外は真っ暗だ。ありがたいことに、照明はムーディーだった。フロアランプのやわらかな光が室内を満たし、窓ガラスにあたたかな反射光が映っている。

何か軽いものでもどうかとジョッシュが勧めてくれたが、コナーは即座に断った。んもう。せっかく〈ハイドラ〉で淹れたエスプレッソが飲めるチャンスだったのに。ひと言、わたしに訊いてくれてもいいじゃないの。

「あまりお時間をとらせたくないんです。まず初めに、玄関の鍵を見せていただけますか」

ジョッシュがキーホルダーを差し出し、わたしの携帯に保存した写真と照合すると、一つが合致した。

「コレットに合鍵を渡してないというのは、たしかですか？」コナーが尋ねた。

「もちろんですよ」

「じゃあなぜ、彼女のキーホルダーに合鍵がついているんでしょう？」

ジョッシュの顔がこわばった。「わかりません。でも彼女に確認してみますよ」

「いや、調査を終えるまでは彼女に言わないでください。万一ってこともありますから」

「わかりました」

コナーはキーホルダーを返し、質問を続けた。「ではつぎに、コレットと寝たことはありますか？」

ジョッシュがキーホルダーを握りしめた。指の関節が白くなっている。「それが今回の件と、何か関係でもあるんですか？」

「あるかと言われれば、そう、ありますね。それと、ダナとはどうなんです？」

「彼女とはありませんよ！　何のためにそんなことを訊くんですか？」

コナーが身を乗り出した。「集めた情報をどう料理するかは、お教えできません。どんな質問をするかも、こっちで決めさせていただきます」

ジョッシュは突然立ち上がり、いらだたしそうに髪をかきあげた。

「ダナを助けたいとおっしゃいましたよね」コナーはあらためて彼に言った。「でしたら、うそも隠し立てもなしでお話しいただきたい」

ジョッシュが手をだらりと下げ、また腰を下ろした。かきあげた髪が落ちてくるほど、がっくりとうなだれている。「そうだな、きみの言うとおりだ」

「ダナはあなたに対して、どんなふうでした？　他人行儀だったか、礼儀正しかったか、それとも個人的に熱烈なファンだったのか」

「感じはとてもよかったですよ。でもスターに憧れるとか、そういうんじゃない。ぼくが冗談を言っても、めったに笑わなかったな」

わたしはくすりと笑った。ダナはいい子だけど、たしかに難しいタイプだ。

「彼女はどうやら、あなたの過去に興味があったようです。そのあたりはどうですか？」

ジョッシュはきょとんとした顔で、コナーを見た。「まあ、いくつか質問はされたと思いますけど、根掘り葉掘りっていう感じではありませんでしたね。それが何か？」

「誰かに脅迫はされてませんでしたか？　ミスター・サマーズ？」

ジョッシュはいきなり顔色を変え、黙りこんだ。だがやがて、口を開いた。「いったいなぜ、そんなことを訊くんです？」

「あなたの秘密を暴くつもりはありません。ダナの命を救いたいだけなんです」

長い沈黙が続いた。お互いが相手の出方を待って、にらみ合いのような様相になっている。

結局コナーが勝った。まあ、わかってたけど。

「わかりました」ジョッシュが言った。「実は二週間前、話があるとコレットが言ってきました。ちょうど、シェイズとしてダナを雇った直後です。お気づきのとおり、コレットとは以前から深い関係にありました。そこへ、ぼくの恋人というダナが現れたので、コレットはこう脅してきたんです。時給を三倍にしなければ、ふたりの関係をダナに告げ口するとね。もちろん、ダナにとってはどうでもいいことですが、まさか彼女がシェイズだとコレットに明かすわけにもいかない。それで、言うとおりにしてやったというわけです」そこで肩をすくめた。「コレットは別に金に困っているわけでもない。だからぼくは当然、おもしろくはなかったですよ。でもまあ、払えないわけでもないですからね」

だからコレットはあんなにお金持ちなのね。あの女が客を誘惑し、そのあとで金をゆするのは、絶対にジョッシュが初めてじゃない。絶対そうよ、わたしのなけなしの四ドルを賭けたっていい。それにしてもあの女、たいした天才だわ。給料がアップしたことにすれば、恋人にも国税庁にも怪しまれないもの。

コナーは最初からわかっていたのだろう、少しも驚いてはいなかった。ジョッシュにあえて説明させたのは、きっとわたしのためね。ほんと、親切なんだから。

「他にもあるんじゃありませんか。脅迫されてたことが」コナーが言った。

ジョッシュは彼をにらみつけた。「質問には全部答えましたよ。もうそろそろ——」

コナーは例の新聞のコピーを取り出し、ジョッシュに手渡した。「これはどうです?」

それを見た瞬間、ジョッシュの手が震えた。顔は真っ青になり、今にも吐いてしまいそうだ。「これは……ヘンリーだ。ぼくの親友で、二十年以上前に事故で亡くなったんです。この写真は、そのときの記事で使われたやつだ」

「ダナの自宅にあったものです。なぜ彼女が持っていたのかわかりますか？」

その写真をジョッシュは長いこと見つめていたが、ようやく答えた。「いいえ」頭をはっきりさせるためか、首を振っている。「事故のことは、調べれば誰でもわかることです。でもこの写真がマスコミの手に渡り、またむしかえされるのは許せないな」

手元の切り抜きを見つめたまま、顔を上げようともしない。「あれは、二度と起きてはならない愚かな事故だった。誰が何をしたって、もう取り返しはつかない。マスコミが騒げば、ヘンリーを知る人はみんな苦しむだけなんだ」それから、コナーにコピーを返した。「質問はこれで終わりかな？」

ジョッシュは玄関まで送ってくれたが、なんとなく気まずい雰囲気のなか、わたしたちに別れを告げた。

車が発進し、ビバリー・ヒルズのコナーの家に向かった。「脅迫をされているか、尋ねたときのジョッシュの顔を見たかい？」コナーが訊いた。

「ええ、かなり動揺してたわ。コレットとの関係を訊かれたときよりもずっと」

コナーがうなずいた。「ぼくもそう感じた。人の心がけっこう読めるじゃないか。例外もあるが」

「例外って？」

「別れたダンなのことだよ」

なぜそれを。「ちょっと。わたしの個人ファイルを読んだの？」

「あたりまえだろ」彼はそう言って、わたしの目を見つめた。文句があるなら言ってみろ、とでもいうような顔だ。

わたしはぐっとこらえて、口を引き結んだ。考えてみれば、知っていて当然だ。

黙っていると、コナーが続けた。「あの事故はどうも、ジョッシュにとっては特別のようだな」

話題がそれてほっとすると、ジョッシュの気持ちを考える余裕がでてきた。「それはそうよ。大切な親友を亡くしたんですもの。きっと心の傷として残っているはずよ。ジョッシュが周りと距離を置いているのは、そのせいじゃないかしら」

「そうかもしれないな。今回の事件に、その事故が関係ないのは残念だが」

わたしも同感だった。結局は、ジョッシュの話からも手がかりは何も得られなかった。それなのに、ダナに残された時間は、驚くほどの速さで減っている。「なぜコレットは、合鍵を作ったんだと思う？」

「腹いせかな？　タリアだけが合鍵を持っているのがおもしろくなかったんじゃないか？」

まさか。だけどそう言われてみれば、そうかもしれない。だとしたら、コレットがアンビエンを仕込んだ可能性はなくなる。となると、わたしの探偵ごっこはあまり意味がなかったというわけだ。

しばらく、ふたりとも無言だった。「ねえ、そういえば、何か食べるかってジョッシュが勧めてくれたのに、あなたったら断ったでしょ。わたし、お腹がぺこぺこだったのに」コナーはやれやれと、首を振った。こんなお荷物をしょいこんだとは信じられない、そんな顔をしている。「彼の新しいシェイズを、ケイレブを同席させたくなかったんだ。ジョッシュの口が重くなると困るだろ。彼も食べるなら、その前に当然、ケイレブが毒見をするわけだから」

「あ、そうか。そうよね」

「で、何が食べたいんだ？」

「食べられるものなら、なんでもいいわ」

「なに言ってるんだ。毒見の量も半端じゃなくなるぞ」

「じゃあ、マリアに夕食を作ってもらいましょうよ。デザート付きでね」

夜の十時に自宅に戻ると、オリヴァーはまだ出勤前で、わたしの顔を見に部屋から出てきた。ミャオはベッドで眠っている。

「やあイジー、どうやら情熱的な恋人ができたようだね」オリヴァーが言った。

「え、わたしに？」

オリヴァーはダイニングのテーブルに手を振った。見れば、とんでもなく大きな花束が置かれている。「きみが出てったら困るなあ。これからは自分で料理を作んなきゃなんない」

深紅のバラに真っ白なカスミソウ――あまりにもベタな組み合わせとはいえ、お金はすごくかかっていそうだ。花束に手を入れ、カードを探した。耳の中で、激しい鼓動が響いている。誰が送ってきたのだろう。とてもすてきだけど、こんなのを見るとスティーヴを思い出してしまう。彼は何かにつけ、花束を買ってきてくれたから。だけどいざ借金を背負いこむと、わたしに返済を押しつけ、さっさと離婚してしまった。いくら相手の喜ぶものをプレゼントしたって、結婚の誓いが守れないのなら、意味がないんじゃない？

それにしても、掻き分ける花が多すぎて、ちょっとやそっと探ったくらいではカードは見つかりそうもない。バラの棘《とげ》にも二回も刺されてしまった。「ラザニアがあるの、わかった？」わたしはオリヴァーに尋ねた。

「うん。食べたよ」

「全部？」

「肉が入ってなかったから、あれだけじゃ腹いっぱいにならなかったよ。美味かったけど、あっというまに食べちゃったな」ようやく厚紙に触れた。メッセージカードだ。

『きみのことが頭から離れない。電話を待っている。Aより』

アルバートの、プライベートの携帯番号が書かれていた。

耳にひびく鼓動の音が、激しさを増した。この人、本気なの？　わたしが彼に夢中で、レイプドラッグを盛られたことさえ気づいてないと思ってるの？　それならそもそも、ドラッグなんて使う必要はないじゃない。何度かゆっくり深呼吸をした。

実際には自信がなかったから、ドラッグの力を借りようと思ったのだろう。たしかに、もしわたしが本気で彼に夢中なら、ドラッグのせいだとは気づかなかったかもしれない。お酒のせいだと思っても、おかしくはなかった。結果的に、彼の分身は役に立たなかったけれど。

「イジー?」オリヴァーがわたしの腕をたたいた。「ねえ、すごく悪いんだけど、これから仕事に行くのにまだ腹ペコなんだよ」

わたしははっと我に返り、素早く作れるレシピを思い浮かべた。良かった、おかげでアルバートのことを考えずにすむ。「チーズのスコーンはどう?」

「うわっ、いいねえ」

オリヴァーを喜ばせるのは、実に簡単だ。わたしはスコーンの材料をそろえ、オーブンを温めはじめた。振り返ると、オリヴァーがメッセージカードを手にしている。「なあ、うちの自慢のテーブルを乗っ取ったやつはいったい何者なんだい? ほら見なよ、忍者タートルズのステッカーまで見えなくなっちゃったぞ!」

「あら、コナーに決まってるじゃない。他に誰がいるっていうのよ。それにこの花、すっごくきれいだわ」平気でうそをつくスキルが、レベルアップしたようだ。「じゃあ、このAって頭文字は何だよ」

わたしは大げさにため息をついてみせた。「いやあね、ニックネームよ。ふたりだけの、秘密の」

「へええ。よし、当ててやろうか。えーっと、食べちゃいたいってことで、アップルパイかな？　それとも、反語的にアンポンタンとか。いや、こいつはまずい、フランス語でインポの意味に近いしな……」

「んもう、そこまでにしてよ。でないとスコーンを作ってあげないわよ」内心では、笑えるニックネームを聞いて、彼をハグしたい気分だった。気があると勘違いされたら困るから、やめといたけど。だけどほんと、アンポンタンと呼ばれたときのコナーの顔を想像するだけで、不愉快な記憶も吹き飛びそうだ。電気のスイッチを入れた瞬間、夢に出てきたモンスターたちが消えちゃうみたいに。

わたしは含み笑いをしながら、チーズをすりおろすことに専念した。

「あーあ、きみってつまんないやつだなあ。Aの意味は、あっちに行ってろってことか」そう言いながらも、オリヴァーはチーズをつまみに寄ってきた。

伸びてきた手を、ぴしゃりとたたく。「考えてみたら、どこかの女王さまっぽくない？　自分の専属のシェフを持つのって」

彼は鼻で笑った。「それはどうかな。誰かさんは、ジャムサンドにパンの耳がついていたら、絶対食べないそうだよ。だけどぼくは、食材を無駄にするのは許せないから、サンドイッチはぜひ、耳つきのパンで作ってもらいたいね」

「あなたって、質素が服を着て歩いてるような人よね」

「そうそう。歩くときも、あんな滑稽な帽子はかぶらないしね」

居候の義務を果たしたあと、まだ読んでいないヘイトメールに目を通すことにした。ベッドに腰を下ろすと、ミャオがわたしの枕に移動してきた。オリヴァーが仕事に行ったからだろう。ミャオの首をくすぐって感謝を伝え、それから、目の前にある仕事に集中した。

コナーからは、この前みたいな頼りない手がかりなら報告はするなと、念を押されている。明らかな脅迫状であれば話は別だが、それについても、コナーは鼻で笑った。

「いいか。自分が犯人だと教えるような手紙を標的に送りつける、そんなありがたい殺人犯がどこにいるんだ？　だからこそ、こういう仕事はきみに任せているんだ」

彼の言葉を思い出し、あらためて不愉快になった。たまに同情や心配をしてくれても、つぎの瞬間にはもう、傲慢な俺サマ男に戻ってしまう。そうはいっても、誰よりもサマになるお尻の持ち主なのはまちがいない。残念ながら、レヴィみたいなチャーミングなえくぼはないけれど。

しばらくして、携帯から着信音が聞こえた。

『花束は気に入ってくれたかな？　ぼくのお気に入りはきみだよ。Aより』

けがらわしい記憶がよみがえってきた。だがメールをいくら見つめていても、意味が理解できない。頭も目も、疲れきっているからだろう。今は午前零時、オーストラリアでは午後の六時半だ。親友に電話をするなら、これ以上ぴったりの時間はない。

それにこのままでは、とてもじゃないが眠れそうもなかった。アルバートやスティーヴだけでなく、ダナのことまでくよくよ考えてしまいそうだ。

「ハァイ、イジー」リリーが電話に出た。「どう、元気？」

リリーとは、二十年来の親友だ。あれは小学三年生のときだった。クラスのリーダー気取りのソフィア・イエールが、巨大な風船ガムをリリーの髪にわざとくっつけ、それをわたしが、工作用のはさみで、髪の毛もろとも切り取ってあげたことがあった。リリーの話では、家に帰ってから、相当母親に泣かれたそうだ。だがその日以来、わたしたちふたりは切っても切れない仲になった。

「ええ、ばっちりよ。だってスティーヴとは、八千マイルも離れた場所にいるもの。それに、マフィンの焼き上がりはいつかと、うるさく催促してくるお客もいないしね。だから、信じられないほど元気いっぱいなの」うそばっかり。「リリーのほうはどうなの？」

「わたしも絶好調よ。いい？　二日酔いが四回、セクシーな体験が三回、新しい靴を二足購入。さらに、ろくでなしの元夫もいない、十万ドルの借金もなし。ね？　だからイジーの百万倍は元気いっぱいってわけ」

「なあんだ残念、やっぱりわたしの負けか」リリーとちょっと話しただけで、気分がずいぶんすっきりしてきた。「で、そのセクシーな体験のお相手って？　すてきな男性《メン》なの？」

「やめてよ。一応、人間《メン》には見えるけど。あの気色悪いチャドだもの。ほら、コロンのにおいをぷんぷんさせてる同僚の。あいつからセクハラ発言を二回も受けたの。残りの一回の相手は、わたし自身」

わたしは鼻を鳴らした。「やっぱりわたしの親友ね、似た者同士っていうか。だけど仕事は順調なんでしょ？　チャドは別にして」

「相変わらずよ。商品を売ってるのか自分の魂を売ってるのか、ときどきわかんなくなるけど」

リリーは売れっ子のコピーライターで、広告代理店に勤めている。天性の才能があるのだろう、わたしもこれまで、どれだけ言葉巧みにだまされてきたことか。たとえば十三歳のとき、リリーの話を聞いて、ユニコーンはシマウマと一緒にアフリカに生息していると、一カ月も信じていたのだ。

「そういえば、児童書を書くって言ってたわよね」わたしは尋ねた。

「うわっ、そのことは言わないで。子どもの本を書くのがあんなに難しいなんて思わなかったわ」

「子どもが好きだから、書けそうなのに」

「心底子どもが好きな人なんていないわよ。親だから子どもを愛さなくちゃって思ってるだけで。それを愛だと、勘違いしてるのよ」

「そうだ、家族のみんなはどう？」〝家族のみんな〟が誰を意味するかは、お互いにわかっていた。子どものころ、リリーの両親は共働きで、すごく忙しかった。週末も隔週で出張していたので、彼女はうちに来て家族の一員のように過ごすことが多く、今でも実家の両親よりうちの家族とのほうが親密だった。

「ママは元気にやってるわ。あなたがいなくても大丈夫。わたしがいるから」

「良かった。パパのほうは？」

「また旅行中よ。それもあるから、なるべくママに会いにいくようにしてるの」

「助かるわ、ありがとう」ふたりが頻繁に会っていると知って安心した。と同時に、ちょっぴりやきもちも焼いてしまう。

「白状するとね、ママの美味しい料理が食べたくて、つい立ち寄っちゃうのよ」リリーが言った。

ママご自慢の、バーベキューグリルで焼いたローストラムと、マルベリーパイを思い出し、よだれが出てきた。「その気持ち、わかるわ。そうだ、パパの旅行って出張なの？　それともポーカーをしに？」

「仕事の合間にポーカーをしてるのか、その逆なのか、自分でもわかってないんじゃない？」

「やっぱりそうか」口に手を当て、あくびを抑えた。「そろそろ切るわね。わたしが寂しがってた、近いうちに電話するってママに言っといてくれる？　それと児童書の件だけど、チャドみたいなやつを登場させたら？　不気味なキャラってうけそうな気がする。もちろん、セクハラはさせちゃだめよ」

「うん、いいね。へんてこなキャラのほうが人気が出るかも。あ、まだ電話を切らないで。そっちでどんな仕事をしているのか、ちゃんと聞いてないわ」

「前にちょっと教えたじゃないの。あれ以上は話せないのよ」

電話の向こうから、リリーのわざとらしいため息が聞こえた。「なんかさあ、その極秘っていうのが気に入らないのよね。まあいいわ。いつか話してよね。その頃はふたりともすっかり白髪頭になって、老人ホームでふがふが言ってるかもしれないけど」

「そうね、約束するわ」

そこまで長生きできたら、の話だけど。

14

七時間後、わたしは紅茶の入ったカップを両手で持ち、玄関の前に置いた椅子に座っていた。このアパートメントには、バルコニーがない。あったとしても、セメントの箱みたいな外観だから、どうせ似合わないのだけど。そこでわたしは、階段に通じる外廊下に椅子を持ち出し、中庭っぽい空間として利用することにした。それらしく見せるため、プランターも──メンテナンス無用のサボテンを──ちゃんと置いてある。

道路をゆきかう車を、しょぼついた目で見下ろしながら、何日後に借金を全額返済できるか、頭のなかで計算を始めた。その結果しだいでは、コーヒーメーカーを買えるかもしれない。ああ、美味しいコーヒーが飲みたい。飲まなくては、生きていけない。最近はロスにも、まともなコーヒーを提供するカフェがいくつかできていた。本物のコーヒーの味を知る、ヨーロッパからの移住者が増えたおかげだろう。研修時代は、厳しい訓練に耐え抜くため、そういうカフェにたびたび通ったものだ。だがコナーのシェイズになってからは、立場上、彼の愛する泥水みたいなコーヒーを飲むしかない。わたしは今本気で、コナーに毒を盛ろうかと考え始めていた。

さて、ようやく計算が終わり、延滞金だけなら六十六日後に返済できるとわかった。でもその間の居候代を払ったら、八十日後になる。

そしてもし今コーヒーメーカーを買ったら、さらに二週間も延びてしまう。それがいやなら、コーヒーを飲むのをやめるしかないが、死に至る可能性が高いのはいったいどっちなのか……。

究極の決断を下す前に、近くのまともなカフェを検索することにした。運が良ければ、コナーの家に行く途中、寄り道できる場所にあるかもしれない。

だがそのとき、階段を上ってくる足音のせいで、集中力が途切れた。顔を上げると、とんでもなく巨大な男がまっすぐこちらに向かって歩いてくる。あの超人ハルクにもよく似ているが、肌は緑色ではない。きれいに日に焼けた小麦色で、シャツもちゃんと着ている。

そのときわたしは突然、なぜバルコニーが外廊下よりすぐれているのかを悟った。つまり、バルコニーは完全なプライベート空間なのだ。だが外廊下のほうは階段から丸見えであり、当然そこに座っているわたしも――朝起き抜けの、感電死ゾンビの髪型のまま――、階段からの目にさらされるというわけだ。あわてて何度か髪をなでつけていると、目の前にハルクがやってきた。

「オリヴァーでしたら、まだ寝てますけど。きのう、夜遅くまで仕事だったから」

「いや、そうじゃない。あんたを探してたんだ」ハルクがうれしそうに笑った。

わたしはさらに何度か、髪をなでつけた。ゾンビもどきに会えて、うれしい人がいるわけがない。「あら、どういう御用かしら、ミスター……」

「ブラックだ。〈カモノハシ金融〉の依頼を受け、ここに来た」

そう聞いたとたん、ゾンビ・ヘアはどうでもよくなった。彼の頰に走るギザギザの傷あと
こんなのがあるということは、この男はばかでかい体格以上に、危険な人物なのかもしれない。だけど見方を変えれば、少なくとも一度は、傷あとが残るほどのへまをやらかしたということだ。

「もしかして、ファーストネームはブルース（超人ハルクに変身する物理学者の名前）とか？」そう訊くと、ミスター・ブラックはきょとんとした。

「あ、気になさらないで。言いたかったのは、とっても男らしい方だなってことです」声がかすれているのがわかった。「ご結婚は？　したことはありますの？」

「ああ。それにまだ継続中だよ。実を言うと、もうすぐ結婚十周年なんだ」時間はまだたっぷりあるとでもいうように、ずいぶんゆったりとした話し方だ。

「あら、すてき」なんだ、がっかりだわ。結婚に失敗した人間に、少しでも共感してくれる人だったらと思ったのに。かえって、ねたましくなっただけじゃない。

「わたしとは全然ちがうわ。あなたって幸せ者ね、ミスター・ブラック」以前、パパに言われたことがあった。人は名前で呼ばれると、自分を大事にされていると感じる、だから相手を味方につけたい場合はこの手を使えと。この際だから、あんな手でもこんな手でも使った

ほうがいい。「ご存じだとは思うけど、夫は膨大な借金をつくって、離婚したわたしに返済の半分を押しつけたんです」

ハルクが重心をずらしたので、アパートメントを造った建築業者に感謝した。外廊下をセメントで造ってくれてありがとう。他の建材だったら、崩壊していたかもしれない。

「そいつは気の毒だったな、お嬢さん。だが返済規定を作ったのは、〈カモノハシ金融〉だ。おれはただ、指示どおりに動いているだけで、その指示っていうのが、あんたに借金を返済させることなんだよ」

わたしは生唾をのみ、今座っている椅子と、玄関のドアとの距離を目測した。たいして離れてはいない。というよりは近すぎて、ドアを開けるには、まずこの椅子を動かさないとだめだ。するとそのとき、ハルクがすばやく移動し、ドアの前に立ちふさがった。わたしの視線に気づいたにちがいない。だがそのおかげで、ハルクの右肩と手すりの間に、わたしがぎりぎり通れるほどの隙間ができた。よし、今だ！　わたしはその隙間を猛ダッシュで駆け抜け、裸足のままその場から逃げ出した。

自分の足がコンクリートを蹴る音で、追ってくるハルクの足音が聞こえない。下までおりて振り返ると、ハルクは二階の踊り場まで迫っていた。冷や汗をふきだしながら、歩道を全速力で疾走する。コルヴェットを横目で見ながら、自分に腹が立った。どうして車の鍵を持って部屋を出なかったのだろう。だがとりあえず、携帯は持っていた。正面に迫ったヤシの木を間一髪でよけると、スピードを落とすことなく、コナーの番号を打った。発信音が鳴るまでのわずかな時間が、永遠にも思える。

「イソベルか？　ジムでトレーニング中かい？」コナーの声がした。

「ハルクよ」息も絶え絶えに応えた。「追いかけられてるの」

わたしの差し迫った口調に、いたずら電話ではないとわかったらしい。「今すぐ行く。どこにいる？」

「逃げてる途中よ。ローズ・アヴェニュー」

「電話は切るな。十五分で着く」

わたしは携帯を握りしめたまま、全力で走り続けた。右に曲がり、ケルトン・アヴェニューに出たとき、ハルクが迫っているのがちらりと見えた。なんてスピードなの。わたしよりずっと身体が重いくせに。ああそうか、ほとんどが筋肉でできているのだ。わたしの骨を、ばりばりと砕くために雇われた筋肉男……。より一層の恐怖が、加速するパワーを生んだ。脇道を猛スピードで通り抜け、つきあたりを左に曲がる。左右どちらを選んだか、どうかハルクに見られていませんように。さらに左に曲がろうとして、その前にちらりとうしろを振り返った。ハルクは脇道のつきあたりに立ち止まり、わたしがどちらに逃げたかとあたりを見回している。

とそのとき、彼と目が合った。

わたしはふたたび逃走を開始した。もっと速く、もっと前へと走るうち、とうとう呼吸の仕方まで忘れてしまった。心臓はばくばく、頭はくらくら、足はずきずき。ノーブラのせいで、胸まで痛い。揺れる部分なんてたいしてないくせに。もうだめだ。これ以上は走れない。

携帯を見ると、通話時間の表示が十三分三十七秒になっている。コナーが来るまで、あと少しだ。もう一度だけ、思いきってうしろを振り返った。見える範囲には、誰もいない。ハルクがいる気配もない。追跡をあきらめ、日を改めて来ることにしたのだろうか。それとも引き返して車に乗り、このあたりをうろうろしているのだろうか。

そう考えると、胸の動悸がいっそう激しくなった。この心拍数なら、競走馬に変身してもトップでゴールできるだろう。だけどこのままでは、心臓発作を起こしてしまう。

こんもりした生垣の前をいったんは通り過ぎ、けれどもすぐにくるりと向きを変え、そのうしろに身を潜めた。喘ぎ声が漏れないよう、膝の間に頭を落とす。

生垣が厚いため、向こう側の様子はまったく見えなかった。だとしても、ハルクの重い足音なら聞こえるだろう……と思ったそのとき、背筋がぞくりとした。気配だけで存在を知らしめるとは、さすがは闇金モンスターだ。つづいて低い声が響き、わたしはびっくりして跳びあがった。

声の主は、コナーだった。あわてて携帯を耳に当てる。

「イソベル、今ローズ・アヴェニューに着いた。どこにいるんだ？」

黙っていろと、本能が叫んでいた。もしも近くに、ハルクがいたらまずい。

「イソベル？」

すごく心配そうな声だった。答えないわけにはいかない。「生垣のうしろに隠れてるの」

最初の電話で彼に居場所を伝えたあと、ローズ・アヴェニューからなるべく離れないようにはしていた。だがそのあと、ハルクを撒こうとして何度も曲がったため、今どこにいるのか、自分でもわからなくなっていた。

「誰か近くにいるのか？　通りの名前を教えてくれ。でないと見つけようがない」

汗ばんだ額に手を当て、二、三度深呼吸をした。それから、しびれた脚でおもいきって立ち上がった。「通りの表示を探すわ」息をつめて、生垣の向こうをのぞく。「クイーンズランド・ストリート」背後の建物に目をやった。「住所は10000の919」

「すぐ行く」

ふたたび息をつめ、ひんやりした土にうずくまった。一秒一秒が、異常に長く感じられる。大丈夫だ。たとえハルクに見つかっても、彼に全身の骨を折られる前に、コナーがきっと止めに入ってくれる。

生垣の前で、車の止まる音がした。いつでも逃げられるよう、中腰になって身構える。

「イソベル？」

コナーだった。身体から一気に力が抜け、大の字に倒れそうになる。

「ここよ」

そう言って立ち上がったとき、ちょうどコナーが生垣の向こうから現れた。彼は少しもためらわず、こちらにまっすぐ向かってきた。マムフォード・アンド・サンズ（英国のロックバンド）のだぶだぶのTシャツとグレーのジャージパンツ、泥だらけの素足、感電死ゾンビそっくりの髪、それに汗だくで真っ赤な顔をしたわたしのところに。それから大股で歩み寄ると、わたしをひしと抱きしめた。

しばらくの間、ふたりはそのままでいた。「大丈夫か？」コナーがささやく。

彼のやさしさはうれしかったが、わたしは身体をひいてそっと離れた。ふたりの間にはコットンの布地が二枚しかなく、このまま抱かれていたら、乳首が硬くなったのにきっと気づかれてしまう。わたしは胸の前で腕を組んだ。「ええ、大丈夫。来てくれてありがとう」

わたしの組んだ腕に、彼はわざとらしく視線を落とし、にっこりと笑った。いつもと違って心からうれしそうだ。「どういたしまして」

うわっ、まぶしい。その瞬間、脳の回路がショートして、身体の機能がすべて停止しそうになった。彼がめったに笑わないのは、かえってありがたいのかもしれない。

コナーが車のほうへ歩きだしたので、あとを追いながら、気持ちを切り替えた。部屋に戻り、熱いシャワーを浴びて……。とそのとき、玄関に鍵をかけずに出てきたことを思い出した。「どうしよう」声がかすれた。

コナーがあたりをすばやく見まわし、銃に手を伸ばした。「何かまずいことか？」

「オリヴァーとミャオが危ないかも」

「誰がだって？」

わたしは車のドアを開け、助手席に乗り込んだ。「悪いけど、急いで送ってくれる？」

コナーはすぐに運転席に乗りこみ、車を発進させた。

「はじめから全部、話してくれ」

わたしは大きくため息をついたあと、ハルクに追われた経緯を話し始めた。

アパートメントの前に着いたとき、すべてはふだん通りに見えた。朝の八時、近所の住人もほとんどが起きているようだ。騒ぎにはなっていないようだから、取り越し苦労だったのかもしれない。コナーは正面に違法駐車をすると、ホルスターの近くに手を構えたまま、階段を駆け上がった。わたしもいやがる足を叱咤激励し、彼のうしろにはりついて上っていく。コナーは玄関を開ける前、その正面に置かれた椅子を動かした。これが置きっぱなしということは、さらに期待がもてそうだ。

予想通り、家を出たときと特に変わった様子はなかった。ダイニングのテーブルも、まだ花束で占領されている。それを見てコナーは眉をつりあげたが、何も言わなかった。わたしはオリヴァーの部屋を指し、それから唇に人差し指を当てた。ミャオが自由に出入りできるよう、いつものように、オリヴァーがドアを少し開けてある。コナーがさらに押し開けると、キイと音が鳴り、わたしは顔をしかめた。だがオリヴァーの眠りが深いのは、よくわかっていた。ルームメイトの悲鳴や、ボキボキと指の骨が一本ずつ折られていく音がしても、彼の目が覚めることはないだろう。

中をのぞくと、ミャオがベッドの真ん中で眠っていて、オリヴァーはミャオに腕をまきつけていた。可愛いミャオの安眠を邪魔したくはない、だけどベッドから落ちたくはないという彼の葛藤が、この姿勢を生み出したのだろう。わたしはにっこり笑ってから、ミャオのぶんの隙間を残し、そっとドアをしめた。

コナーは他の部屋もぜんぶ確認してくれたが、たいして時間はかからなかった。「どこにも怪しい人影はない」彼が言った。「出かける用意ができたら、声をかけてくれ」

わたしは四十分かけてシャワーを浴び、身支度を整えた。いつもと同様、エレガントなスタイルにまとめたが、足にマメができていたので、靴だけはフラットシューズにした。アドレナリンが出ていないと、足の痛みがさらにひどく感じられる。

リビングに入ったところで、足が止まった。コナーがソファにゆったりと座り、その膝の上で、ミャオが喉を鳴らしていたのだ。少し前なら、このちぐはぐな光景――オーダーメイドのスーツを着こなし、大豪邸に住んで、完璧なセンスの持ち主（コーヒーだけは別だが）が、この質素な家でくつろいでいる――を見ても、思わず笑みがこぼれるようなことはなかったと思う。だが少しだけ心に余裕ができた今、ようやく気づいた。もしかしたらコナーは、見かけとはまったく違う男なのではないかと。だからこそ、彼がミャオを抱いているのを見て、ほのぼのとした気持ちになったのだろう。

それでもまだ、わたしはそうした自分の気持ちに素直になれなかった。「ねえ、のんびりしてる暇なんてないんじゃない？」

15

コルヴェットは置いて、自分の車に一緒に乗るようにとコナーが言い張った。無意味な意地の張り合いには懲りていたので、数分後には、彼のSUVでパームズ大通りを走っていた。

「で、どれくらい金が必要なんだ？」コナーが訊いた。

わたしの借金のことだろう。まず最初に返済したいのは、これまでの延滞金だ。借金十万五千ドルに対して年率十五パーセント、それが九カ月分だから。「一万千八百十二ドルかな」

「なるほど。それなら〈ソサエティ〉から、給与の二カ月分を前払いしてもらえばいい」

たしかにそれだけあれば、延滞金を全額払ってもおつりがくる。そのぶんを、今後の延滞金二カ月分と居候代に充ててもいい。いや、せっかくならコーヒーメーカーを買うのも悪くない……。とそこまで考えたところで、わたしは肩を落とした。「だめよ。前払いの申請を以前にもしたことがあるの。だけど却下されたわ」

コナーがハンドルを固く握りしめた。「じゃあぼくが、上の人間にかけあってみよう」

「あなたにそんな力があるの？」うそ、信じられない。

「まあね」

「ううん、やっぱりこの話はなかったことにして。あなたに借りをつくるのはいやだわ」

「ぼくは関係ない。〈ソサエティ〉の投資を無駄にしないためと考えればいいんだ。きみは八カ月も研修を受け、時間をかけて選抜された。ぼくだってこの四日間、きみにはずいぶん苦労させられたしね。だからきみにシェイズとして働いてもらわないと、誰にとってもそれまでの苦労が水の泡になるんだ」

「とってもご親切な話だけど、まだシェイズにもなっていないのに、施しを受けるわけにはいかないわ」

「施しじゃない。融資だ」

「融資ですって？　それがすべての元凶なのよ」わたしは指摘した。

「なあ、そう意地を張らずに。頼むよ」彼がさらに強くハンドルを握りしめたので、砕けるのではないかと心配になった。「じゃあ、ぼくにどうしろって言うんだ？　このままじゃ心配で、きみをひとりにはしておけないじゃないか」

「そうじゃなくて、教えてほしいのよ。自分で身を守る方法を」

とりあえずコナーは笑わなかった。

「そのハルクとやらに、自分が太刀打ちできるとでも思ってるのか？」

「わたしでも使えそうなテクニックはないの？　急所をうまくついて転がすとか」

「ないことはないさ。だがしっかり身につけるには、何カ月もの訓練が必要になる。それを終えても、いざというときにパニックになる可能性もあるし、相手のほうがうわての場合もある」

それぐらい、わかってるけど。「今できる方法だってあるはずよ」

「そうだなあ。たとえば、催涙スプレーはどうだ？　ぶっかけてから、とにかく全力で逃げてぼくに電話すればいい」

しばらく考えてみた。「それならできそうだわ」

「だったら約束してくれ。最終試験に合格してシェイズになったら、すぐに前払い金を受け取ると」

「わかったわ」わたしだって、これから先も、スリルあふれるかくれんぼをハルクと楽しむつもりは毛頭ない。だができれば、新たな借金を抱えるのは避けたかった。〈ソサエティ〉も危険な組織にはちがいないし、実際の話、本当に返済できるかもわからない。そうなった場合、借金取りはふたりよりひとりのほうがいいに決まってる。

赤信号でコナーが車を止めた。「きみの携帯を貸せ」

携帯を渡しながら尋ねる。「なんで？」

コナーは質問を無視して、画面を操作しはじめた。

「何してるの？」

彼が携帯を差し出した。「パスワードを入力しろ」

「何をするのか、教えないならいやよ」

形のいい顎の筋肉がひきつった。「アプリをインストールするんだ。きみの携帯のＧＰＳ

を、ぼくが受信できるやつを。きみのことだから、どうせまた同じようなことが起きるだろう。だがその場合でも、これできみを探し当てることができる。わかったか？」

「ふうん。まあいいわ。じゃあそろそろ、〈ブルージャム・カフェ〉に行きましょうよ」

「なんでだ？」

「コーヒーを補給しなくちゃ」

「うちでも飲めるじゃないか」

「あれはコーヒーとは言えないもの」

コナーは大きく息を吸い込んだが、それでも車線は変更してくれた。「わかったよ。だが今朝は特別だぞ。ハルクとの災難があったからな」

　わたしはエスプレッソを一口飲んで、うっとりと目を閉じた。これよ。これが飲みたかったのよ。豆の選択から焙煎、熟成、抽出にいたるまで、すべてが完璧と言っていい。目を開けると、苦虫をかみつぶしたようなコナーの顔があった。わたしが勧めたエスプレッソ《ロング》のお湯割り《ブラック》を手にしている。

「鼻にしわが寄ってるわよ」実際は寄っていなかったが、そう言ってやった。

「これが美味いコーヒーだって？　酒で言えばウォッカっていうところか。カフェインの度数が九十五パーセントはあるだろう」

「あなたのいつものコーヒーよりは濃いでしょうね。だけどこの風味、どう？　リッチでまろやかでクリーミーで。それにキャラメルとフローラルの香りが幾層にも……」

コナーはもう一口飲んで、また顔をしかめた。「ぼくはやっぱり、我が家のドリップ・コーヒーに忠実でありたいね」

「そうね、いいんじゃない。コーヒー風味の泥水が好きな人もいるものね」

「いいから、黙って飲めよ」

そんな簡単な命令なら、大歓迎だ。コナーの残したコーヒーも飲み干そうとしたとき、メールの着信音が鳴った。

『ぼくを無視することはできないよ。A』

こ、これは。どうしよう、悪い予感がする。花束のお礼をするのをすっかり忘れていた。きのうの夜は返事をする気になれなくて。今朝はハルク騒動のおかげで。だがアルバートは、放置しておけばあきらめてくれるタイプではないらしい。

「何かまずいことか？」コナーが尋ねた。

彼のこの言葉、これまでに何回聞いたかしら。

できるだけ冷静に答えた。「アルバートが勘違いしているみたいなの。もう一度わたしが、きのうと同じ体験をしてみたいんじゃないかって」

コナーはわたしから携帯をひったくり、アルバートのメールを読んだ。「やつはいつから、きみの連絡を待ってるんだ？」

「きのうの夜、帰ったら花束が届いてたの。電話をくれっていうカードがついてたわ。花束がいつ届いたのかはわからない。そうだ、きのうの夜遅くにもメールが入ってたんだ」

コナーの携帯が鳴った。「ちょっと失礼」

彼が電話で話している間、最後の一口をゆっくりと味わった。
だが目の前で、硬い岩のようだったコナーの顔が、みるみるうちに硬い鋼鉄へと変化した。
それから電話を切って言った。「外でコーヒーを楽しんでいるのは、ぼくたちだけじゃなかったようだ。ジョッシュがたった今殺されそうになったと、彼の新しいジェイズから連絡があった」

まあ。この至福のひとときが、殺人に利用されるなんて。「ふたりの容態は？」

「それは心配いらない。ケイレブが口に入れる直前、青酸カリのにおいに気づいたんだ。それですぐに、電話してくれたらしい」

良かった、苦扁桃《くへんとう》のかすかなにおいだけで気づいて。青酸カリは、数ある毒物のなかでも極めて毒性が強い。口にすると、酸味が鋭く、舌がひりひりする。そうはいっても、特に注意をはらっていなければ、おかしいと気づいたころには、すでに致死量を口にしているのがふつうだ。特に香りや酸味の強い飲み物、たとえば、コーヒーに入っている場合は。

とにかく犯行現場へ向かおうと、渋滞する道を、〈モーニング・グローリー〉へ向かった。この店は、ホルムビー・ヒルズにある高級店で、まともなエスプレッソだけでなく、ドリップも提供している。わたしへの当てつけのつもりか、コナーは大喜びでドリップコーヒーを注文した。

わたしのほうは、この二、三日カロリーオーバーだったのを思い出し、雑穀《キノア》サラダで我慢しようかとも思ったが、結局はドーナツを一つ注文した。カフェインを吸収分解するには、これが一番だ。ひさしぶりに、ダブル・エスプレッソを二杯も飲んだせいか、少し神経過敏になっているような気がする。コナーはコーヒー風味の泥水を手に、椅子の背に深くもたれ、店内を見渡していた。

ジョッシュもすでに、マキアートの注文をすませている。わたしはドーナツをかじりながら、カウンターの向こう側でコーヒーを淹れているバリスタを眺めた。わたしも以前はあんなふうに、エスプレッソ・マシンの前できぱきと働いていたものだ。あのころは、頭に銃を突きつけられることも、毒を盛られることも、骨をばらばらに砕いてやると脅されることもなかった。ただの、一度だって。

懐かしい思い出を押しやって、今やるべきことに集中した。できあがったコーヒーをバリスタがすばやくカウンターに置いている。淹れたてを提供したいとの思いからだろう。だが、ウェイトレスが取りに来るまでの間、あるいは近くにいたとしても、通りすがりに何かを入れるのはそれほど難しいとも思えなかった。細心の注意を払えば、目当てのカップに毒を盛ることも可能だろう。となると犯人は、ジョッシュの注文を聞いて、そのコーヒーがカウンターに置かれるのを見張っていた――ようするに、それほど近くにいたというわけだ。

「ホアンやアルバートたちをジョッシュが見逃すなんてないわよね。チャンスをうかがってたってことは、それなりに長くいたはずだし」コナーに尋ねた。

「そうだな。コレットやタリアも含め、変装でもしてないかぎりはね」

「変装ってどんな?」

「映画用の特殊なメイク、かつら、ブルカ、ヘッドスカーフ、入れ歯、その他もろもろだよ。ハリウッドのあるロスなら、ありとあらゆるものが手に入る」

「だったら、どうしようもなくない?」

「いや、今回の犯行は条件がかなり限られている。これまでの容疑者全員のアリバイを調べればいい」

「それなら、もっとうれしそうにしたらいいのに」

「ぼくがうれしそうにしたことなんて、あったかい?」

思い出せる限りではたった一度、替えの下着がないとわたしが言ったときだけだ。あれを言ったらやぶへびになる。「ま、そうね」

コナーはコーヒーを飲み干し、カップをテーブルに置いた。「実を言うと、アリバイを調べても解決にはつながらないと思うんだ。最初の事件で、コレットやタリア、あるいはホアンが犯人だったとしても、単に雇われただけかもしれない。ジョッシュの家に出入りできるからね。であれば、この店での犯行に彼らを雇う必要はないだろう。アルバートについても同じだ。最初の事件でプロの殺し屋を雇ったんなら、今回わざわざ、自分でこの店まで出向くだろうか? そうだろ?」

「じゃあ、殺し屋を探すべきなのね?」

「そうだ」

「犯人として、一番怪しいのは誰だと思う？」

「金も動機もあるやつだろう。やっぱりアルバートあたり、あるいは〈ホールサム・フーズ〉の関係者か。ボイコットで大損をした人間が怪しいな」

なるほどね。「〈ホールサム・フーズ〉の関係で、何か手がかりはないの？」

「ろくなものはないな。ボイコットで損をした人間を十人に絞り、その身辺を洗ってみたが、前科のある人間はいなかった。今は逆の方向から、つまり前科のある株主を探したり、彼らが大きな損失を出していないかを調べている」コナーはカップの中をのぞきこんだ。まるで、答えがカップの底に書いてあるとでもいうようだ。「こんな手探りのやり方はどうかと思うが、今はそうするしかない」

「殺し屋の線で、アルバートを探りましょうよ」

「ばかを言うな。もう二度ときみをおとりにはしたくない」

「そうじゃなくて。あなたをおとりにするのよ」

コナーは勢いよく顔を上げ、わたしをまじまじと見た。「どういうことだ」

作戦の流れを話している途中、わたしの携帯が鳴った。またか。新しいアドレスを知っているのは数人しかいない。それにオーストラリアは今、午前二時半だ。いやな予感がする。

『花束は気に入らなかったようだね。だったら、ワルい男に惹かれるタイプなのかな。実をいうと、ぼくはそっちなんだ。今ごろきみのネコちゃんはどうなってるかな？　Aより』

わたしは椅子から跳びあがり、店の外へと走りだした。車はどこに止めたっけ？　すぐにコナーが追ってきた。

「何かまずいことか？」

またこの質問だ。わたしは黙って携帯を彼の前に突き出した。喉が締めつけられ、言葉がまったく出てこない。すぐにコナーが大股で歩きだし、もたつくわたしの腕をひっぱった。

「乗るんだ」

心配のあまり吐き気がこみあげるなか、時間が過ぎていく。やがてコナーが、その日二度目の違法駐車をすると、わたしはエンジンが止まる前に、車から降りて走りだした。三階までいっきに駆け上がり、鍵を挿し込もうとするが、手が震えてなかなかうまくいかない。するとコナーが追いついてきて、いきなり取っ手をまわすと、ドアは難なく開いた。おかしい、鍵はかかっているはずなのに。オリヴァーの車はない、つまり彼は出かけている。

「ミャオ？」応えを期待しながら、大声で呼んでみる。ミャオはキッチンにいた。よろけながらわたしに近づいてくるのを、膝をついて抱き上げる。床には吐いたものが、その横に転がっているボウルには、食べかけのキャットフードが残っていた。ミャオを抱きしめたまま、キャットフードのにおいを嗅いでみる。タラのミンチに、何かの毒物が混入されているようだ。大丈夫、プロのわたしなら突きとめられる。

そばでコナーが、動物病院の電話番号はどこだとわめいていたが、わたしは相手にしなかった。獣医では何の毒か、すぐにはわからないはずだ。魚のにおいの、ねばねばしたキャットフードを、指ですくって口に入れてみる。思わず吐きだしそうになったが、我慢して毒物の正体を嗅ぎ分けた。「エチレングリコールだわ」ボウルに吐き出し、コナーに告げた。「病院の住所は冷蔵庫にはってある。急いで送ってちょうだい!」

〈オーバーランド動物病院〉に着くと、ミャオを獣医に託し、大急ぎで事情を説明した。毒を体内から取り除く処置をするため、ミャオが別室に運ばれていく。そのあとで、受付スタッフがコホンと咳払いをした。「ミズ……?」

「ああ、エイヴェリーです。飼い主のルームメイトの」

「一つ教えてください。どうしてあのネコちゃんは、エチレングリコールなんて口にしたんですか?」

わたしは頭が真っ白になった。どう説明するつもりか、まったく考えていなかったのだ。

「ブレーキオイルですか? それとも不凍液?」

コナーが前に進み出た。「ミズ・エイヴェリーのハンドローションを舐めて、すぐに吐いたんです。成分のなかにエチレングリコールがあったんで、これはと思って調べてみたら、病院に急いで連れていくようにと書かれていて」

「それは賢明でしたね。すぐに原因がわかったので、腎臓へのダメージはないと思いますよ。一日二日はこちらで様子を見ましょう。問題がないか、確かめるだけですので」

「ありがとうございます」ほっとしてうなずく。

う。

「それで、治療費のほうはどなたが？」

頭のなかに、赤い数字がずらりと並ぶカードの請求書が思い浮かんだ。気にしない、気にしない。バッグをかきまわしていると、コナーがすばやく自分のカードを取り出した。受付スタッフはそのカードで決済を済ませ、応急処置が終わったらすぐに電話をすると約束した。コナーがもし、連れ出してくれなかったら、わたしはいつまでも待合室に座っていただろう。

病院の外に出ると、日差しが痛いほどに感じられた。コナーの車に乗りこみ、目を閉じて涙をこらえる。数分後に車が止まった。「どこなの？」

「一緒に来い」連れていかれたのは、小さな庭園が見渡せるベンチだった。「よく頑張ったよ。ミャオはきっと良くなる、きみのおかげだ」

わたしは大きくしゃくりあげた。「ミャオが死にかけたのも、わたしのおかげよ」するとコナーはわたしの顎にそっと触れ、自分のほうを向かせた。「今回の件はきみのせいじゃない。できれば今日は休ませてやりたいが、ぼくが守ってやれる場所にいてほしいんだ」

わたしは涙をぬぐった。「わたしのほうが、あなたを守る役目でしょ」

「イソベル」コナーの声はやさしかったが、少しいらついているようだった。「ここに連れて来たら、少しは元気になるかと思ったんだ」

わたしははっと気づいた。うじうじしていても、誰の役にも立たない。

「わかったわ。でもあなた、やっぱりわかってないのね」庭園に向けて大きく手を振った。

「わたしの元気の素は、自然の美しさより食べ物なの」

彼はわたしの手をとり、立ち上がらせた。「きみが元気になる食べ物はなんだい？」

そうねえ。「マックのチョコレート・サンデーかな？」

車に戻りながら、彼はわたしの腕を軽くたたいた。「うん、やっときみらしくなったな」

マクドナルドへ向かう途中、オリヴァーにミャオの件を報告しなければと気づいた。どういう経緯かは、コナーが病院で話したように伝えるしかないだろう。わたしは両手で目をこすった。大事なことをうそでごまかすのはまちがっている。だけどオリヴァーに、本当のことを言えるわけがない。彼の携帯は留守電になっていたので、メッセージを残した。ミャオのためにわたしのできることは、もうこれ以上ない――そう自分にきっぱりと言い聞かせ、チョコレート・サンデーと事件の調査に集中することにした。

サンデーを食べ終えると、アルバートにメールを送った。わたしの作戦にコナーがゴーサインを出してくれたのだ。

『返事が遅くなってほんとにごめんなさい！　恋人のコナーの焼きもちがひどくて、あなたに連絡をするのをずっと邪魔されていたの。彼がシャワーを浴びてるすきに、今メールしてるのよ。できればもう一度会いたいけど、彼がいるかぎり無理だわ（殴られるのが怖くて、別れられないの）』

アルバートから即行で返信のメールが届いた。よほどわたしからの連絡を待っていたのだろう。実を言うと、わたしはこれまで、誰かの妄想の対象になるのも、あんがい楽しいかもしれないと考えたこともあった。だが今こうして、ドラッグを平気で使う危ない男に追いかけられてみて、それがいかに愚かな考えだったかと思い知らされていた。

『ぼくが助けてあげられるかもしれない。近々、そいつがひとりになるチャンスはあるかい？』

このメールを見て、コナーが指示を出した。

「じゃあ、明日の午前十一時、ぼくが〈グリズル＆ガードル〉で人と会う予定があると送るんだ。あの店のオーナーは友だちなんだよ。それにその時間なら、客もほとんどいないはずだ」

アルバートは過去にも、ライバルのシェフに毒を盛った容疑で尋問されている。ここまでわたしに執着していることを考えると、おそらく今回も、付き合いのある殺し屋を使うつもりなのだろう。その殺し屋が、今朝〈モーニング・グローリー〉でジョッシュを狙った可能性もある。

メールを送ると、アルバートからすぐに返事が来た。

『明日会えるのを楽しみにしてるよ、ベイビー』

わたしは震えそうになるのをこらえ、コナーを見た。「つぎはどうするの？」

「催涙スプレーを買いにいこう」それからわたしの携帯の画面をちらりと見て、付け加えた。

「テーザー銃もあったほうがいいな」

16

〈A1セルフ・ディフェンス〉は、店内の隅々まで〝安全グッズ〟でうめつくされていた。ほとんどがオーストラリアでは違法とされるものだ。ブラスナックル——違法。スタンガン——違法。自動小銃——違法。安全メガネはそうね、さすがに違法じゃないかな。

コナーについて催涙スプレーの売り場に行くと、目をみはった。バービー・ピンクの口紅型から、光沢のあるエナメルのケース入りまで、多種多様のスプレーがずらりと並んでいる。コナーが選んだのは、実用的な黒い容器入りだった。「二つ買っておこう」

続いて、スタンガンの売り場に行った。こちらも、ありとあらゆるタイプが並んでいる。だがコナーは、わざわざ見て回ることはしなかった。「TASWR C2をもらおうか。それと、予備のカートリッジを三つ」

「かしこまりました。お色はどうなさいますか？」六つの見本を、店員が手ぶりで示す。

コナーがわたしに尋ねた。「どうする？」

ピンクの銃を向けたら、レイプ犯はどんな顔をするだろう。「シルバーにするわ」これなら、コルヴェットのボディの色とおそろいでスタイリッシュだわ。

支払いをしようとバッグを探っていると、コナーがすばやく店員にカードを渡した。そこで、店を出るとすぐ彼に言った。「なんでもかんでもあなたに払ってもらうわけにいかないわ」

「請求先はぼくじゃない、〈ソサエティ〉だ。シェイズの身の安全に関するものは、すべて該当する。ぼくはただ、その選定と購入を任されているだけだ」

「ミャオの治療費は？」

「任務中に発生した医療費も同じだ。たとえ動物病院でも」

わたしはぽかんと口を開け、小声で尋ねた。「ほんとなの？」

コナーは黙ったまま、わたしを見ている。

「わかった。そうね、ありがとう」

「よし。じゃあこれから、新しいおもちゃの使い方を伝授しよう」

二十分後、わたしはコナーの家の裏庭に立っていた。視線の先には、段ボールでできた等身大のスパイダーマンが立っている。この手の人形は、アメリカではどこの家にも、必ず一つは転がっているらしい。今日はこれから、テーザー銃と催涙スプレーの犠牲者になってもらう。コナーが催涙スプレーを持って、説明を始めた。「これは十フィート先まで噴射できる。狙うのは顔になるが、前後左右に手を動かし、広範囲にしっかり噴射しろ。相手がメガネをかけていたら、確実に目にかかるよう、フレームの上からも噴射したほうがいい。場合によっては、顔の片側に噴射しただけでも効果がある」コナーがスプレーを差し出した。

油の入った熱々のフライパンを受け取るようにして、おそるおそる腕を伸ばした。「これを浴びたら、どんなふうになるの？」

「火が付いたように激痛が走り、たまらずに目を閉じるから、前が見えなくなる。咳も止まらなくなるな」

わたしは思わず、スプレーを身体から離した。「すごいのね」

「やむを得ない場合以外は、室内では使うな。それと、屋外では風の向きに気をつけろ。このタイプは噴射の勢いが強力だから、逆向きに戻って自分にかかることはない。だがそれでも、ある程度は風にあおられて戻ってくる可能性がある」

わたしは指を一本舐めて宙に上げ、風があるかを確認した。

「噴射中は当然だが、使ったあとも、指を舐めたり顔に触れたりしてはだめだ。それから、熱い湯と石鹸《せっけん》でしっかり手を洗うのも忘れるな。できれば二度洗ったほうがいい。また一回でも使ったら、どんなにたくさん残っていても、必ずスプレーごと処分するんだ」

わたしはびくびくしながら舌が爆発するのを待ったが、ありがたいことにその気配はなかった。「やっぱり予行演習はしておくべきね」

コナーはわたしの親指を使い、タブをスライドして安全ロックを解除すると、スパイダーマンに向かって手を振り上げた。「飛距離は十フィートだから、標的にそこまで近づいて噴射しろ」

「十フィートって何メートルだっけ？」

「もたもたするな」

歩測しながら、ターゲットに近づいていく。「けっこう風、強いんじゃない？」

コナーがくるりと目を回したかどうかは、スパイダーマンを見ていたのでわからなかった。

「よし、噴射しろ。エイヴェリー」

教えられたとおり、スプレートップのタブを力いっぱい押す。するとその瞬間、勢いよく中身が噴射され、スパイダーマンの顔一面をおおった。え？　これでおしまいなの？　あまりにもあっけなく、さんざん脅されたぶん、なんだか拍子抜けしたような気分だ。といっても、スパイダーマンが悲鳴を上げたり、咳きこんでぶっ倒れるのを期待していたわけじゃないけど。

「これでいい？」

「ああ、合格だ」コナーが言った。「まずは操作に慣れることが大事なんだ。いざハルクが近づいてきたら、どれくらいの力でボタンを押すかなんて迷っている暇はない」わたしから使用済みのスプレーを取り上げ、新品を差し出した。「アルバートやハルクに付け回されているかぎり、つねにこれを持ち歩くんだ。いざというとき手元になければ、意味がない」

「キーホルダーにつけておくわ」

「だめだ。今朝ハルクが来たとき持っていなかっただろ？」

「なら、ポケットは？」

「いいだろう」

「服にポケットがなかったら？」

「まあ、首にでもぶらさげるんだな。とにかく、必ず身に着けておくんだ」わたしがうなずくまで、コナーは目をそらさなかった。

「了解であります、上官殿」だが今着ている服にも、ポケットはなかった。下着のウエストバンドにはさむことも考えたが、スプレーを取り出すとき、スカートを胸までまくりあげるわけにもいかない。いや、待てよ。相手の気をそらせるには、それも案外悪くないかも。とりあえず今日のところは、胸の谷間にスプレーを押しこんでおいた。寄せ上げブラを発明してくれた人に、感謝しないといけない。

するとコナーが近づいてきて、ブラウスの胸元をひっぱり、スプレーの位置を確認した。彼の触れた部分が、かっと熱くなる。もしや指先にスプレーがついていたのかとあわてたが、痛みというよりは、心地よいぬくもりが感じられた。

「なに喜んでんのよ」どぎまぎしながら、あわてて身体をひく。

コナーの瞳がきらりと光ったが、いつもどおり、からかっているのか喜んでいるのかわからなかった。

「つぎはこれだ」彼がテーザー銃を取り出した。

「さすがにそれは、身に着けられないわ」

「バッグには入るだろ。ぼくと一緒じゃないときは、必ずバッグを持ち歩くんだ」

わたしはため息をついたが、結局はうなずいた。自分の身を守るだけでも、そう簡単なことではないのだ。こんなに重いものを肌身離さず持ち歩くなんて、まるで妊婦にでもなったような気分だ。ガールスカウトの団員のほうが、まだましかもしれない。

「実は、テーザーのほうが拳銃よりいい点もいくつかあるんだ」コナーが言った。「まず第一に、拳銃ではないとひと目見ただけでわかるから、相手の攻撃がエスカレートすることはほとんどない」

なんだ、それならやっぱりピンクのにすればよかった。

「つぎに、殺傷能力はないから、いざという時に使うのをためらわずにすむ。わかっているとは思うが、一瞬の気の迷いから命を落とすこともあるからな」

なるほど。思いつめて眠れない夜のために、今の言葉を覚えておこう。

「さらにこいつは、神経筋を無力化するから、相手のすべての動きを封じることができる。もし銃弾が当たっても撃ち返してくることはあるから、この点でも、テーザーのほうがすぐれているんだ」彼はそこで、わたしと目を合わせた。「そうだ、大事なことを言い忘れていた。テーザーなら自分をまちがって撃つことはまずない。もし撃っても、死ぬことはないしな」

わたしはうなずいた。「たしかに優れモノね。あなた、テーザーのトップ・セールスマンになれるわ」

「それに、催涙スプレーより厄介じゃないんだ。室内でも使えるし、風にあおられて自分に飛んでくることもない」

「だったら、テーザーをここに入れておこうかな」

胸の谷間を指さすと、冗談はよせという視線をコナーが送ってきた。

この人はほんとに、正直というか意地悪というか。この程度の谷間で、テーザーを隠せないことくらいわかってるわよ。ふてくされるわたしを無視して、コナーはテーザーの使用方法を説明しはじめた。実際に、カートリッジの交換方法、安全スイッチや照準用レーザーの使い方をやってみせる。「胴体か太ももを狙え。標的に命中すると、安全スイッチをオンにしない限り、三十秒間放電がつづく。その間にテーザーを捨てて逃げてもいいし、撃ちそこなってカートリッジを交換するひまがなければ、相手に強く押しつけ、スタンガンのようにも使える。その場合は、首や胸郭上部、太もも、股間を狙え。痛みは激しいが、動けなくなるわけではない。そうはいっても、怒りには震えるだろうな」

「となると、電極針《プローブ》を命中させるにこ越したことはないのね」

「もちろんそうだ。ほぼ同時に二発のプローブが飛び出すが、一発目のプローブは、照準用レーザーで狙いを定めるから、まず外すことはない。できれば標的まで、七フィート以内に近づいて撃ったほうがいい。そうすれば、二発のプローブの間が三十センチ程度におさまるからだ。最大射程距離は十五フィートだが、離れれば離れるほど、二発目のプローブが標的をはずす可能性が高くなる。また当たったとしても、プローブ間の距離が広がってしまう。いっぽうで、あまり近くで撃つと、プローブ間の距離が十センチ以下となり、放電がうまく作動しないんだ」

「すごく難しそう。催涙スプレーのほうがいいかも」

「最初のプローブしか当たらなくても、続けてスタンガンとして使えば、相手の動きを封じることもできる。だがもちろん、テーザーを持ったまま逃げることはできない。それに、隠して持ち歩くには、厚地のダボッとした服を着ないといけないな」

「持ってるのを見つかったら、職務質問されちゃうかしら？」

「ハルクに追いかけられた場合は、そのほうが助かるんじゃないか？」

「ま、まあね。ええっと、つぎは何を？」

コナーはスパイダーマンを手振りで示した。「テーザーの射撃練習だ」

段ボール製の標的は動かないので、照準用レーザーを使えば、プローブは難なく命中した。練習だから、じっくり構える時間もある。だがパニックになっていたら、こううまくはいかないだろう。それでも二つの武器を手に入れたことで、ハルクとの対決が以前より怖くなくなっていた。

「そこまでだ。いいだろう」コナーが言った。「つぎは、背後から敵が忍び寄って、羽交い締めにされた場合の対処法だ」

背後から？　そんなの考えたこともなかった。

だがその直後、うしろからコナーに抱きつかれていた。頭がくらくらして、身体がとろけるような気分で彼にもたれかかる。今日は一日、アルバートやハルクのせいでひどい目にあったし、こんなふうに抱きしめられるのは二年近くもなかったからだろう。

「よし」コナーの声に、はっと我に返った。「思ったより素質はあるようだな。抱きつかれたとき、身体の力を抜くのは悪くない。だがうしろにもたれるんじゃなくて、前かがみになるんだ。相手の腕を振りほどくように、いきなりやるといい」

良かった、顔が赤くなったのを見られなくて。

「もし腕を振りほどけなくても、抱えあげられる前に、二、三秒はかせげるだろう。そこで、てこの原理を応用し、相手の足の甲をかかとで力いっぱい踏みつけるんだ。ハイヒールだったらなおいい。一瞬、相手の集中力が途切れて力がゆるむから、その隙を逃さず、そいつの股間に肘鉄を食わせろ。もしすでに抱えあげられていたら、その姿勢のままでいいから蹴りを入れるんだ。片方だけでも手が使えれば、相手の指を一本つかんで反らすのもいい。やつの力がゆるんだ瞬間、振り切って逃げろ。だが、どんなに催涙スプレーやテーザーを使いたくなっても、相手の手が届かない場所に逃げるまでは、絶対に立ち止まるんじゃない」

うなずきはしたが、まだ胸がドキドキして、せっかくの教えも頭に入らなかった。

「一連の動きを通してやってみれば、感覚がつかめるはずだ。そのあとで、他の体勢で襲われた場合の対処方法も教えよう」

裏庭から戻ると、ランチの時間をずいぶん過ぎていたが、マリアが牛肉と野菜の中華炒めを作ってくれることになった。待っている間に携帯をチェックし、アルバートからの新着メールがないことにほっとする。またそれ以上にうれしかったのは、動物病院からの留守電メッセージだった。ミャオがすっかり回復し、明日の午後には家に戻れるという。

コナーがいつものコーヒーを持って現れ、わたしの前に置いたので、つい顔をしかめた。

「おいおい」彼が言った。「これをまずいとは言わせないぞ。キャットフードだって食べられるんだろ」

「あれは、ミャオが生きるか死ぬかの状況だったのよ。これを飲まないとあなたが死んじゃうっていうなら、喜んで飲むけど」

「そこまでだ」彼が言った。「きみのおかげで、毎日楽しくてしょうがないよ」

彼をまじまじと見つめた。「それって冗談なんでしょ?」

彼が眉を片方つりあげた。「クライアントを毒殺から防ぐこと——それがシェイズの仕事だとわかっていたら、飲まないわけにいかないよな。本来の最終試験なら、きみは不合格だぞ」

わたしは彼をにらみつけて泥水を一口飲み、口直しをしようと、おいしそうな中華炒めを手に取った。

17

自分はこれから殺し屋をわなにはめる準備にとりかかる、きみは家に戻って早めに寝たほうがいいとコナーが言った。わたしに気を使ってくれたのか、それとも、〝本日のイジー耐性値〟がすでに上限に達したせいなのか、そのあたりはわからない。それから、わたしのアパートメントの前に車を止めると、部屋を一つ一つ確認して帰っていった。

コナーを見送ってしっかり鍵をかけると、楽ちんなジャージに着替え、その右ポケットに催涙スプレーを、左のポケットにテーザーを移した。それから予備の下着をバッグに入れ、ささやかな満足感にひたったあと、キッチンに行って夕食づくりにとりかかった。

オリヴァーが帰るまでに、まだしばらく時間がある。そこでローストビーフを作ることにした。それにしても、脚にまとわりついて料理の邪魔をしてくるミャオがいないと、どうしてだか落ち着かない。肉料理を作っていると必ずすり寄ってくるから、つい切れ端をあげてしまうのだけど。考えてみれば、ミャオの術中にまんまとはまっていたということか。

オーブンに肉の塊を入れたあと、パソコンにログインし、タリアが転送してくれたヘイトメールを読むことにした。日付けをさかのぼって受信メールをスクロールしていくうち、スティーヴからのメールに気づいた。やだ。どういうこと。震える指で、クリックした。

彼から最後にメールが来たのは一カ月ほど前、まだ研修を受けているときで、新しい住所を教えてほしいと言ってきたのだが、その理由がふるっていた。〈カモノハシ金融〉がわたしの居場所を見つけられない、つまり借金を回収できない場合、その罰として自分の脚が折られてしまうというのだ。そこでわたしはひと言だけ、『あら、すてき』と書いて返信した。

今回のメールは、一週間前に届いていた。わたしはまだまだ子どもだから、責任をちゃんと果たせないようだ、だから〈カモノハシ金融〉には、わたしのママと連絡をとるように伝えておいた、と書かれている。

鍋のなかの真っ赤なチリコンカンみたいに、怒りがふつふつと煮え立った。そもそもスティーヴは、殴る蹴るはあたりまえの闇金業者から借金し、その返済の半分を、妻のわたしに平気で押しつけたというクズみたいな男だ。それなのに、今朝のハルクの訪問を手配しておいた、感謝しろとでも言わんばかりではないか。ほんの一瞬ではあったが、スティーヴがロスにいればいいのにと思った。そうすれば、今日手に入れた護身用グッズの練習台にできるからだ。だがすぐに思い直した。先に手を出したら、わたしのほうが刑務所送りになってしまう。やっぱりスティーヴが、八千マイルも離れた場所にいて良かったのだ。そしてあらためて、テーザーと催涙スプレーはオーストラリアに持ち帰るわけにはいかないと思った。

スティーヴには、返信しないでおくことにした。もともとジョッシュへのヘイトメールをじっくり読むつもりだったし、〈カモノハシ金融〉がスティーヴを本当に痛めつけるつもりだった、そのとばっちりを受けるのはごめんだ。わたしはスティーヴのメールを削除し、タリアが転送してきたメールの一つ目を開いた。

やがて、ヘイトメール全体の四分の一ほど目を通したところで、オリヴァーが帰ってきた。

「ああオリヴァー、本当にごめんなさい」彼がリビングに入ってくると、わたしはまず謝った。

「なに言ってんだい、きみのせいじゃないよ。それに、ミャオはすっかり良くなったってさ。休憩中に動物病院に電話したんだ」

「だけど、やっぱり」

オリヴァーはわたしの腕をぽんとたたいた。「ミャオはもう大丈夫なんだ。大事なのはそこだろ。それより、この美味そうなにおいは何だい？」わたしが皿に盛り付けていると、玄関をノックする音がした。オリヴァーはテレビの前でくつろいでいたので、ドアまで行って、のぞき穴に目を当てた。シルエットしか見えないが、ハルクのような巨体ではないし、アルバートほど背は高くない。それならばと、ドアを開けた。「あら、エッタ。これからちょうど夕食なの。一緒にどう？」

エッタはすたすたと入ってくると、まっすぐソファにいき、オリヴァーの横に座った。ダイニングテーブルをちらりと見たのは、花束がその上を占領していたからだろう。

「ふたりは知り合いなんでしょ？」わたしはテレビの音に負けまいと、声を張り上げた。

エッタがオリヴァーを肘でつついた。「ええ。だけどこの人、ほとんど家にいないし、いるときはいつも寝てるんだもの」

オリヴァーがエッタを肘で突き返した。「だって起きてたら、彼女と顔を合わせなくちゃいけないだろ。まあそれでも、服のセンスは女王よりましだから、我慢できるけどね」

「そりゃそうよ。わたしと比べたら、あの婆さんのセンスはお話にならないもの」

ローストビーフの皿を並べると、わたしもソファに腰をおろした。テレビではクリケットの試合をやっていて、オリヴァーはエッタにチャンネルを変えさせないよう、頭の上にリモコンを掲げている。

「ちょっとイジー、この人に言ってやってよ。もうちょっと紳士になって、哀れな年寄りに好きな番組を見せてあげなさいって」

「テレビを買ったのも受信料を払ってるのも、このぼくなんだぞ。それにリモコンを渡したら、どうせすぐに、あのくだらない健康バラエティに変えちゃうだろ。あんなのを見てたら、イジーだって食欲をなくすだろうし」

エッタはわたしから皿を受け取りながら、むっとした顔で言った。「わかったわよ。だったらせめて、音を小さくしてちょうだい。じゃないと話ができないから。こんなちんたらしたスポーツ、映像だけで充分よ。だから実況してる解説者だって、天気だとか選手のコンディションだとか、どうでもいいことをしゃべってつないでるんでしょ」

オリヴァーはおとなしく音量を下げ、自分の皿を受け取った。みんなが口いっぱいにほおばっている間は、しばらく沈黙が続いた。最初に口の中が空っぽになったのは、エッタだった。「ねえイジー、この花束は誰からのプレゼントなの？　あのセクシーな恋人から？　それとも例のセレブから？　ほら、ちょっと危険そうな。たしかそんなこと言ってたわよね」

「セレブだって？」オリヴァーがわたしを見た。「そんな話、ぼくは聞いてないぞ」

「だってあなた、前にぶつぶつ言ってたじゃない。もし店の客が〝セレブ〟って言うたびに十セントもらってたら、女王の帽子コレクションだってあっというまに買い取れるだろうって。だからあなたは、そういう話は聞きたくないだろうと思ったのよ」

「なんだいイジー、いいところをつくね」彼はビールを一気に飲み干した。「まったくさ、こんな皮肉なことがあるかっていうんだよ。はるばるアメリカくんだりまでやって来て、セレブとやらに夢中なやつらの相手をさせられるなんてさ。せっかくロイヤルファミリーにきゃあきゃあ言うやつらにうんざりして逃げてきたっていうのに」

エッタはフォークを置き、彼の頰をやさしくたたいた。「わたしに言わせれば、あんたがこの俗っぽい町から出ていかないほうが不思議だわ」それからわたしのほうを向いたので、オリヴァーがにらみつけたのはエッタのシニヨンになった。「それで？　花束の贈り主は？」

「恋人からよ」

「じゃあ、ミスター・セレブとのデートはどうだったの？」

「デートだなんて言ってないじゃない！」

エッタはにやにやした。「あら、うまくいったって感じね」

わたしは答える前に、ローストポテトにフォークを突き刺し、ゆっくりのみこんだ。「そうとも……言えるわね」ほんとは、めちゃくちゃまずいんだけど。「それとほら、きのうの朝、部屋の前で話していた男性は誰なの？　初めて見た顔だけど」エッタは話しながら、フォークをふりまわした。「あの筋骨隆々のセクシーな人。独身かしらね？　今度紹介してくれる？」

わたしは顎がはずれそうになった。「ミスター・ブラックのこと？　あの、超人ハルクみたいな男のこと？」

「そうそう、その彼」

「あの人なら、幸せな結婚生活を送ってるみたいよ。あいにくだけど」

「あら残念！　いい男はみんな結婚してるのよね。でも待って。もしかしたら、背徳の行為に興味があるかもしれないわ。わたしは別に、神の前で誓いを立てたいわけじゃないから」

わたしはフォークを落としてしまった。

オリヴァーにいたっては、さもいやそうに鼻を鳴らしている。「そんな話をするために、テレビの音を小さくさせたのか？　もういい、自分の部屋でゆっくり見るよ。イジー、ローストビーフをごちそうさま。美味しかったよ」

エッタはなんとも言えない表情で、わたしを見つめている。わたしは無言でフォークを拾った。ミスター・ブラックは人を半殺しにして暮らしているのよ、と教えてあげたほうがいいかしら？

「言っとくけど、男なら誰でもいいってわけじゃないの」わたしが口を開く前に、エッタが言った。「きのうだって、モーティ・ハワードとデートして、すばらしい一夜を楽しんだわ。

でもどうせなら、いろんなタイプの男性と楽しみたいってだけなの」

なんと応えていいのかわからなかったので、口いっぱいに食べ物をつっこんだ。

「ねえ、そんな顔しないでよ。年寄りだって、若い人とおなじようにセックスを楽しんでもいいと思うの。経験だって豊富だし、タブーも少ないし。それにね、初めからぴちぴちボディは期待されてないから、すごく気が楽なのよ。階段を上れるならそっちのほうも大丈夫だって、お医者にも言われてるの。だから三階の部屋を選んだってわけ。しっかり鍛えてるから、一日に何人だってお相手できるわよ」

「す、すごぉい」わたしは思わず、むせてしまった。

「そういえばあなた、外廊下をバルコニー代わりにしてるでしょ。あれ、いい考えよね。わたしも真似しようかしら。バルコニー付きの部屋って、洒落てるからってばかみたいに家賃をぼられてるじゃない？　いい気味よねえ」エッタはにやりと笑い、挑むようにローストビーフを切り始めた。

エッタが〝バルコニー〟を作ったら迷惑だとは、言えなかった。わたしたちの部屋は三階のつきあたりだから問題はないが、彼女の部屋の前に椅子が置かれると、オリヴァーとわたしは、毎日横歩きをして通らなければいけない。

エッタは考えこんだ様子で、肉をかんでいる。「そうそう、あなたきのう、ミスター・ブラックと一緒にランニングをしてたわよね。彼、あなたのパーソナル・トレーナーなの？　たしか裸足だったと思うけど、最近の流行なのかしら。しっかり踏みしめるためかもしれないけど、どうなのかしらねえ。わたしくらいの歳になると、足の裏が硬くなるのは良くないと思うのよ。それとね、あんまり言いたくはないけど、走るときはやっぱりブラジャーをつけたほうがいいんじゃない?」

エッタは最後の一切れでソースをぬぐい、満足そうに口に入れた。食べ終えると、ナイフとフォークを置いて、ゆったりとソファにもたれた。「このあいだのクッキー、デザートにいただける?」

つぎの日の朝、コナーから連絡が入った。十一時に〝打ち合わせ〟があるから、その十五分前になったら、〈グリズル&ガードルズ〉にコルヴェットで向かえという。わたしを自宅でひとりにさせたくないのだろう。コナーが可愛がられていると思って、アルバートが自宅に押しかけてくるかもしれないからだ。

出かけるまで、パソコンでヘイトメールを読んで過ごした。手紙より過激な内容が多いが、とくべつ疑わしいものはない。郵便で送るより罪悪感を覚えないため、ついエスカレートするのだろう。

十時四十五分になった。身体をひきずるようにして、コルヴェットまで歩いていく。バッグに入れたテーザーを握りしめ、目を皿のようにしてあたりをうかがった。どうやらアルバートもハルクもいないようだ。無事コルヴェットに乗りこむと、すぐにドアをロックし、ベル・エア方面に向かう車列に加わった。とんでもなく渋滞している。

だがどうせ、殺し屋がひっかかったというメールがコナーからこない限り、店内には入れない。店はアルバートの家と同じ、サンセット大通りを行った先にあるから、万一尾行がついていたとしても、彼のもとへ向かっていると思うだろう。ルートを変えるのは、コナーのメールが来てからでいい。

そのメールは、二十五分後に届いた。西にハンドルをきって、コナーの待つ店に向かう。少しずつ、緊張がほぐれていくのがわかった。

〈グリズル&ガードルズ〉は、その名が示すとおり、ハイヒールにセクシーな下着《ガードル》姿の娘たちが、ロマンスグレー《グリズル》の紳士たちに、アルコールをサービスするたぐいの店だった。トップレス・バーほど低俗ではないが、基本的には同じニーズを満たすためにある。コナーがなぜ、この店のオーナーと親密なのかは訊かないことにした。

サンセット大通り沿いの店に到着すると、生垣に囲まれた駐車場でコナーが待っていた。レオ・セイヤーが歌う懐メロ『恋の魔法使い』が、背後の建物から聞こえてくる。

「殺し屋を待たせてある」コナーが言った。

「それほんと？　どうしてわかったの？」

「女の子に気を取られるふりをしていたら、何かこっそり、ぼくの飲み物に入れたんだ。だからこのシグを使って」ホルスターを、ぽんとたたいた。「上の階の小部屋に案内させてもらったというわけだ。こっちだ」

彼は先に立って入り口を抜けると、店内を歩きだした。数人の男性がわたしのほうを向いたが、すぐに顔をそむけた。服を着ている女に用はないというわけだ。バーエリアを抜け、立ち入り禁止のロープがはられた細い階段を上っていく。バーで流れる音楽がしだいに薄れていき、三階までくると、まったく聞こえなくなった。コナーが屋根裏部屋に入っていく。窓がなく、倉庫として使われているようだ。

わたしも続いて入った。ほこりをかぶった箱が山と積まれ、その陰に置かれた椅子に、男がひとりしばりつけられている。アルバートが送りこんだ殺し屋だろう。がりがりにやせて、頭は禿げ上がり、ひと言で言えばちんけな感じの男だった。以前、カフェをやっていたときに頼んでいた会計士にも似ている。男は口にさるぐつわをかまされていたが、ここで悲鳴を上げたところで、どうせ誰にも聞こえやしないだろう。

「どうするの？」わたしは訊いた。

コナーはジャケットから注射器を取り出し、殺し屋のもとへ大股で近づいていく。さるぐつわをしたまま、男が何か叫んだ。二つの目は、注射針にくぎづけだ。コナーはかまわず、彼の首にぶすりと針を突き刺した。

くぐもった叫びは、甲高い悲鳴に変わった。

「今注入したのは、致死量のスヴェリンクスだ」コナーが言った。「商売柄わかっているだろうが、まもなく、むずむずして汗がふきだし、吐き気やめまいが生じる。やがて動悸が激しくなり、呼吸が止まる」

わたしは息を止め、目を丸くしてコナーを見つめた。これまで見たこともないほど、冷酷な顔をしている。

殺し屋のほうは身体をよじり、頭を前後に振って身もだえしている。

「もちろん、解毒剤を打てば話は別だがな」コナーはジャケットから、もう一本注射器を取り出した。

わたしは呼吸を再開した。

殺し屋も、身もだえをやめた。

コナーはまた解毒剤をしまいこむと、さるぐつわをはぎ取った。「誰に雇われたんだ」

「人違いだよ。うそじゃない。なんのことやら、おれにはさっぱりわからないんだ」

「寝ぼけたことを言うな。おれのスコッチに何か混ぜただろうが」コナーは腕を上げ、時計を見た。「考え直すなら急いだほうがいい。二分だけやろう」

殺し屋はおそるおそる言った。「話したら解毒剤を打ってくれると、どうしてわかる？」

「さあな。だが話さなければ、解毒剤を打つことは絶対にないだろうな」

殺し屋の顔に、汗がにじんできた。「なあ、あんたの役には立ちたいさ。でもだめなんだ。言ったら二度と仕事がこなくなっちまう」

コナーは肩をすくめ、階段に向かった。「好きにしろ」

「待ってくれ」殺し屋の訴えにも、コナーは立ち止まらなかった。「こんなことしていいのか。おれは誰も殺しちゃいないんだぞ！」コナーが階段を下りはじめる。足取りをゆるめる様子はない。「信じてくれよ。ついこないだまで、電話セールスをやってたんだ。もう少し金になる仕事をと思ったんだが、やっぱりこんなのは向いてなかった。お願いだ！　助けてくれ！」コナーの姿が見えなくなった。

わたしは別に、殺し屋にも電話セールスにも恩はなかったが、コナーのこのやり口は度を越している。ショックで開いたままだった口をようやく閉じ、声を上げた。「コナー、待ってよ」彼のあとを追いかけ、その腕をつかんだ。「あの人、死んじゃうわ！」

コナーはわたしの手を振りほどき、歩き続けた。「そうだな」

わたしは彼をにらんだあと、踵《きびす》を返して階段を駆け上がり、今にも死にそうな殺し屋の顔をひっぱたいた。「ばかね、話しちゃいなさいよ。誰を守ってんだか知らないけど、死んだらおしまいじゃないの」

殺し屋は目を大きく見開き、わたしを見つめた。コナーは戻ってこない。殺し屋の脈をとると、怖いくらいに速かった。

「ねえ、誰に雇われたのか教えて。そうすればコナーを呼んでくるから」わたしはいつのまにか、懇願していた。「ちゃんと話してくれたら、必ず解毒剤を打たせるから。ほら、早く」

殺し屋は周囲をすばやく見まわしたあと、わたしに視線を戻した。顔色は真っ青で、上唇まで冷や汗が滴りおちている。チクタクという、時を刻む音が冷たく鳴りひびき、ふたりそろって壁の時計に目をやった。「わかったよ」二十六秒間――殺し屋が陥落するまでの一分にも満たないこの時間が、人生でいちばん長かったようにも思われた。「あの有名なシェフだよ。アルバート・アルストレム」

わたしは階段を駆け下り、コナーの姿を探した。いた。ランジェリー姿の女の子と、うれしそうに見つめ合っている。わたしはふたりの間に割って入った。「あの人、話すって」

コナーは女の子に未練たっぷりに笑いかけると、階段の下までわたしにひきずられていった。それから、時間はいくらでもあるというように、一段ずつゆっくりと上りはじめた。悲鳴をこらえながら、わたしもあとに続く。背中をこづいてやろうかとも思ったが、やめておいた。首にぶすりと針を突き刺されたくないのはもちろん、最終試験で不合格にされたらたまらないからだ。

殺し屋は、さっき見たときよりさらに苦しそうだった。わずかに残っている髪が汗でもつれ、脇の下に広がる汗染みは、ディナー皿ほどの大きさになっている。

血走った目が、コナーを見据えた。

「とうとう話す気になったそうだな。アルストレムの仕事は、初めてじゃないんだろ？」

「いや、これが初めてだ。信じてくれ」

コナーはまた、階段に向かって歩きだした。

「だから、殺しはやってないってことだよ！　ジョッシュ・サマーズの殺しもまずっちまったからな」

コナーが立ち止まった。「どういうことだ」

「きのうの話だよ。〈モーニング・グローリー〉での。サマーズのコーヒーに青酸カリを入れたんだ。でもやつは飲まなかった」

「じゃあ、その前は？」

殺し屋がぽかんと口を開けた。「なんのことだ？」

「とぼけるんじゃない。サマーズを狙ったのはきのうだけじゃないんだろ？」

「やめてくれよ。二日前に雇われて、サマーズをつけまわしてたんだ。チャンスを待ってな」

「そんな話、信じると思ってんのか」

殺し屋はいっそう青くなり、涙と汗で顔がぐちゃぐちゃになった。「うそじゃない、信じてくれよ」左の鼻の穴から、大きな鼻ちょうちんがふくらんだ。「頼む、解毒剤を打ってくれ。頭が変になりそうだ」

コナーは肩をすくめ、大きく胸をそらした。氷のように冷たい顔をしている。「ようやくわかったんじゃないか？　これまで手にかけてきた人間の気持ちが」

殺し屋は激しく頭を振った。「だから違うんだって！　この仕事は始めたばかりなんだから。誓って言うよ。殺しなんて一度もやったことはない」

コナーは男に身を寄せた。「そうか。だがな、残念だがこのおれはあるんだ。さあ、わかったら素直に話したほうがいいんじゃないか？」

殺し屋はすすり泣きを始めた。「今こうして話してるじゃないか」

「妙だな。じゃあなぜアルストレムは、半人前のおまえなんか雇ったんだ？」

「言っただろ」殺し屋は苦しそうにあえいだ。「おれは電話セールスをやってたんだ。売りこむためなら、うそでもなんでも言うさ」

「それで、今まさにうそをついてるってわけだ」

「ちがう！」

「じゃあ教えろよ。サマーズの家の完璧なセキュリティをかいくぐって、誰が毒を盛ったんだ？　確実に殺すため、毒をいくつも使ったのは誰なんだ？」

「その話は本当に知らないんだ。おれはそこまでの腕利きじゃない」

「なら、そこまでの腕利きは誰なんだ？」

殺し屋はしゃくりあげながら、声を震わせた。「スタレンバーグ……とか」

コナーはその名前に反応した。「おまえ、スタレンバーグについて、どこまで知ってるんだ？」

「何も知らないよ！　彼は煙と同じだ。誰も見たやつはいない。痕跡だけが残される。そしてそのときには、もう手遅れなんだ」

そのときコナーの電話が鳴った。会話はそっけなく、彼の顔はいっそう冷たくなった。通話を切ると、殺し屋を振り返った。「もし命が助かったら、別の仕事を探すんだな」それから殺し屋の首に針を突き刺し、階段に向かった。「まさか自分が殺されるとは思わなかったんだろうが、今回は相手が悪すぎたな」

殺し屋は椅子に沈みこんで、声を殺して泣いている。わたしにしてやれるのは、せいぜい救急車を呼ぶくらいだろう。こっちには被害はなかったし、この場から離れたら、それぐらいはしてやりたい。わたしは急いで、コナーのあとを追った。

18

唇をかんで一階に下りると、下着姿の美女たちの横を通り過ぎ、コルヴェットにたどりついた。公衆の面前で騒ぎ立てるのはまずい。

「車のキーをよこせ」コナーが言った。

ここでも黙って渡した。

だが車に乗り込むと、わたしはドアも閉めないうちに彼にくってかかった。「よくもまあ、あんなことができるわね」

コナーはエンジンをかけると、うんざりしたような顔を向けた。「何の話だ?」

「毒を注射したことよ。あなたも彼と同じ、人でなしだわ」

「へえ、そうかい? 生きるか死ぬか、ぼくは二つも選択肢をやったじゃないか。やつの犠牲者たちのことを考えれば、感謝してほしいくらいだよ」

「でも〈ソサエティ〉は、毒殺を阻止するための組織よ。自分たちが毒を盛ってどうすんのよ!」

「まあ落ち着けよ。だったらこう考えたらどうだ。殺し屋を抹殺することで、やつらによる、これ以上の毒殺を阻止できるんだと」こっちを見もしないで、コナーは車を発進させた。

わたしは言葉が見つからず、肩で大きく息をした。

「ほらエイヴェリー、落ち着けったら。注射したのはただのカフェインだ。初めのうちはあんなふうに、スヴェリンクスの初期の症状とよく似ている。そのあとはまあ、恐怖心のなせる業とでも言ったらいいのかな」

コナーの言葉が頭にしみこんでいくうち、彼が注射器を刺したときに天地がひっくり返った世界が、元に戻ってきた。「まあ」一呼吸おいて、言葉を続けた。「それならそうと、言ってくれればよかったのに。気が変になるかと思ったわ」

コナーが手を伸ばしてきて、わたしの太ももに置いた。ぞくりとして、思わず身構える。

「きみのリアクションこそが大事だったんだ」彼が言った。「きみはぼくの恋人のはずなのに、こうして触れるたびに身を引くだろ。もしあれがカフェインだと知ってたら、あんなふうにやつを心配してやれたか？　きみのその演技力で？　やつが陥落したのは、きみがパニックになったおかげだよ」

そう言われればたしかにそうだ。だとしても、あんな怖い思いをさせられたのは、割に合わない気がする。

「それでもやっぱり、人でなしだわ」

「うん、人でなしか。そうだな、否定はしないよ。でも仕事はできる」

わたしは窓の外に顔を向け、何度も繰り返しつぶやいた。あれはただのカフェインで、わたしたちは誰も殺してはいない。何の問題もないのだ……。少しずつ、重苦しい胸のつかえがとれてきた。

コナーはハンドルを切り、〈スターバックス〉に車を入れた。わたしを苦しめたことを、少しは申し訳なく感じているのだろう。いや、それともただ、おとなしくさせたいだけなのかもしれない。だとしても、今ここで文句をつける理由はなかった。スタバのコーヒーは、美味しいかと訊かれたら微妙だけど、ドリップコーヒーとは全然違う。せっかくなのでありがたく味わうことにして、これまでにわかったことを口にした。「つまり、アルバートがジョッシュを狙ったのはたしかだけど、〈モーニング・グローリー〉の件だけってことね。アンビエンはちがうと」

「そのようだな。ジョッシュの家に潜り込めたということは、それなりのプロだ。もしそいつをアルバートが雇ったんなら、二回目も任せたはずだろ。そいつをクビにして、わざわざあんなぼんくらを雇うとは思えない」

「ほんとよね。となると、ジョッシュを狙った人間は、アルバート以外にもいるってことね」ようするに、ダナを救うのにアルバートは役に立たない、あんな男に執着されるように仕向けたのは、まったくの無駄骨だったというわけだ。しかもストーカー行為は、これからもまだ続くかもしれない。「だとしても、毒殺未遂容疑でアルバートを突きだせるんじゃないの？」

「それは無理だろう。そこまで明白な証拠はつかんでないからな。せいぜい、やつが女性ファンにレイプドラッグを使っていると通報するぐらいだろう。だとしても、おとり捜査官を使うまで警察が動いてくれるかはわからない」

そんな。ひどすぎる。「それでもいい。通報したい」

「実を言うと、すでに通報はしてあるんだ。きみが被害にあった直後にね。だが、ロス市警は人手が足りない。すぐには動かないだろう」

「そうなんだ」涙をこらえてうなずく。

「きみは当分の間、やつにはできるだけ近づくな。恋人はまだ生きていて、嫉妬で頭がおかしくなっている、もう会えないとメールを送るんだ。彼のことはあきらめた、だけど恋人さえいなければと、未練がましい感じでね。そうすれば、やつの標的はぼくになる」

「そんなことできないわ。つぎはすご腕のプロを送りこんでくるかもしれない」

「できるさ。いや、やるんだ」

わたしは唇をかんだ。アルバートに追い回されるのは二度とごめんだが、殺されることはないだろう。だとしたら、自分の貞操を守るためにコナーを危険にさらすのは、まちがっているような気がする。

「やつがどんな必殺技を持っているかは知らないが、それを受けて立つなら、きみよりぼくのほうが適任なのはまちがいない」コナーがもっともな指摘をした。

「だけど、毒薬となると話は別よ。わかってるでしょ。これまでアルバートが、ライバルたちにどういう手段を使ってきたか」

コナーは頑としてゆずらなかった。「作戦を撤回するつもりはない。メールをやつに送らなければ、シェイズの最終試験は不合格だ」

「そんな脅しをして、楽しいの？」

「脅しじゃない、これは警告だ。指示に従わない人間は、シェイズにはなれない」

借金の返済を考えたら、試験に落ちるわけにはいかない。わたしはコナーをにらみつけ、携帯を手に取った。メールを打つ前に、固く心に誓った。今後コナーが口にするものは、すべて──泥水コーヒーもふくめ──文句を言わずに毒見をしよう。アルバートが刑務所に入る、その日まで。それに、ミャオが口に入れるものも全部……だめだ、そこまではできない。オリヴァーに怪しまれてしまう。

送信ボタンを押すと、コナーに顔を向けた。「さっき話に出たスターレンバーグって、どういう人なの？」

するとコナーは首を振った。「今回のは、彼女の仕事じゃない」

「彼女？」

「ああ、そうだ。ぼくがこの仕事についたのは十四年前だが、シェイズがついていながら毒殺されたクライアントは、ロスではこれまでに三人いる。すべてスターレンバーグの仕業と言われているが、どの捜査でも、起訴できるような証拠は一つも見つからなかった。それでもぼくは、残されたごくわずかな痕跡から、この伝説の殺し屋は女ではないかと考えるようになった。とはいえ、確実に言えることはただ一つ、スターレンバーグが誰であれ、決してミスを犯さないということだ。もし彼女が今回の事件に関わっていたら、ダナはまちがいなく死ぬだろう。そして、ジョッシュも」

「だけど、ミスをしない人間なんていないわ」こんなことしか言えない自分が悲しかった。

「しないんだ。スターレンバーグに限っては」

わたしはポケットをたたき、催涙スプレーがあるのを確認した。「これからどうすればいいの？」

「もう一度、これまで手にした情報をすべて洗い直すんだ。きみは自宅に戻ったら、ヘイトメールを読みなおしてくれ。ぼくはその間、調査チームに合流して調べを進める」

「でもメールも手紙も、何度も繰り返し読んだわ」

「ああ、そうだな。実はぼくのほうも、これ以上何を調べたらいいのか見当もつかない。正直言うと、お手上げの状態なんだ。だが、ダナに残された時間はもうあまりない。さっきバーで受けた電話は、ダナのドクターからだったんだ。毒物はまだ体内にとどまっていて、しかもその正体すら判明していない。そのうち、対症療法だけでは難しくなるだろう。うまくいったとしても、あと二日もつかというところらしい」

またしても、天地がひっくり返った。今日だけで二回目だ。「たった今、一番の容疑者を除外したばかりじゃない」声がかすれた。「手がかりはもう、何もないわ」

「いや、何もないわけじゃない」コナーが鋭い視線を向けた。今にもわたしがシートベルトをはずし、窓から飛び降りるのではないかと心配になったのだろう。「これまで集めた情報が、あるとき突然、新しい意味合いを持つこともある。ばらばらの点がつながって、一本の線になるように」

そう言われても、一角獣を探しにアフリカ探検に行くようにしか思えなかった。「そ、そうね」それ以外には、なんとも答えようがない。たとえ一角獣だって、実在しないとは限らない……ってことかしら？　新種の生き物は、絶えず発見されてるわけだし。深い深い、真っ暗な海の底でとか。

まさに今は、自分が果てしなく深い、海の底まで沈んでいくような気分だった。

何か、前向きになれるものはないだろうか？　「そうだ、途中でミャオを引き取りに寄ってもいい？」ヘイトメールの山と格闘するには、ミャオの癒やしパワーが必要だ。

あーあ、また振り出しに逆戻りか。わたしは机に頭をゴツンとぶつけてから、ヘイトメールの山に手を伸ばした。どれも全部、読んだはずなんだけど。

たぶん、何か見落としているのだろう。いや、もしかしたらコナーは、調査に足手まといのわたしを遠ざけようと、時間をつぶすだけの仕事を指示したのかもしれない。だけど少なくとも、コルヴェットは置いていってくれた。〈グリズル&ガードルズ〉の駐車場に残してきた自分の車を、どうやって取りにいくのかしら。

わたしが考えるような問題じゃないけど。

それでも、ダナのことを考えるよりはましだもの。

ミャオを膝の上に乗せ――どうやらわたしを恨んでいないらしい。背中をなでたり、ローストビーフの切れ端をあげたからかも――、ため息をついて、ヘイトメールの山にとりかかった。

今回は選別の条件を、前より少し広げてみた。〈ホールサム・フーズ〉のボイコットに関する手紙であれば、実害を受けた株主たちからの手紙も取っておく。驚いたのは、脅迫めいた手紙なのに、最後に自分の名前を書いている人が実に多いことだった。レターヘッドのある、つまり電話番号や住所が書かれた便せんを使っている人までいる。

ヘイトメールを、コナーがあまり重要視しない理由がようやくわかった。

まぶたがだんだん重たくなってきて、ブラウニーでも食べようかと思ったちょうどそのとき、持っていた手紙の署名に目が留まった。ケイト・ウィリアムソン。

どこで見たのか、すぐに思い出した。新聞の切り抜きに写っていたジョッシュの恋人だ。同じ女性だろうか？　珍しい名前ではないが、偶然とも思えない。もしかしたらわたし、一角獣を見つけちゃった？

手紙のなかで、ケイト・ウィリアムソンは、娘をジョッシュに奪われた、絶対に許さないと憤っていた。息子を返せと訴えていた、サンディエゴの母親のものとよく似ている。消印は三週間前だから、ごく最近と言ってもいい。読み返してみると、〝わたしたちの娘〟と書かれていることに気づいた。

だがジョッシュの個人データによれば、彼に娘はいないはずだ。

もしやジョッシュは、自分でも知らないうちに父親になっていたのだろうか。それとも、このケイトという女性は頭がおかしくて、だからこんな手紙を送りつけてきたのだろうか。よくわからないのは、ターキーについて三度も触れていることだった。

『ターキーだって、あなたよりずっと紳士的だわ』って……。いったい何のこと？　だとしても、彼女の件はきちんと調べたほうがいいだろう。脅迫をされていないか訊いたときも、新聞記事のコピーを見せたときも、ジョッシュは明らかに動揺していた。わたしは早速、コナーに電話をした。

「何かまずいことか？」コナーが反射的に尋ねた。

「なんでいつもいつも、まずいことが起きたって思うのよ」

コナーは答えの代わりに、しばらく沈黙を続けた。気に入らないが、怒っている場合ではない。「ジョッシュに娘がいたかもしれないの。とはいっても、彼自身も知らないみたいなんだけど。母親のほうは、新聞の切り抜きに写っていたケイト・ウィリアムソンよ。彼女に会いに行きましょう。住所はポータービルよ」

玄関を出たところで、ハルクの巨体が階段を上ってくるのが目に入った。どうやら彼のほうもわたしに気づいたらしい。きのうの朝の逃亡劇の恐怖がよみがえり、わたしはその場で凍りついた。まるで足に、セメントの塊をくくりつけられたようだ。

するとハルクが、わたしに向かって小さく手を振った。

身体を解凍するには、それだけで充分だった。あとずさって部屋に戻り、玄関のドアを急いで閉める。それから、いつでもコナーに連絡できるように携帯をつかみ、さらにテーザーを持つと、外廊下の見える窓へと走った。

ハルクはまだ、階段を上っていた。筋骨隆々の巨体が近づいてくるのを見ながら、彼が一歩進むごとに、呼吸ができなくなっていく。

このままではいけない、戦う前に窒息死してしまう。そこでわたしは、パニック状態が少しでもおさまればと、エッタと同じ目線でハルクを見ることにした。ばかでかいという部分を気にしなければ、あんがい魅力的な男性かもしれない。卵形の顔に、バランスのいい目鼻立ち。ふっくらとした唇やブラウンの瞳は、わたしを殺すつもりでなければ、フレンドリーと言えなくもない。それに、ぎりぎりまで刈り込まれたヘアスタイルは、個人的にあまり好みではないが、頭の形は悪くないし、小さく畳まれた耳も、着替えをするときに便利そうだ。たしかに、頬に残るぎざぎざの傷跡のせいで、危険なイメージはある。だがエッタみたいにワニ・ハンティングが好きなら、それをセクシーだと感じてもおかしくはない。

今日のハルクは、長袖の白いシャツを着ていた。ポパイみたいな太い腕がおさまるくらいだから、オーダーメイドに違いない。ふと、彼の奥さんが気の毒になった。あの真っ白なシャツに飛び散ったわたしの血痕を完璧に洗い落とすなんて、至難の業だろう。心臓がふたたび、チョウチョのようにはためきはじめた。

ハルクが玄関をノックした。窓からのぞくと、にこにこして、おどろくほど感じがいい。

ネズミ捕りの餌を入れる容器を何か貸してくれませんか、と頼みにやってきたお隣さんみたいだ。「ミズ・エイヴェリー。お話があるんですが」

この人ったら、開けてもらえるとでも思ってるのかしら。わたしは今いる場所から、彼の立つ玄関前までの距離を、すばやく確認した。よし、大丈夫だ。これだけあれば、ハルクがこっちに向かってきても、ぴしゃりと窓を閉める時間は充分ある。とはいえ、この安心感が純粋に心理的なものであることは、よくわかっていた。こんな窓ガラスなんて、ハルクなら小指一本で粉々にしてしまうはずだ。

わたしは音をたてて窓を開き、もう片方の手でテーザーをつかんだ。このテーザーは一般人向けのスペックだが、ハルクにも効き目はあるのだろうか。対モンスター仕様の製品も、作られているのだろうか。「ミスター・ブラック」わたしは言った。「このあいだはごめんなさい。つい逃げてしまって」ハルクが薄笑いを浮かべたため、胃袋が溶けそうになった。

わたしは生唾をのみこみ、テーザーを痛いほど強く握りしめた。「それで、お話って何かしら？」

「いやいや、お嬢さん。こいつは参りましたなあ」ハルクはばかでかい手で、短く刈り込んだ頭をなでまわした。「できれば、膝を突き合わせて話したいんですがねえ」

「残念だけど、ミスター・ブラック。知らない人が来たらドアを開けないようにと母に言われてるの」

彼はさっきと同じ、ぞっとするような笑みを浮かべた。いったい何が楽しいの？　わたしがお漏らしをするのが待ちきれないのかしら？

「こんなドアくらい、いつだってぶち破れるんですがね」彼は言った。うそいつわりのない言葉だろう。口調だけは、申し訳なさそうだった。

「そんなことされたら、こっちだってテーザーを使わなくちゃいけないわ」

わたしは窓の上に、テーザーを持ち上げて見せた。すると彼が顎をさすりはじめ、その手首に、ディズニープリンセスの腕時計が見えた。定番のピンクだ。

「テーザーはちょっとね。あんまりうれしくはないな」

「わたしだって、撃つのはあんまりうれしくないの」心を込めて言った。「ねえ、わたしたちきっと、いい具合に折り合いをつけられるんじゃないかしら。だってわたしは骨を折られたくないし、あなただって、そのキュートな時計を壊すのはいやでしょ。ほら、テーザーを受けたら、筋肉のコントロールが利かなくなるじゃない」

ハルクは手首の時計を、まじまじと見つめた。「こいつを壊したら、娘がめちゃんこ怒るだろうなあ。自分のが壊れたんで、貸してもらったばかりなんだ」

わたしはうなずいた。「そうよね。わたしだって、あなたのお嬢ちゃんを怒らせたくないわ。だったら、お互いが納得できるような協定を結べるんじゃないかしら」

「というと、どんな？」

「そうねえ」頭をフル回転させた。「あなたはただ、自分の仕事を真面目にやってるだけなのよね。正確には、どういう指示をされたの？」

彼は記憶をたどり、一言一句、上から言われたとおりの言葉を口にした。「あのふざけたバカ女を見つけ出し、きっちりばっちり、カタをつけろ」

胸の鼓動が一気に高まった。「ふうん、そうなんだ。で、スケジュールとかはどうなの？」

彼は首を振った。「いや、そいつは特に言われてないな」

「あら、よかった。実を言うとね、あと八日と半日したら、延滞金は全部返済できるのよ。新しい仕事の見習い期間が終わって、最初のお給料をもらうのがその日なの。それでね、そのときに足りないぶんも会社から借りられることになってるのよ」実際は、シェイズの最終合格がいつ出されるのか、前借りの申請を本当に承認してもらえるのか、まったくわからなかった。そうはいっても、猶予期間を八日半もらったところで、困ることはないはずだ。「それにね、今あなたにボコボコにされても、どうせそれ以上早くは払えないのよ。だから、ボスにこう報告したらどうかしら。きっちりビビらせて、ばっちりカタをつけた、金を受け取るのは九日後だって。ねえ、どうかしら。お嬢ちゃんと可愛い時計のこと、よく考えてみてくれない？」

「いや、それよりあんた、あの車を売ればいいんじゃないか？」彼が訊いた。

しまった。まさかコルヴェットに乗ってるのを見られていたとは。「あれはわたしのじゃないの、本当よ。社有車なの」

それを聞いて、ハルクはまた思案げに顎をさすりはじめた。

「うそなんてつくわけないわ。信じて。あなたの脅しはピカイチだもの」

それでもまだ、顎をさすり続けている。

「お願いよ。わたしはただ、どうにか暮らしていければいいの。家族にも食べさせないといけないし。あなたと同じなのよ」

顎をさすっていた手が、脇に落ちた。「あんた、家族がいるのか?」

いやだ、なんて言おう。そうだ、ミャオがいる。「えっと、そう。ネコを飼ってるの。今連れてくるわね」走っていって、ミャオを抱えて戻り、窓から見えるように持ち上げた。テーザーと携帯も持っているから、けっこう難しい。

「うわっ、なんて可愛いんだ」ハルクが声を上げた。

「でしょ。だから、お願い」

「だけどもし、あんたに逃げられたらおれはどうなる? まちがいなく、やばいことになっちまう」

わたしは唇をかんだ。「うーん。だったら、何かを担保にするとか……」

ハルクはこの提案が気に入ったようだった。「この可愛いニャンコとか?」

やだ、冗談じゃないわ。「そうねえ。だけどこの子、今治療中だし、もともとすごく身体が弱いのよ。実を言うと、さっき動物病院から連れ帰ったばかりなの。だから薬を飲ませたりとか、昼も夜も関係なく、世話してやらないといけないのよ。それに、靴のなかにウンチするのが大好きなのよね」うそも方便って、こういうときのためだったたんだ。

彼が鼻にしわを寄せた。なんだか地面に亀裂が入ったみたいに見える。「そいつはちょっとかなわんな。他に何か、金目のものはないのか？」

脳みそを高速回転させた結果、該当する物は何一つないと気づいた。もともと文無しなんだから、あたりまえだ。「うーん……」

「あの車はどうだ？」

「でも、わたしのじゃないわ」

「わかってるさ。だが友だちになら、ちょっと貸してやってもおかしくないだろ。わかりゃしないさ」

動悸が激しくなったが、それ以上にいい考えは浮かばなかった。「そうね、そうしましょうか」

「じゃあ、取引成立だな？」

「ええ、成立よ」そう返したあとで、車のキーを渡すために玄関を開けなければいけないと気づいた。一度大きく、深呼吸をする。それからウエストベルトにテーザーを差し込み、キーホルダーからコルヴェットの鍵をはずした。ロックされたドアの前に立ち、勇気を奮い起こす。ドアチェーンをかけたまま、少しだけ開けようか。窓から鍵を投げるという手もある。だが、取引をする時点ですでに信用されていないと知ったら、彼は怒りだすかもしれない。それはやっぱりまずい。わたしは覚悟を決め、ドアを大きく開けた。

その瞬間、思わず呼吸の仕方をわすれてしまった。目の前で見たハルクが、ハルク以上に巨体だったからだ。わたしはあわてて身体を制御する機能を取り戻し、キーを手渡した。

「大事にしてあげてね」

彼はそっと、キーをつかんだ。「心配はいらん。任せてくれ」

案外ジェントルマン、いいえ、ジェントルハルクなのね。ディズニープリンセスの時計だって大事にしているし。わたしは彼に笑顔を向けた。「いろいろありがとう。お嬢ちゃんによろしくね」

彼が笑みを返してきたので、お漏らしをしないよう、括約筋の収縮に意識を集中させた。

「ああ、そうするよ。じゃあな」ハルクは歩きだしたが、ふと立ち止まって振り向いた。「そうだ、言っておくがな」コルヴェットのキーをぶらぶらと揺らしている。「八日と半日後に金を受け取れなかったら、そのときは覚悟しとけよ。でないと、ボスに申し訳がたたんからな」

わたしが応えるのをじっと待っている。とっととうなずけとでも言わんばかりだ。

だが、どうしてもうなずくことができない。

一秒、二秒と時が過ぎていく。

とうとう、頭をぎこちなく上下に動かし、彼が歩きだすと、急いでドアをしめ、鍵をかけた。脚が激しく震え、その場にへたりこむ。しかたがない。それだけ重量級の取引なのだ。だからこそ、コルヴェットを渡したのだから。わたしの借金と同じくらい、価値のある車を。自分の所有物でもない車を。反社会的組織の人間に。はたして、車が返ってくる保証はあるのだろうか。大丈夫、コナーならきっとわかってくれる。これくらいで、最終試験の合格や、延滞金の前借りの話をチャラにすることはないはずだ。そうだ、そうに決まってる。

わたしは頭をがっくりと垂れ、かび臭いグリーンのカーペットに押しつけた。前借りにしろなんにしろ、お金が手に入らなければ、もう絶対、アデレードの実家に逃げ帰ることはないだろう。だってその前に、殺されちゃうんだから。

19

数分後に、コナーが玄関をノックした。カーペットから身体をひきはがし、すばやく髪をなでつけ、彼を迎え入れる。

「電話をありがとう」彼が言った。「行き先はポータービルだな。ぼくが車を出すよ」

わたしはおどおどした笑顔を彼に向け、カウンターに置いたケイト・ウィリアムソンの手紙をつかんだ。それから、エッタがオリヴァーにやったように、彼の頰を軽くたたいた。

「チュッチュちゃんたら、こわいくらいに冴えてるじゃない。さては探偵さんかしら」

さっきまでの苦しさの反動なのか、ついはしゃぎすぎてしまったようだ。

「もういっぺんその愛称で呼んだら、合格はなしだ」

「あら、内心では喜んでるくせに」手を前に振って、開けっ放しの玄関と、その先に見える階段を指した。「じゃあ、行きましょうか?」

コナーのあとから出て、ドアに鍵をかけた。今日の昼過ぎ、エッタの部屋の前に〝バルコニー用ソファ〟が出現したので、その横を、カニ歩きですりぬける。こうなったのはわたしの責任だから、しかたがない。

「いちおう言っておくが、社有車を手放すのは、〈ソサエティ〉から借金をするのと同じだ。わかってるよな？」階段を下りながら、コナーが言った。「こんなマヌケは見たことがないよ」

ほんと、わたしも同感よ。あのとき実は、そこまで深くは考えていなかった。とにかく、ハルクから逃れたい一心だったのだ。「手放したんじゃないわ。ほんの数日、貸しただけよ。延滞金を返すまでの間だけ」

「もし間に合わなかったら、どうするんだ？」

「それなんだけどね、〈ソサエティ〉は、あのコルヴェットにちゃんと保険をかけてるんでしょ？　盗まれたと言い張れば、保険金はおりると思うの。わたしから借金の取り立てをするよりずっと速いわ」実はたった今思いついたのだが、そこまで考えたうえでの取引だと、思わせればいい。わたしったら、冴えてるじゃないの。コナーも感心してくれたかと、彼をちらりと盗み見た。だめだ、全然していない。

「最終試験に合格しなかったら、それしかないと思うけど」

コナーは低くうなって、助手席のドアを開けた。

彼が運転席につき、エンジンをかけるまで待ってから、思いきって訊いてみた。「評価を下すのに、ふつうどれくらいの期間がかかるの？」

コナーがちらりと、流し目を送ってきた。といっても、意味深なほうではなく、いかにもいやそうな目つきだ。「きみの場合、八日以内にしないとだめなんだろ？」

「うわあ、良かった。大好きよ、チュ――」言いかけて、唇をかんだ。「地球セイバーさん」みごとに、着地成功だ。

コナーが眉をつりあげた。「地球セイバーだって？」

「ええ、そうよ。つまりね、あなたってぱっと見は冷たくて怖い感じだけど、それって誤解だと思うの。だって本当は、殺人を防ぐため、日々奔走してるんだもの」

「なるほど」ひと言そう言っただけだったが、口調はかなり明るくなっていた。どうやらひとまず、わたしとハルクの取引は忘れてくれたようだ。

「ところで、わたしがケイト・ウィリアムソンの手紙を読んでたとき、あなたは何してたの？」

「これまで集めた情報を全部、ひとりではじめから見直してたんだ。チームで手分けした場合、広範囲に調べられるのはいいが、関連性を見落とす可能性がある。また古い情報でも、それ以降にわかった事実とあらためて照合すると、新たな意味を持つこともあるんだ。そこでまずは、ダナの個人ファイルから手をつけてみた。もちろん事件の直後に、チームのメンバーが確認はしている。ただこれまでの経験上、担当のシェイズが事件に関与していることはまずない。だからぼくが彼女のファイルを読んだのは、今日が初めてだった。それでやっと気づいたんだよ。ダナの母親が、あの新聞の切り抜きのケイト・ウィリアムソンだと」

「うそでしょ。ありえないわ、今まで見落としていたなんて」

「いや、そうなんだ。というのも、ダナは十六歳で家出をしたとき、苗字をウィリアムズに変えている。〈ソサエティ〉が身元調査をした際、彼女はそのあたりもきちんと説明しているから、特に問題視はされなかった。彼女やそのクライアントを、ダナの母親が殺す理由はありそうもなかったからね。だからそれ以降、ケイト・ウィリアムソンのことはすっかり忘れてたんだ。切り抜きを見つけたのはついこの前で、記事について調べたのも、チームの別のメンバーだった。そのせいで、関連性に気づかなかったんだ」

なるほど、それなら納得できる。

「だが、ふたりが親子だと気づいたときも、あの切り抜きを詳しく調べる必要はない、母親の古い写真を持っていただけだと思ってしまったんだ。ダナの出生証明書には、父親は不明だと書かれていたからね。だから、ジョッシュのシェイズをやりたいとダナが申請したのも、母親の昔の友人に興味があっただけかと思ったんだ」

シェイズは、自分が担当してみたいセレブを、三人まで事前に申請しておくことができる。もしそのうちの誰かが〈ソサエティ〉に依頼した場合、そのシェイズの派遣が優先的に考慮される。したがって、ジョッシュのもとにダナが派遣されたのは偶然ではないのだ。

「きみから、ケイトとジョッシュの間に子どもがいるらしいと聞いて、そのとき初めて、何もかもがつながったんだ。ダナがジョッシュの娘なら、話は違ってくる。ケイトはおそらく、ふたりに裏切られたと感じ、胸がはりさけそうな思いで手紙を書いたんだろう。もしくは、誰か他の人間が、ダナがジョッシュの娘だと知って、それを理由に彼女を標的にしたのかもしれない。今すぐ、調査にとりかかろう」

「了解」

「一応ケイトに会いに行く前に、まだ彼女が生きていることを確認しよう」

そう聞いて、わたしはくるりと目を回したが、コナーに見られないよう、すぐに顔をそむけた。「それも了解」

「その間に、〈ホールサム・フーズ〉の株主らと、アンビエンを盛るチャンスのあった人物、つまりコレットやホアン、タリアとの関係をチームに調べてもらうよ。情報屋からは、ジョッシュの毒殺未遂が一件あったと報告は入ったが、たぶん〈モーニング・グローリー〉の件だろう。その一件だけと考えていいと思う。同じ標的がそれ以上狙われたら、もっと噂になるだろうからな。アンビエンについては、電話セールスの男は除外できるから、そうなると、〈ホールサム・フーズ〉の関係者が、コレットたち三人のうちの誰かにやらせた可能性が高い。金を握らせるか、脅すかしてね。ケイトのところで新たな手がかりが見つからなければ、その線で考えるのが妥当だろう」

いったんそこで、会話が途切れた。

窓からの景色をしばらく楽しんでいたが、そのうち退屈してきた。ダッシュボードの時計を見ると、出発して三十分も経つのに、やっとサンフェルナンド・ヴァレーを抜けようというところだ。ケイトの家まで、あと二時間以上はかかる。

ふたりでいるのだから、何か会話をしたほうがいい。「ねえ、コナー。恋人はいるの？新人シェイズの指導や探偵の仕事に忙しくても、プライベートの時間はあるでしょ」

「なぜそんなことを訊くんだ？　自分が志願したいってことか？」

「ちがうわ。ひまつぶしに訊いただけよ」

「ひまつぶしなら、他の方法を考えろ」

十分が経過した。「ねえ、お腹すいてるんじゃない？　なんだかそんな顔してるわ」

「腹なんかすいてない」ぼくは、地球のために節電モード《セイバー》で動けるからな」

「じゃなくて。わたしがお腹すいちゃったの。「ドライブスルーの店にでも寄ってくれない？」

コナーはゆっくりと息を吸い込んだ。「どこの店がいいんだ？」

「どこでもいいわ。つぎに見えてきた店で」

そのチャンスをものにしたのは、〈ジャック・イン・ザ・ボックス〉だった。わたしはベーコン・ランチ・モンスター・タコにフライドポテト、そして塩キャラメル・シェイクを注文した。だがこれを全部完食しても、十五分しかつぶせなかった。

「あの殺し屋は、逃げられたかしらね。ほら、あの人。カフェインを打たれちゃった」食べ終わって、三分後に尋ねた。

「なあ、オーストラリアっていうのは、どこへ行くにも何マイルも離れてるんだろ。そういう国の人間にしては、遠出のドライブが苦手なんだな」コナーが言った。

「そんなことないわ。いつもは音楽を聴いてるから」

「じゃあ、音楽をかけたらいい」カーステレオにブルートゥースが搭載されていたので、自分のスマホをつなげ、一番好きなプレイリストをかけた。

二曲目が終わったとき、コナーがスイッチを切った。

「あら、話がしたくなったの？」

「そうじゃない。なんだ、この曲は。どういうセンスをしてるんだ」

「それ、本気で言ってんの？」どういうことよ。モンテーニュや、マムフォード・アンド・サンズが気に入らないって。もっとも、ドリップコーヒーが美味しいというんだから、音楽の趣味だって合わないのは覚悟しておくべきだった。「それなら、あなたは何を聴くの？」

「基本的には、クラシックだ」

「冗談でしょ？」現実の世界では、彼とは絶対に恋人になれないだろう。コーヒーや音楽のことでしょっちゅうけんかをするだろうし、旅行なんて、考えただけでもぞっとする。そうはいっても、ベッドのなかではきっと最高だと思うわ。あくまでも、想像にすぎないけど。

「正直に教えてくれる？　わたしが正式にシェイズになれる可能性は、どれくらいあるの？」

コナーが額に深いしわを寄せた。おでこを以前ハンドルにぶつけたとき、あんな線がわたしにもできたっけ。

「このぼくに訊かれても、答えようがないな」

そりゃそうよね。困らせているのはわかっていたが、どうしても知りたかった。「それでもお願い、教えて」

コナーがまた、ゆっくり深呼吸をした。「これまでのところ、毒物を感知するきみの能力は最高レベルだ。この点で不合格になることはまずないだろう。だがどうも、演技力に難があるな。集中しているときはいいんだが、自分の役割を忘れて本能で動いてしまうことがある。ほら、思わずびくっとすることがあるだろ。それに、任務に差し支えるような言動が見られることもしょっちゅうある」

わらにもすがる思いで聞いていたが、そのわらさえブツリと切れ、プールでおぼれる子どものように、どこまでも沈んでいく。短い間とはいえ、コルヴェットでのドライブを、ハルクが楽しんでいてくれたらいいんだけど。

「もちろん、演技力を身につけるのに、ある程度時間がかかるシェイズもいる。最初の派遣先を、ぼくみたいな内輪の人間にするのは、そういう理由もあるんだ。だがきみは、自分で決めたんだよな。最終試験をとにかく早く受けたいと」

わたしは顔をこすった。「それが仇《あだ》になったってことなのね？」

コナーはそれを、独り言だと受け取ったらしい。ありがとう、イエスと返さないでくれて。

「今回の試験は特例でもあるし、少し大目に見てやりたいのはやまやまなんだが」彼は言った。「だとしても、演技力を少しでもみがいて、正式にシェイズになってもやっていけると見せてほしいんだ。なにしろ任務によっては、パパラッチに夜も昼も追い回され、ほんの一瞬も気が抜けない場合すらあるからな。偽者だと簡単に見抜かれるようなシェイズを送り込んだら、〈ソサエティ〉の信用にかかわってしまう」

「ええ、わかるわ」喉の奥に詰まったものを、のみくだした。「演劇学校に通ったほうがいいかしら」

コナーがちらりと、こちらを見た。「それも悪くないが、きみは演技が下手ってわけじゃない。与えられた役になりきるよう、もっと集中すればいいんじゃないかな。それと、クライアントをあまり怒らせないほうがいいね」

唾をごくりとのみこんだ。それくらいならできるかも。ううん、やるしかない。

「今も役に徹したほうがいいの？　そういえば今日はまだ、あなたがどれだけセクシーかを伝えてなかったわ」

「車や家など、密閉された空間で、第三者がいない場合はその必要はない。それでも、しぐさには気をつけたほうがいい。パパラッチが茂みに隠れ、望遠レンズで狙っている可能性があるからだ。また近くに使用人がいたら、言葉にも注意を払わないといけない。セレブの家には、盗み聞きの常習犯というのも多いからな」

ここまで神経を使うとなると、シェイズは案外、割に合わない仕事のような気がしてきた。だけど、十年後も借金取りに追われていたくないし、両親に家を売らせるような真似もしたくない。

わたしの気落ちした様子に、コナーも気づいたようだった。「エイヴェリー、徐々にできるようになるさ」

「クライアントがみんな、あなたほど最悪なわけじゃないしね」カラ元気を出して言ってみる。

彼にぽんと太ももをたたかれたが、ぴくりとも動かなかった。「うん、その調子だ」

一回のトイレ休憩と一時間半のドライブのあと、ようやくポータービルに到着した。地図上では、ロスの北百六十マイルのところに、小さな点で示されている。

実際のポータービルの町は、残念ながら、その小さな点よりも記憶に残る町だとは言い難かった。唯一の観光スポットである、セコイア・ナショナル・フォレストの山々を、遠くにのぞめる。だが町自体は全体に平べったく、干からびた印象だ。車にはねられてそのまま放置された、動物の死骸を思わせる。大部分を住宅地が占めるが、平屋建ての特徴のない家ばかりで、この町では景観の優先度が低いのか、どの家も、赤茶けた芝生と金網のフェンスに囲まれている。

手紙の住所が正しければ、ケイト・ウィリアムソンの家は、町はずれに一軒だけぽつんと建っていた。下見板張りの荒れ果てた小さな家で、周囲の空き地との間にフェンスはなく、背後には、少し離れて何かの工場が建っている。

ケイトの家の正面の道に、車を止めた。板張りの外壁は、かつてはミントグリーンだったようだが、今はブラウンともグレーともつかない色に変色している。さびついた排水路は、少しは恵まれた暮らしをと、一度は考えた痕跡だろうか。前庭には砂ぼこりがもうもうと舞い、外壁よりもさらに、緑とはほど遠かった。

その砂地に足を踏み入れると、とつぜんキュルキュルという鳴き声が響きわたった。見れば、七面鳥《ターキー》の群れが突進してくる。少なくとも、三十羽はいるだろう。わたしたちの少し手前で立ち止まると、羽をふくらませ、ちょこちょこと歩きだした。わたしが一歩下がると、鳥たちが一歩前に踏み出す。「歓迎されてないみたいね」小声でコナーにささやいた。

彼はにやにや笑った。「ただのターキーじゃないか」そう言って、大股で一歩前に出た。するとターキーたちは下がったものの、羽をばたつかせ、一羽が鋭い雄たけびを上げた。

「真面目に言ってるのよ」わたしはまた一歩下がった。「子どものころニワトリを飼ってたんだけど、たちの悪い雄鶏が何羽かいて、よく突っつかれたわ。このターキーたちも舐めたらまずいわよ」なにしろ、あのときの雄鶏よりはるかに大きいのだ。

何をばかなと言うように、コナーが笑った。だが彼が背中を向けたとたん、ターキー軍団が突進してきた。

「危ない！」わたしは大声で叫んだ。

すると玄関のドアが開き、中年の女性が現れた。新聞の切り抜きの女の子によく似ている。

「うちのターキーに何をしたの？」その声を聞いて、ターキー軍団は彼女のほうへ一斉に駆け寄っていった。母親にまとわりつく、アヒルの子どもみたいだ。

わたしはあとずさりしたいのを我慢して、その場に踏みとどまった。「何にもしてません。あんまり可愛いから、ながめてたんです」

彼女は二十年前なら、〝隣の可愛いお嬢さん〟だっただろう。だが、だぶついた服を着てぼさぼさの頭でいるところを見ると、今はあまり、外見にかまわないようだ。ターキーたちの毛のないしわしわの頭を、愛おしそうにたたいている。「で、あなたたちは誰なの？　うちに何の用？」

今度はコナーが答えた。「わたしはコナー・スタイルズ、私立探偵をしています。こっちは同僚のイソベル・エイヴェリー」

わたしの演技力を採点している暇はない、ケイトからは事務的に話を聞こうというわけか。

「ジョッシュ・サマーズの件でうかがいました」

彼女は目をすがめ、コナーを見た。

「それと、お嬢さんのダナの件で」わたしが言い添えた。

彼女は戸惑ったようで、しばらく無言でいた。それでも、手だけはターキーの頭をたたいている。「うちのダナのことですって？　だったら入ってちょうだい」いったん決心がつくと、今度はじれったそうに手振りで促した。「さあさあ、早く。この子たちはかみついたりしないから」

個人的にはその言葉を信用できなかったが、コナーの背中にぴったりとはりつき、ターキーの群れをかき分けていった。

ケイトがターキーを家の中に入れなかったので、ようやく気持ちが落ち着いてきた。板張りの暗い廊下を抜けると、リビングルームに入った。肘掛け椅子が二脚、ソファにコーヒーテーブル、さらに四つの飾り棚が置かれ、その上に、種々雑多な物——ほこりだらけの皿、新聞、額入りの写真、ターキーの置物など——が隙間なく置かれている。

「紅茶でいいかしら？」ケイトが訊いた。「悪いけどサンドイッチはないのよ。パンは全部ターキーにあげちゃったの。あの可愛い顔を見たら、どうしたっていやとは言えないでしょ？」

コナーとわたしは顔を見合わせた。

「ぜひ、紅茶をいただけたら」わたしが言った。

ケイトは、花柄のぼろぼろのソファを指した。「まあ座ってよ。お茶の準備をしてくるわ」

腰をおろす前、座面にターキーの羽根を見つけた。お尻に刺さらないよう、ひじ掛けの上にそっと置いておく。ケイトはマグカップを三つと、ミルクポットを載せたお盆を持ってもどってきた。どこかのカフェから持ち帰ってきたような、小袋入りの砂糖も添えてある。

「それで、うちのダナがどうしたんですって？」

「あの、お嬢さんの写真はお持ちですか？」わたしはまず、そう尋ねた。お客相手の商売を長くやっていたから、よくわかっていた。子どもの写真を見せてほしいと言われ、うれしくない親はいない。たとえ今は、関係がうまくいっていないとしても。写真を見れば、幸せだったころを思い出すからだろう。

「もちろんよ」ケイトは立ち上がると、すぐそばにある飾り棚から、写真立てを一つ手に取った。ぱっと見たかぎりでは、それ以外はすべてターキーの写真だ。そのうちの一羽は、蝶ネクタイをしめている。「これはね、ダナが十五のときの写真よ。家を出るちょうど一年前ね」

コナーとわたしは、その写真をじっと見つめた。

ティーンエイジャーのダナ・ウィリアムズが、ターキーを抱きしめている。

ダナが自分の過去を語らないのは、このターキーたちと何か関係があるのだろうか。「家を出たあと、ダナはどこに行ったんですか？」

「わからないの。何の連絡もくれなかったから。あなたたち、何か知ってるんでしょ」

「ダナはなぜ、家を出たんでしょう？」コナーが訊いた。

「それはこっちが知りたいわよ！」ケイトは両腕を、ターキーの羽のようにしてばたつかせた。「そういう年ごろだった――それぐらいしか思いつかないわ。ひとりになりたいのかと思って、自分の部屋だってあげたのよ。ティーンエイジャーのころは、わたしも親がうっとうしかったから。だけどダナは、いまだに戻ってこない」ケイトは椅子に深く沈みこんだ。

四十四年の人生を、一つ一つ振り返っているのだろうか。

わたしは気の毒で、胸がいっぱいになった。

「父親のもとへ行った可能性は？」コナーが尋ねた。

「父親？　ばかな。あの人はダナの存在すら知らないのよ」

「ダナは父親が誰だか、知ってましたか？」

ケイトはまたがっくりとうなだれた。「そうねえ、わたしからはいっさい教えてないの。有名人だと知って浮かれてほしくなかったし、会いにいくのもね、やっぱり。ターキーを育ててるのだって、立派な仕事よ。でもダナは子どものころ、しょっちゅう父親のことを訊いてきたわ。たぶん父親が誰かと知って、家出したんだと思う。わたしの想い出の箱を見つけたみたいなの。わたしとあの人の写真がなくなってたから」

ケイトはさらに深く、肘掛け椅子に沈みこんだ。「家を出たあと、彼のところに直行はしていないと思うのよ。行ってたら、さすがに彼から連絡があるはずだから。だけどつい最近、ゴシップ雑誌で見たのよ、あの子と彼が一緒の写真をね。それでとうとう、父親のもとに行ったんだと」勢いよく鼻を鳴らした。「で、ふたりは交際中だと書かれていたの。たぶんダナは、彼に本名を伝えていないのね」

ケイトは座ってから初めてカップを持ち、紅茶を一口飲んだ。「はじめは頭にきたわ。ジョッシュがダナと一緒で、わたしだけひとりぼっちだなんて。もちろん、これまでダナを探そうと思ったことはあるわよ。だけどダナには、自分の意思で戻ってきてほしいの。放し飼いにしているターキーが、わたしに気づいて戻ってくるみたいに」彼女は遠くをぼんやりと見つめた。まるでわたしたちが見えていない、いやそれどころか、存在を忘れているかのように。

コナーがポケットから、例の切り抜きのコピーを出した。「ダナが持ち出したというのは、この写真ですか？」

それを見たケイトの目に、涙があふれた。「そう、これよ。ジョッシュと一緒に写ったものはほとんどないの。そのうちの一枚よ」手を伸ばしかけ、あわてて引っ込めた。「もらってもいいかしら？」

「ええ、どうぞ」コナーが言った。「こんなこと訊きたくはないんですが、ジョッシュ・サマーズがダナの父親だというのは、たしかですか？」

「いやね、あたりまえでしょ。妊娠するまで、関係を持った男性は彼しかいないのよ」

わたしは思いきって訊いた。「もしかして、今も彼のことがお好きなのでは？　なぜ妊娠したと伝えなかったんですか？」

ケイトはうつむくと、親指のささくれをつまみはじめた。「彼とは愛しあっていたわ。でも彼はあの事故のあと、わたしを見るたびに、自分がヘンリーを殺したと苦しんでいるみたいだった。そして二カ月後、卒業と同時に町を出ていったきり、戻らなかったわ。だから、黙ってるのが一番だと思ったのよ」

「ああ、実はお話を聞きたかったのはそこなんです。彼がどうやってヘンリーを殺したのかという」まばたきもせずに、コナーが言った。

「いやだわ」ケイトが顔をしかめた。「ジョッシュは誰も殺してないわ。罪悪感に苦しんだって意味よ」

「うそは無しでお願いします。わたしたちも事実を知ってますから」コナーが言った。

彼がはったりをかけているのはわかった。わたしも黙っていなければ。

ケイトはわたしたちの顔を探るように見た。「あなたたち、レポーターじゃないんでしょ？　刑事でもないわよね？」

「違いますよ、奥さん」コナーが言った。「ダナとジョッシュを守るのが、わたしたちの仕事です」

「あら、奥さんなんて呼ばないで。すごく年寄りになった気分だわ」

「わかりました、おく——いや、ミズ・ウィリアムソン」

「ふたりを守るって、どういう意味なの？」

この問いについては、コナーに任せた。

「ジョッシュに雇われて、彼とダナの命を狙う人間を探しているんです」

「じゃあ、ジョッシュから事故の真相を聞いているの？」ケイトが訊いた。

そこでわたしが口をはさんだ。「ええ。ただ全部を話すのはつらくてたまらないようで。だからこちらにうかがったんです」ポケットからケイトの手紙を取り出し、とっさに話を作った。「ジョッシュからこの手紙を託されました。あなたのもとに行ってくれと」

彼女は手紙を見て、はっと気づいた。「ああ、それね。すごく頭にきて、つい送っちゃったの。雑誌でふたりの写真を見た直後よ。さっきも言ったけど、わたしはダナと離れ離れなのに、ふたりが会っているのが許せなくて。だって、あの子を育て上げたのはこのわたしなのよ。ずっと幸せに暮らしていたの。あの子とわたしと、ターキーとで」

「今ダナは、立派に自分の道を歩んでいます。あなたの子育てはまちがっていなかったと思いますよ」

わたしが言うと、ケイトはうなずいた。「ええ、そうよね」それから、膝に視線を落とした。「あれは、おそろしい事故だったわ。パーティからの帰り道よ。ジョッシュが運転していたの。ヘンリーが助手席で、わたしがそのうしろに座って。そしたら突然、落下物を避けようとしてジョッシュがハンドルを切って、そのまま木に激突したのよ。ジョッシュとわたしはシートベルトのおかげで、怪我一つしなかったわ。でもヘンリーはシートベルトをしていなかったから、フロントガラスをつきやぶって飛び出してしまったの。ジョッシュはすぐに車を降りて助けにいったけど、もう手遅れだったわ。

ジョッシュとわたしは呆然として地べたに座り込み、警察が来るのを待っていた。で、そのときわたし、何かで読んだのを思い出したの。交通事故を起こして誰かが死んだら、刑務所に送られるって。ジョッシュがスピードを出しすぎていたのは知っていた。制限速度を十五マイルくらいオーバーしてたかしら。だけどふたりとも、刑務所に入るなんてとんでもないと思ったわ。だから警察に訊かれたら、運転してたのはヘンリーで、そのうしろにジョッシュ、そしてわたしが助手席に座っていた――そう言おうとふたりで決めたの。フロントガラスは跡形もなくなっていて、ヘンリーがつきやぶったのがどっち側かわからなかったし」

ケイトはわたしたちを見上げた。「ヘンリーは許してくれるだろうと。ジョッシュと彼は親友だったし、ヘンリーにとってはもう、どっちでも同じことだから」

「この話を、誰か他の人にしたことはありますか？」コナーが訊いた。

「ないわ。決して言わないと、ジョッシュに約束したもの」

「ダナにもですか？」

ケイトは首を振った。「ダナにはなおさらよ。言えるわけないわ」

コナーが立ち上がった。「お時間を割いていただいて、ありがとうございました」

「それにお茶も」わたしが言い足した。

ケイトはまた、わたしたちの顔を探るように見た。「もしダナに会ったら、伝えてもらえるかしら。わたしがその……会いたがっていたと」

わたしは胸がはりさけそうだった。真実を伝えたかった。お嬢さんは生きるために闘っています、だけどもう、二度と会えないかもしれませんと。でもダナは、自分のことはほとんど話そうとせず、実家にも何年も連絡していなかった。彼女が固い意志で決めたことを、わたしなんかがひっくり返してもいいのだろうか。それにダナは治療のためとはいえ、昏睡状態だから、〈ソサエティ〉だって、ケイトをダナに会わせるはずがない。母娘が別れを告げるチャンスもない。

けっきょく答えは一つ、ダナの命を救うしかないのだ。

「ええ、きっと伝えます。ミズ・ウィリアムソン」わたしは約束した。

ケイトがターキーの羽根を一本、手に取った。わたしがひじ掛けの上に置いたものだ。

「これを持ってってちょうだい。今の約束を忘れないように」彼女が言った。「あの子は、ターキーの羽根を集めるのが好きでね。よくそれで首飾りを作ったものよ。どれも全部取ってあるの。見せてあげれば良かったわね」

わたしはその羽根を持ち、ターキーの群れのなかを、コナーと共に車へ向かった。

20

「よくやった、エイヴェリー」コナーが言った。「帰る途中、何か食べる物でも買いに寄るか？」

わたしは胸に手をあてた。「ようやくわたしのこと、わかってくれたのね」前方に〈パンダ・エクスプレス〉が見えたので、ドライブスルーに立ち寄った。良かった、メニューにターキーはないようだ。はちみつゴマチキンと上海ふうステーキ、春巻きと野菜炒め、さらに、ソフトドリンクを注文した。

「あなた本当に、何にも注文しなくていいのね？」テイクアウトの袋を渡してくれたコナーに、念を押した。

「ああ、ぼくはいい」

春巻きをかじり、塩分を中和するためにソフトドリンクを手に取った。カップの柄を見る限り、〈マウンテン・デュー〉をパクったような、いかにも中国っぽい飲み物だ。だが一口飲んで、ドラッグが入っていることに気づいた。これはニオヒドラミン、鼻息の荒い猛牛すら眠らせるほど、強力なドラッグだ。あわててカップに吐き出した。「コナー！ ドラッグを入れたわね？」

「やるじゃないか」こちらを見もしないで、コナーが言った。「気づかれたんならしかたがない。せっかく平和にドライブを楽しめると思ったのに」

力いっぱいひっぱたいてやろうかとも思ったが、わたしの演技や言動に対する彼のコメントは、まだ記憶に新しい。それにここまできて、別の試験官に替えてもらう余裕はない。返済期限まであとわずか。それまでに、コナーに合格点をつけてもらうしかないのだ。そこでドリンクはあきらめ、片っ端から食べることにした。

「ところでその袋、ぜんぶ食べるつもりなのか？」少しして、彼が尋ねた。

「それが何かあなたに関係でもあるの？」しぐさだけは、できるだけ感じよくしてみた。

「いや、まったく」

「あなた、お腹はすいてないのよね」

「うん……まあ。実を言うとね、きみが残したぶんを食べようと思ってたんだ。ほら、寝てもらうつもりだったから」

ああ、そういうこと。「そうと知ったら、なにがなんでも全部食べてやるわ」

コナーは、わたしが食べ物をつぎつぎと口に詰め込むのを眺めていたが、やがて言った。

「きみが犯罪者に社有車を引き渡したこと、上の人間に話してもいいんだぞ」

わたしは袋に残っているぶんを、無言で彼に手渡した。〝車をだまし取られた〟とは言わなかったから、ニキビ面のチンピラの件はカウントしていないのだろう。

「ねえ」わたしは提案してみた。「まだ眠れそうにないから、何か別の話をしましょうよ」

「ああ、そうだな。じゃあ、今日ケイトに聞いた話は、今回の事件に関係があると思うかい？」

わたしはお尻が楽になるよう、姿勢を変えた。長時間座っていたせいで、しびれてきたのだ。

「どうかしら。事故の話を聞いたおかげで、ジョッシュが誰とも深くつきあわない理由はわかったわ。どうやらひどいトラウマになってるみたいね。だから脅迫の件を訊かれたとき、あんなに動揺したんじゃないかしら。あの事故が今回の事件に関係しているかはわからないけど」少し考えてから、続けた。「もし、事故の真相をヘンリーの家族が知ったら、ジョッシュに復讐《ふくしゅう》しようと思うかもしれない。だけどケイトが言わなければ、真相は知りようがないでしょ？」

少し間を置いてから、コナーが言った。「ああいう小さな田舎町なら、ジョッシュが運転していたのを誰かが覚えているかもしれない。パーティから帰るときにちらりと見たとか、帰り道ですれ違ったとか。だが復讐をするにしても、なぜ今なんだ？　二十六年も経ってるのに」

「目撃者が最近になって話したのかも。ヘンリーを愛していた誰かに」

「なるほど」コナーが言った。「ジョッシュに訊いてみたほうがいいな」

「そうね」またもぞもぞと動いて、さらに楽な姿勢をとった。ロスに戻るまでは、事件についてできることはもうないだろう。それに外は暗くなってきたから、景色を楽しむわけにもいかなかった。中華を半分ほどコナーにあげたとはいえ、お腹はいっぱいで、思わずあくびが出た。

レバーを操作し、背もたれをいっぱいに倒す。「ちょっと昼寝しようかな」顔を見なくても、コナーがうれしそうなのはわかった。「どうぞ、クラシックでもなんでも聴いてちょうだい」すごく寛大な気持ちになっていた。考えてみれば、ドライブをするときは運転手の好きな音楽をかけると、事前に決めておけばよかっただけのことだ。

最後に一つ、わたしは顎がはずれるほど大きなあくびをして、ビバルディの音楽を聴きながら、眠りに落ちていった。

とつぜん誰かに腕をつかまれ、悲鳴を上げて相手につかみかかった。そのあとで、はっと目が覚めた。コナーの頰に、生々しいひっかき傷ができている。

「わっ、ごめんなさい」

彼が顔を向けた。「〝起こすな危険〟と、事前に教えてほしかったね」

「わたしだって知らなかったもの。今回の事件のせいで神経過敏になってるんだわ」

「ああそう。今回の事件でねえ。ミスター・ハルクとは関係ないのかな」

わたしは晴れやかな笑顔を彼に向けた。「もう大丈夫なの。今日の午後、彼の件は片付いたから」

コナーは一瞬、視線を空へ向けた。「よし、ジョッシュに話を聞きにいくぞ」

ジョッシュの家の前まで来たとき、コナーの携帯が鳴った。通話を終えたあと、彼は険しい表情でこちらを向いた。「悪い知らせだ。ダナが心臓発作を起こした」

うそだ。わたしはみぞおちにいきなり、右フックを食らったような気分だった。ダナが死ぬなんて、そんなのおかしい。絶対に、許さない。

「とりあえず今は落ち着いているが、ドクターの話では、症状が進んでこれ以上悪くなると、対応できなくなるそうだ。臓器障害が急激に進んでいるらしい」

わたしはどうにか言葉をしぼりだした。「急激って、どれくらい？」

「今のペースで悪化が進むと、あと十五、六時間ぐらいだと」

喉の奥まで〈パンダ・エクスプレス〉がせりあがってきたが、無理やりのみくだした。ジョッシュの玄関に飛び散らせるのはまずい。

わたしはまだ呆然としていたが、コナーが玄関をノックすると、いつものようにジョッシュがドアを開けた。プライバシーを保つため、使用人を雇っていないのだ。「やあ、どうぞ入ってください。何かわかったということでしたね。ダナの容態はよくなりましたか？」

胃袋がうねり、ダナは死にそうなのだと思わず叫びそうになった。

「座って話しましょうか」コナーが言った。

リビングに通され、前回と同じ椅子に座った。コナーがドクターの話を伝えている。わたしは口をかたく結び、〈パンダ・エクスプレス〉が本来あるべき場所にとどまるよう、神経を集中した。聴力も自分でコントロールできればいいのに。ダナが危篤状態だと繰り返し聞いていると、彼女はもう助からないような気になってしまう。

ジョッシュの顔も真っ青で、今にも吐きそうな顔をしている。

「ですが、今日うかがったのはその件じゃないんです」コナーが言った。「先ほど、ケイト・ウィリアムソンに会ってきました」

ジョッシュの顔がひきつった。「なんだって？　どういうことだ？」

「こちらを担当しているシェイズには、この話を聞かせたくないんですが」

「ええ。今夜はもう、ケイレブは帰しました。それで、いったいどういうことなんです？」

「ヘンリー・スミスが亡くなったとき、運転していたのはあなたですね」

わたしは目をぱちくりさせた。目の前で誰かが突然、人気抜群のセレブ・シェフ、ミスター・サマーズをさらっていって、その分身《ドッペルゲンガー》と入れ替えたのかと思ったのだ。いつのまにか、小麦色の肌が土気色に変わり、端整な顔立ちはぼんやりとして、グリーンの瞳には、苦悩の色がにじんでいる。口を開いても、言葉が出てこないようだ。

「安心してください、ミスター・サマーズ。守秘義務の方針がありますから、この話が〈テイスト・ソサエティ〉から漏れることは決してありません。わたしたちが恐れるのは、この件があなたの毒殺未遂に関係しているかどうかということだけです。もしかしたら、誰かがヘンリーの恨みをはらそうとしているのかもしれない」

ジョッシュがゆっくりとうなずくと、その顔はふたたび変化して、本来の彼にもどった。

「事故の件について、ケイトは誰にも話していないと断言しています。きょう話してくれたのは、あなたを守るのがわたしたちの仕事だとわかってくれたからです。それで考えたのですが、事故の夜、あなたが運転席に乗り込むのを誰かが見たんじゃないでしょうか。道ですれちがったとき、目撃された可能性もあります」

ジョッシュは長いことだまっていたが、ようやく口を開いた。「いや、すれちがいざまに見られたということはたぶんないと思う。あの夜は真っ暗で、運転中も対向車のヘッドライトしか見えなかった」少し間を置いて、続けた。「他のみんなとはパーティ会場で別れて……待てよ、そういえばパトリック。そうだ、思い出した。パトリック・マッカラムだったかな、彼がぼくらと一緒に会場を出たんだ。なぜ覚えてるかっていうと、彼がパーティに来ていたのが不思議でね。参加者は、ほとんどがぼくらと同じ四年生で、彼だけ三年生だったから。年下の女の子は、誰かのガールフレンドってことで何人かいたと思うけど」

「彼のことで、他に何か覚えてますか？」

「いや、苗字すらあやふやだから」

「ヘンリーが亡くなって、一番ショックを受けたのは誰でしょう」

ジョッシュは肩を大きく落とした。考えるだけでも耐えがたいというようだ。「そりゃあ家族だろうな。ぼくらはまだ子どもだったしね。ぼくが一番の親友で、彼には恋人もいたけれど、しばらくして彼女は他の男とつきあいはじめた。だけどヘンリーの家族は……」ジョッシュの声がかすれた。「我が子の葬式をだして、立ち直れる親はいない。それと、妹がいたな。ヘンリーのことが大好きでね」いきなり彼が立ち上がった。「すまない、ちょっと失礼するよ」

コナーとわたしは、黙って待っていた。ジョッシュは別室で心を落ち着かせているのだろう。しばらくして戻ってきたとき、グリーンの目の縁が赤くなっていた。

「ミスター・サマーズ、ケイトが話してくれたことは他にもあるんです」コナーが言った。

向かい側のソファに、ジョッシュがどすんと腰をおろした。もう疲れた、どうでもいいという雰囲気だった。

「ダナ・ウィリアムズは、彼女の娘だそうです。あなたとの間の」

さすがコナーだわ。うまい。

ジョッシュが勢いよく顔を上げ、充血した目でコナーを見つめた。グリーンの瞳には、恐怖の色が浮かんでいる。ごくりと音をたてて唾をのみ、見返しているコナーから視線をそらした。

「ど、どういうことだ?」少しして、ジョッシュが言葉をしぼりだした。

「ケイトの話では、妊娠に気づくまで、関係を持った相手はあなただけだそうです。わかったとき、すでにあなたは町を出ていたため、伝えなかったと言っていました。あんなことがあったから、あなたを無理に連れ戻したくはなかったと」

ジョッシュは両手で口を覆った。咳きこむのをおさえようとでもしているのか。ふたたび彼の目がうるんだ。ひとりにしてあげたいと思いながらも、わたしはラグマットの模様を見つめていた。

どれくらい経っただろう。静まり返った室内で、ジョッシュが深いため息をもらした。「ダナは知ってたんですか？」彼が訊いた。

「ええ、知っていたと思います」コナーが答えた。「あなたのシェイズをやりたいと、自分から手を挙げましたから。例の新聞の切り抜きを保管していたのも、そういうことでしょう。あなたに気づいてほしかったんじゃないかな、自分から娘だと明かす前に」

ダナのことを、ふたりが過去形で話しているのに気づいた。「ええ、ダナは知ってるわ」わたしは声を上げた。「あなたが父親だってこと、もちろん知ってるはずよ。それに、まだ生きている。まだ救えるわ」

ふたりの男が、わたしに顔を向けた。わたしは四つの瞳に射貫かれそうになったが、ここでたじろぐわけにはいかない。だがすぐにジョッシュがうなずき、続いてコナーもうなずいた。ごくわずかだが、部屋の空気がやわらいだように思える。

コナーが立ち上がった。「ミスター・サマーズ、せっかく親子とわかっても、ダナが死んでしまっては意味がない。もし神を信じるなら、ダナに毒を盛った人間が見つかるように祈ってください」

わたしも立ち上がったが、ジョッシュに背を向ける前、声をかけた。「大丈夫ですか？どなたかに来てもらうよう、連絡をとりましょうか？」

ジョッシュは首を横に振った。コナーは部屋を出ていこうとしていたが、わたしはジョッシュに歩みより、彼の肩に手を置いた。「ダナはまだ頑張っています。少なくとも今夜は」それから振り向いて、コナーのあとを追った。

車にもどると、コナーがすぐに発進させた。「続きは明日にしよう」

わたしは反論しようとしたが、ダッシュボードの時計が、真夜中を過ぎていると告げていた。それに、これほど疲れきっているコナーは見たことがなかった。何を考えているのかほとんどわからない人だけど、ダナのことを、単に仕事というだけでなく、心底救いたいと思っているのはたしかだ。それなのにダナは今、死のふちに立っている。

今夜わたしは、男たちがどれほど傷つきやすいかを、目の当たりにしたように思った。車がわたしのアパートメントに向かう間、ふたりとも沈黙を守ったままだった。考えたくはないが、コナーの調査がうまくいかないのは、わたしが足手まといになっているせいかもしれない。わたしがロスに来なければ、ダナはとっくの昔に元気になっていたかもしれない。

やがてコナーが車を止め、アイドリングしたままドアを開けた。「おやすみ、イソベル」わたしは彼の頬にキスをした。パパラッチなんているわけがないのは、わかっていたけど。

「おやすみ、コナー」

三階まで上り、外廊下にでんと置かれたエッタのソファの横をすりぬけていく。ハルクの巨体が見えないかとびくびくしなくて済むのは、なんてありがたいのだろう。だが、ひょろりとした人影が見えたとき、警戒すべき相手がもうひとりいたことを思い出した。

部屋の前で、バッグに手を入れて鍵を探っていたとき、アルバートが現れたのだ。「会いたかったよ、ハニー」

わたしは悲鳴を上げるのを我慢して、彼に尋ねた。「アルバートなの？　こんなところで何してるの？」

長い指が、わたしの顎の線をそっとなでた。「コナーはもう帰った。心配いらないよ。ここにはぼくたちだけだ」

だから、それがまずいっていうのよ。わたしは催涙スプレーにこっそり手をのばした。これをどかんと一発この男に浴びせてやりたい気もするが、できればこれまでどおり、彼の大ファンというキャラで通したい。

アルバートが身を寄せてきた。「別れてからずっと、きみのことで頭がいっぱいなんだ。もうきみなしではいられない」彼の手がわたしの腕をたどり、腰のくびれに到達した。

催涙スプレーを握りしめ、口蓋にはりついた舌をひきはがした。「アルバート、わたしもよ。わたしもずっと、あなたのことばかり考えてた」

彼が唇を舐めた。

「でもね、コナーはワインを買いに行ってるだけなの。すぐ戻ってきちゃうわ」別の意味で、緊迫感が声に表れていた。

欲望でかげっていたアルバートの瞳が、一瞬にして怒りで燃え上がった。小声で悪態をつき、両手でわたしの頭をつかむと、唇を重ねてきた。「まだ勝負はついていない。あきらめるもんか」彼はきっぱりと宣言して向きを変えると、急ぎ足で階段を下りていった。

わたしはそのうしろ姿を見ながら、彼があきらめてくれることを祈った。

部屋に入ると、両手でドアをしめ、急いで鍵をかけようとした。だが手が震えて、うまくいかない。パニックになってもすぐに閉められるよう、鍵はシンプルなものに限ると、つくづく思った。

それから催涙スプレーとテーザーを洗面台におくと、時間をかけてシャワーを浴びた。アルバートの存在自体を、身体から拭い去りたかった。ミャオはそのあいだ、おとなしく待っている。バスルームを出てミャオに餌をやると、たかぶった気持ちを静めるため、ベッドに入る前にホットチョコレートを飲んだ。

だが、効果はまったくなかった。

ひとりぼっちは怖い。オリヴァー、早く帰ってきて。それなのに、ミャオまでオリヴァーのベッドへ移動してしまった。彼が戻ってきてもぐりこむ前に、ベッドの真ん中を確保しようと思ったらしい。寝る前にもう一度、玄関の鍵を確認し、そのあとベッド脇のテーブルに、テーザーと催涙スプレーを移した。ケイトからもらったターキーの羽根も、一緒に置いておく。

ようやくベッドに落ち着いたものの、このまますんなり眠れる可能性はほとんどなかった。ダナを苦しめている犯人を見つける可能性と、同じくらいに。

ドクターの見立てが正しければ、ダナに残されているのは、あと十四時間。そのわずかな時間を、すべてではなくても、眠りに費やしてもいいのだろうか？　悶々《もんもん》と一時間悩んだあと、これまでの手がかりと、可能性のありそうなシナリオを、頭からひっぱりだして検討してみた。だがそのうち、思考があちこちに飛んでいった。まさかジョッシュが、二十六年も前の事故のせいで、ずっと苦しんでいたなんて。そしてその間も、秘密が暴露されるのではと、常に恐怖にとらわれてきたのだろう。スピードを出しすぎたのは、たしかに軽率だった。でもその程度の過ちなら、誰だって一度は経験しているはずだ。それでもほとんどの人は、その一瞬の過ちを、残りの人生をかけてつぐなう必要はない。ジョッシュとは違って。

よく考えてみれば、わたしも彼と同じなんだけど。一瞬の気の迷いでスティーヴと結婚し、そのつけを今こうして払っているわけだから。だからこそ、ジョッシュの苦しみを他人ごとには思えないのかもしれない。ただ少なくとも、わたしの場合は、親友の死という悲しい結末にはならなかった。もしかしたら、木の一本や二本は殺しちゃったかもしれないけど。何十枚も借金の督促状を印刷させたから。

寝返りをうち、何か別のことを考えようとした。そうだ、ケイトのこと。今ごろはぐっすり眠っているだろう。大事なひとり娘が生死の境をさまよっているなんて、夢にも思わずに。こんなの、何もかもがまちがっている。だけど解決するには、少し頭を休めないと。休めたって、だめかもしれないけど。

ふと気づくと、今度はダナの選択について考えていた。ティーンエイジャーに特有の反抗心から家を出たのであれば、なぜ成人後も、ケイトのもとに戻らなかったのだろう。それになぜ、自分が娘だとジョッシュに告げなかったのだろう。今にして思うと、警戒心が強くて人前に出たがらないところは、父親のジョッシュによく似ている。おそらく娘だと打ち明ける前に、彼のことをよく知りたかったのだろう。実家にも帰ろうとは思っていたが、日々の仕事に追われ、後回しになっていたのかもしれない。なんだかんだいっても、まだ時間はたっぷりあると考えていたのだろう。

十三時間よりも、はるかに長い時間が。

シーツが脚にぐちゃぐちゃにからまって、寝返りをうつことすらままならない。しかたなく起き上がって、またヘイトメールを読み返し、そのあとふたたびベッドにもぐりこんだ。

頭が飽和状態で、もう論理立てては考えられそうもない。今度は枕の下にテーザーを隠し、やがて明け方近くなったころ、いつのまにか眠りに落ちていた。

21

朝の七時半、アパートメントの前に車が止まり、コナーが降りてきた。わたしと同じく、眠れない夜を過ごしたようだ。疲労のせいだろうか、整った顔にワイルドさが加わって、いつも以上に魅力的だ。

わたしのほうは、糖蜜を塗りつけたように下まぶたがたるんで、一晩で十も老けたように見える。

テーザーと催涙スプレーを装備して玄関を出ると、マグカップの上に手のひらをかざした。もしわたしに秘められたマインドパワーがあれば、この紅茶が美味しいコーヒーに変わるかもしれないからだ。ちょうどそのとき、コナーが階段を上がってきて、わたしの腕をひっぱった。「サボテンが枯れそうだぞ」

あら、ちっとも気がつかなかった。サボテンすら枯らすなんて、われながら情けない。

「新しい情報が入った」コナーが言った。「どこか話のできる場所に行こう」

もったいぶらずに今話してよ、と言おうとしたとき、視界の隅でエッタの部屋のカーテンが動くのが見えた。なるほど、そういうことか。そこで朝食を外でとることにして、好きな店を選ばせてもらった。エスプレッソの専門店だったが、コナーが文句をつけなかったのは、マリアがポット入りのコーヒーを持たせてくれたおかげだ。わたしはコナーにもマリアにも、感謝のキスを送りたかった。今朝はいつも以上に、美味しいコーヒーが飲みたかったからだ。指定したのはマーヴィスタにある小さなカフェで、この店では、クレープと上質なエスプレッソが楽しめる。うちから車で数分の距離であるのはもちろん、サービスが迅速なのもありがたかった。今日はとにかく、時間を無駄にしたくないし、たっぷりのカフェインが必要だったからだ。

混雑したテラス席に、運よく空いたテーブルが見つかった。ウェイトレスに注文をすませると、コナーが話しはじめた。「ヘンリーの遺族を少し調べてみたんだが、事故の一年後に母親は亡くなっている。どうやら自殺のようだ。となると、もしあのとき運転していたのがジョッシュだとわかれば、ヘンリーの父親と妹には、彼を殺す動機が充分にあるわけだ。父親のほうは、妻の自殺以来、酒におぼれ、何度も起訴されている。妹のほうは前科はないが、看護師だというから、職業がらアンビエンを入手しやすいだろう」

ダブル・エスプレッソが運ばれてきて、最初の一口を心ゆくまで味わった。「どうやったら、怪しまれずに話が聞けるかしら。もしふたりが事故の真相を知らなければ、それはそれで不審に思うだろうし」

「いや、まだ会いにいくつもりはない。犯人だという確かな証拠をつかまないうちはね。ヘンリーの死を思い出させて、かえって苦しめたくないからな。コレットやタリアなど、ジョッシュの家に出入りできた誰かと、スミス家のつながりを調べるよう、チームには依頼してある。一時間もしないうちに連絡があるはずだ。その間ぼくたちは、パトリックに話を聞きに行こう」

「殺し屋の線はどうなの？」

「ヘンリーの遺族に、すご腕の殺し屋を雇うルートがあるとは思えない。金銭的にも無理だろうしな。それでもチームには徹底的に調べてもらっている」

「パトリックっていうのは、パーティ会場をジョッシュたちと一緒に出た彼よね。苗字はマッカラムだっけ。フェイスブックで探してみましょう」

あっさり見つかった。プロフィールによると、ロスのダウンタウンにあるエンジェル小学校で働いているようだ。こんなふうに簡単につきとめられてしまうから、ダナはフェイスブックをやっていないのだろう。

クレープが運ばれてきて、まずはコナーのぶんを毒見し、彼が小学校に電話をしているのを見ながら、自分の皿に手をつけた。

「よし、ついてるぞ」電話をきったとたん、彼が言った。「今からすぐ、パトリックに会いにいく。今日は一限目の授業がないそうだ」

バナナ＆ハニークレープを、コナーが三口で呑みこむ。わたしは残りのコーヒーを飲み干し、二分もしないうちに、ふたりで車に乗りこんだ。だがダウンタウンに向かう渋滞の列に加わると、スピードが一気に落ちた。そのため、コナーのアクロバティックな運転をもってしても、到着まで四十五分もかかった。時刻は、九時ちょうど。

ダナに残された時間は、あと六時間と三十分。

エンジェル小学校は、これといって特徴のない煉瓦造りの建物二棟から成っていた。頑丈そうな、高いフェンスに囲まれている。

受付に行くと、スタッフがマニキュアを塗るのを中断し、その手を振って、パトリックの教室のほうを教えてくれた。

廊下を進んでいくと、授業中の子どもたちの様子が伝わってきた。一斉にさんざめく声。甲高い笑い声。ほらほらと注意する大人の声。校名に偽りなく、エンジェルたちがいっぱいのようだ。やがて6Bの教室につくと、コナーがドアをノックした。

パトリック・マッカラム先生は、びっくりするほど背が高かった。ドアを開けてくれたとき、つんと上を向いた鼻が見えないほどで、わたしのちょうど目の高さにネクタイがある。ふと、アニメキャラのノッポの虎——特大の木槌《きづち》をもって、いたずらっ子のウサギたちを追いかける——を思い出した。

教室に入ってようやく、パトリックの顔が全部見えた。身体と同様、ひょろりとしているが、きらきらしたブラウンの瞳や笑いじわのせいで、とてもやさしそうに見える。こんなに長身の男性が小さな子でいっぱいの職場を選ぶなんて、なんだかとても愉快だ。でも考えてみれば、子どもにとって大人はみんな巨人みたいなものだから、彼は案外、よく考えた末に、小学校の教師になったのかもしれない。

教室の壁は、子どもたちのオリジナリティあふれる作品でうめつくされていた。ところどころに、季節の行事やアルファベットの教材用ポスターが貼られている。パトリックは、プラスチック製の小さな椅子に座るよう、手を振ってうながした。「子ども用の椅子しかなくてすみません。でもよろしければ、どうぞ」

わたしは一つひきだして座ったが、コナーは立っているほうを選んだ。ハイヒールか、そうでないかの違いだろう。

パトリックも腰をおろし、わたしたちが話を切り出すのを待った。

「先生は、ポータービル高校の卒業生ですよね？」コナーが尋ねた。

パトリックはうなずいた。「ええ、そうです」答えながらペンを取り、いたずら書きをはじめた。

「当時、生徒数はどれくらいでした？」

「そうですね、二百人ぐらいだったかな」

「ヘンリー・スミスのことは知っていますか？」

いたずら書きをしていた手が、一瞬止まった。「ええ、誰でも知ってますよ。あんな事故がありましたからね。ひとつ上でしたが、彼の妹のキャロラインとぼくは同学年でした」

「つまり、彼が亡くなる前は知らなかったと？」

「ええ、一度も話したことはありません。そうだなあ、容疑者リストの写真を渡されれば選べるとか、そういうレベルですね。学校の規模がたいしたことないんで、生徒全員が顔見知りという感じでした」

「キャロラインとは親しかったんですか?」

「いやいや。彼女は人気グループのメンバーでしたから。見ればわかるだろうけど」苦笑いをしながら、キュウリみたいな自分の身体に向け、ペンを振った。「ぼくは違ったんで」

「ヘンリーが亡くなったあと、キャロラインはどんなふうでしたか?」

「それはもうがっくりして、見ているのも辛かったですよ。まあ、遠くから見ていただけですけどね。それに、一年後だったかな、お母さんが自殺したから。本当にかわいそうだった」

「こんなこと訊くのは申し訳ないんですが、どうやって自殺したのかご存じですか?」

なぜそんなことを知る必要があるのか、わたしにはわからなかった。パトリックも同じ思いなのか、口にするのをためらっている。

するとコナーが続けた。「実を言うと、あなたから聞いた話で、ある人の命が助かるかもしれないんです」

パトリックが、持っていたペンを置いた。「たしか、薬の過剰摂取だったと思います」

「鎮痛剤ですか? それとも、睡眠薬かインシュリンでしょうか?」

「睡眠薬だったと聞いてます。処方薬を飲まずにとっておいて、一気に全部飲んだとか。本当かどうかは知りませんけど」

ああ、なんてこと。もしヘンリーの遺族が犯人なら、ジョッシュを永遠の眠りにつかせる手段として、アンビエン以上のものがあるだろうか。

「ここ最近、ポータービル高校出身の誰かと会いましたか?」コナーが尋ねた。

「冗談はよしてくださいよ」

パトリックはそう言ったが、にこりともしないコナーを見て、しぶしぶ話し始めた。

「先月、卒業二十五周年の同窓会がありました。だから、同窓生のほとんどと会ったことになります」

「キャロラインも来てましたか?」

「ええ。実は少しですが、彼女とも話しました。高校時代の仲間といると、二十五年も経ったなんて信じられませんね」彼が子どものように無邪気に笑ったので、わたしもつられてにっこりした。

もちろんコナーは、眉ひとつ動かさない。

「彼女と何を話したのか、教えてもらえますか?」

パトリックは、わたしたちふたりを交互に見たあと、肩をすくめた。「うーん、何を話したかなあ。キャロラインはすてきな女性になっていましたよ。気遣いができるっていうのかな、ぼくのことなんか覚えてるわけないと思うんですけど、懐かしそうにしてくれて。卒業後なにをしていたのか、お互い簡単に話してね。そうしたら彼女、あなたったらまだ学校に通っているの、なんて言って笑ってましたね。彼女は今看護師をやっているそうです。子どものことも訊いたんですが、いないと言ってました。実家の面倒をみるのに精いっぱいだからと。

同窓会も終わりのころだったから、少し酔ってたのかな。尋ねもしないのに、こう続けたんですよ。ヘンリーが亡くなって家族がばらばらになってしまった、両親がすっかり気落ちして、兄じゃなくて妹の自分が死ねばよかったのに、そう思っているような気がしたと。自分でもばからしいとは思うけどって」その様子を思い出しているのか、パトリックの目は遠くをぼんやりと見つめていた。だがやがて、コナーをまっすぐに見つめ、それからわたしに視線を移した。「彼女、何か面倒なことに巻き込まれているわけじゃないですよね？」

「そうだといいんですが。ヘンリーが亡くなった夜について、話してくれますか？」

「ああ、はい。実はわたしも、あの夜のパーティに行ってたんですよ」パトリックは少しだけ、頬を赤らめた。「片思いしていた女の子が参加してたので。招待状もないのに、こっそりとね」

「そのパーティでヘンリーを見かけましたか？」

パトリックは怪訝《けげん》そうな顔をした。「妙だな。この前、キャロラインにも同じことを訊かれました」

「それで、なんと答えたんです？」

「だって二十六年も前のことですよ。ヘンリーが帰るところを見たかなんて、覚えてませんよ。だからそう言いました」

わたしは唇をかんでこらえた。もしここで、運転席に乗りこんだのは誰だったかと尋ね、彼がそのせいでジョッシュだと思い出したら、やぶへびになってしまう。

コナーが身をかがめ、手を差し出した。「お忙しいところ、ご協力ありがとうございました。大変参考になりました」

パトリックが立ち上がったので、わたしは思いきり首をそらし、彼を見上げた。この姿勢を毎日やっていたら、首が痛くなってしまう。一番前の席の子どもたちに文句を言われないのかしら。

パトリックがコナーの手を握った。「それなら良かった。何を調べているのか知りませんが、早く解決するといいですね。どなたかの命を、ぜひ救ってあげてください」

わたしも立ち上がった。これ以上座ったままパトリックを見上げていたら、頭がもげてしまいそうだ。小さいころ、お人形の頭を勢いよくそらし、ポロリと落としてしまったときみたいに。コナーに続いてわたしもパトリックと握手をすると、教室をあとにした。それにしても、小学校の教師になってからの長い年月、彼は何度、教室のドアの枠に頭をぶつけたことだろう。是が非でも、頑丈な帽子をプレゼントしてあげたいところだ。もちろん、それだけのお金がわたしにあったらの話だけど。

コナーとふたりで廊下を歩いていると、七歳ぐらいの少年がふたり、5Fの教室から出てきた。ひとりはそばかすだらけの青白い顔をして、気分が悪そうにしている。もうひとりはヒスパニック系で、やんちゃな感じの、大きな茶色い瞳の持ち主だ。ふたりはわたしたちの前まで来ると、コナーに向かって言った。「すみません、あの――」

あらまあ。よりによってコナーに。子どもというのは、こういう無愛想な人間は敬遠するはずなのに。

わたしはコナーの顔をのぞきこんだ。やはり表情がない。見るまでもなかった。

「保健室にヒラー先生がいるか、わかりますか?」やんちゃなほうの男の子がいった。陰気くさいほうの子どもは、さっきよりさらに気分が悪そうだ。

「さあね。悪いな」コナーが答えた。

それを聞いたとたん、陰気ボーイが口に両手を当てた。

だがそれではおさえきれず、大量のゲロが指の間からあふれ出し、コナーの黒い革靴にぼたぼたとこぼれ落ちる。

「す……すみません!」かわいそうに、陰気ボーイの口からは、つぎからつぎへとゲロが漏れ出てきた。

「ほんとにごめんなさい」やんちゃボーイも謝ったが、言葉とは裏腹に、茶色い目をきらきら輝かせている。

コナーの顔には、やはり表情がない。

ふたりの少年が保健室に向かって走りだすと、コナーは身をかがめて靴を脱いだ。

「その靴、トイレで汚れを落としてきましょうか?」

「いや、その必要はない」彼は靴下のまま、廊下をすたすたと歩きだした。吐いたものが服につかないよう、汚れた靴を身体から離して手に持っている。わたしはあわてて、彼を追いかけた。いったいどうするつもりだろう。ビバリー・ヒルズに戻って、靴をはきかえる時間はない。だけどこの男が靴下姿で、聞き込みに行くはずはない。フェンスを出たところに、大きなゴミ箱があった。するとコナーは、速度を落とすこともなく、そのなかに靴を無造作に投げ入れた。

わたしはあっけにとられ、しばらく言葉が出なかった。おそらくあの靴なら、わたしの初めてのお給料よりも高いはずだ。ゴミ箱から拾って汚れを落とし、イーベイで売ったらまずいだろうか。

車に戻ると、コナーはトランクを開け、黒い革靴を一足取り出した。もちろん、ゲロはついていない。なにこれ。手品みたい。

「こういうことって、よくあるの？」彼は身をかがめ、新品の靴をはいている。

「ああ、うんざりするほどな」

車に乗りこむと、エンジンをかける前にコナーの携帯が鳴った。「もしもし？　うん、そうか……写真はあるのか？　よし、じゃあメールで送ってくれ。助かるよ」通話を終えると、彼はわたしを見た。「調査チームからだ。ホアンの姉さんを送りとどけた看護師を覚えてるか？」

「ええ」

「名前も？」

「キャロライン、じゃなかった？」

コナーがうなずいた。「そう、ぼくが覚えているのと同じだ。そして、ヘンリーの妹のキャロライン・スミスも看護師だ。今わかったんだが、彼女はホアンの姉さんが通院する病院に勤めているそうだ。最近の写真を送ってもらったから、あのとき見た看護師と同一人物か、確認できるだろう」

彼の携帯から、メールの着信音が流れた。

添付の写真を開くと、ホアンの姉のローザを送ってきた看護師と同じ女性だった。

「どういう意味か、わかるよな?」

首謀者と実行役の接点が見つかったと言いたいのだろう。わたしだってそれくらいわかる。わかるけれど、わかりたくなかった。たしかに、キャロラインとホアン一家が共犯であれば、ホアンには毒を盛るチャンスだけでなく、動機もあることになる。たとえば、病院の書類を改ざんし、ローザの治療費を減らしてあげると、キャロラインが持ちかけたのかもしれない。だけどホアンが実行役だなんて、そんなのはいやだ。

わたしの返事を待たずに、コナーが続けた。「キャロラインを問い詰めても無駄だろう。とにかく今は、ホアンの居場所を探そう」

コナーは〈グリーン・ウィズ・エンヴィー〉のカスタマーサービスに電話を入れ、ミスター・サマーズの個人秘書だと名乗った。それから、庭師のホアンを自分のところに至急向かわせてほしい、それが無理なら造園会社を変えると脅しをかけた。だがそのあとすぐに口調をやわらげ、ホアンも忙しいだろうから、居場所を教えてくれればこちらから会いにいくと持ちかけた。

その結果、ホアンはイーグル・ロックにあるクライアント先にいると教えられ、わたしたちは北へ向かう車線に入った。

しばらくしてコナーの携帯が鳴り、彼がハンズフリーに切り替えると、カーオーディオから男性の声が聞こえてきた。

「もしもし、ミスター・スタイルズですか？」ジョッシュだった。「たった今、真向かいの家の子どもが、ガラスの小瓶を届けにきたんです。薬の瓶のようにも見えるんですけど、ラベルもなくて、中身は汚い水なんですよ。野球のボールを探していて、うちの植え込みの下で見つけたそうなんです。何か大事なことかもしれないと思って——」

「わかりました。指紋を採取するまで、誰も瓶に触れないようにしてください」

「ああ、そうか。だけどもう、その子の母親がふき取ってしまったんですよ。泥のなかに一週間ほどあったようだし、子どもがべたべた触ったからって。それで実は、ただの泥水だったらあなたに申し訳ないんで、ケイレブに舐めてもらったんです。そうしたら、ヘルベインだったかな……それじゃないかって言うんですよ。あなたに言えばわかるはずだと」

Uターン禁止の車線にいたが、コナーは当然のようにUターンをしたあと、ジョッシュに告げた。「すぐに行きます、待っててください」

うしろの車のクラクションを聞きながら、コナーに訊いた。「ダナの症状と合うの？」

コナーがうなずいた。「いちおうドクターに電話して確認するが、おそらくイエスだ」

ヘルベインは毒性の強い植物で、白と紫の縞模様の花が咲く。痙攣防止の薬の原料としても栽培されているが、ここカリフォルニアでは、道端や空き地にも自生していて、一般には雑草だと思われている。だが、根の部分を熱い湯に浸すと成分が溶け出し、摂取すると死に至る場合もあるから、注意が必要だ。

ヘルベインこそが、ダナを救う鍵になるのだろうか？

ダナのドクターは、最初の呼び出し音で電話をとった。「ああ、ちょうど電話をしようと思ってたんです。ダナの容態がどんどん悪化してるんですよ。予想外の速さで、とてもう、症状をコントロールできません」

小さく悪態をついてから、コナーが訊いた。「あと、どれくらいもつんだ？」

「二、三時間でしょう」

沈黙が続いた。電話の向こうから、医療機器の電子音だけが聞こえてくる。

少しして、コナーが尋ねた。「ダナの摂取した毒が、ヘルベインだという可能性が出てきた。どうだろう、彼女の症状に合致するだろうか」

「ええ。ただし症状だけを考えれば、候補となる毒物は他にいくらでもありますよ」

「よし、わかった。とりあえず、ヘルベインの解毒剤として使えるものをすべてそろえてくれ。だが、ダナにはまだ与えるな。確証を得てからにしたい」

「了解です」

ジョッシュの家に着くまで、前の車がカーブでスピードを落としたり、信号が青に変わってもすぐに発進しなかったりすると、わたしはそのたびにいらいらして、胸のなかで悪態をついた。

まだ着かないの。どうしてこんなに遠いの。

ジョッシュの家が見え、車を止めたとたん、ふたり一緒に玄関に飛び込んだ。問題の瓶は、淡い色のキッチンカウンターに置かれていた。

「舐めてみろ」コナーがわたしに言った。「セカンド・オピニオンが聞きたい」

わたしはカトラリーの引き出しをかきまわし、柄の長いティースプーンを取り出すと、ガラス瓶のふたを開けた。汚水をすくい、においを嗅いでから、おそるおそる口にふくんでみる。その瞬間、無菌室の白いベッドに横たわるダナの姿が、ありありと目に浮かんだ。ずっと頭を離れない、その姿が。

発酵したザクロの実と、麦わらの甘みの混ざった風味が、舌の上ではじけた。「ヘルベインよ、まちがいないわ」すぐにシンクに吐き出し、口をゆすいだ。「どうする？」

コナーは庭に視線を向け、眉をひそめた。「わからない」わたしやジョッシュにというより、独り言のようにつぶやいた。「納得できないんだ。たとえアンビエンを口にしたあととはいえ、ダナが気づかないはずはない」

たしかにそうだ。かすかではあるが、この独特な風味は、シェイズであればすぐにピンとくるはずだ。スフレに混入されたアンビエンには気づいたのに、こっちを見落とすなんてありえない。

「それに、調査チームは家の中も庭も、隅から隅まで調べたんだ。それなのに、この瓶は見つからなかった」

「チームだって見落とすことはあるでしょう？」わたしは言った。「ここの敷地はすごく広いし、今ごろになってわたしたちに見つかるよう、犯人がこの瓶を庭に置く理由なんてないわ」

「あるさ。ダナにとどめを刺すためだ。もし見当はずれの解毒剤を投与したら、彼女は死んでしまう」

ダナがもし遺伝子変異の保有者でなければ、とっくに死んでいるのだと、ふたりともわかっていた。そのとき、わたしたちが来てからひと言も発していなかったジョッシュが叫んだ。「なにを迷うんだ。このまま何もしなければ、どうせ死んでしまうんだぞ！」

コナーがするどい視線をジョッシュに向けた。「生死をふくめ、犯人はダナの容態を知りようがない。いっさい漏れないようにしてありますから」

「じゃあ犯人は、彼女が死んでないと思ってるの？　搬送されてからは、誰もダナを見ていない。致死量を与えたんだから、当然死んだと思ってるはずよ」

「いや、ダナが死にかけたと、そう伝えた相手もいたと思う。つまり、死んではいないと」

「でもジョッシュが標的なら、どうしてダナの息の根を止めようとするの？」

「犯人につながる証拠をダナが目撃したか、口にしたのかもしれない。あるいは、犯人はジョッシュを殺すのは難しいとあきらめ、代わりに恋人を殺し、苦しめてやろうと考えたのかもしれない」

コナーはジョッシュに視線を移した。彼の顔は真っ青で、こわばっている。わたしと同じく、このままではまずいと思っているのだろう。

冷静に考えれば、ダナがヘルベインに気づかなかった可能性も、なくはない。同様に、この瓶を調査チームが見落とした可能性だって、絶対にないとは言い切れない。だけどコナーの言うように、ダナに間違った解毒剤を投与させるため、犯人が新たにヘルベインを置いたとしたら？　もしホアンがキャロラインと共犯なら、庭にこの瓶を置くなんて簡単なことだ。ダナにヘルベインの解毒剤を与えるか、やめておくか——この難しい決断を下すのがコナーであることに、申し訳ないが、わたしはほっとしていた。ジョッシュとふたり、息をつめてコナーを見つめる。

とうとう、彼が言った。「ミスター・サマーズ、過去数日間の、邸内の監視カメラの映像を調べさせてください。この瓶がいつ置かれたのかを確認したいんです」

そのあとコナーはわたしを見た。「車に乗るんだ。あと一時間で犯人を見つけ、白状させないと間に合わない」

22

ジョッシュの家へ向かうときも猛スピードだったが、今はまるで、爆走する緊急車両のようだった。サイレンが有るか無いか、違いはそれしかない。

わたしは両足を踏んばりながら、新たに思いついたことを言ってみた。「ダナがヘルベインを口にして気づかないはずはない、あなたがそう思うのはよくわかるわ。だったら、違う経路で体内に入ったんじゃない?」

毒殺といってもいろいろあり、毒は必ずしも、舌や鼻の粘膜を経由して体内に取り込まれるわけではない。摂取経路によっては、シェイズが感知できない場合もある。たとえば皮膚から吸収されたり、エアゾールやガスを吸い込んだり、あるいは、注射器で血管に送り込まれる場合もある。とはいえ、こうした方法は毒殺犯にはあまり人気がない。皮膚からの経皮摂取はもともと効き目が遅いうえ、塗布した瞬間に痛みが生じ、すぐに治療に移れるため、確実に殺すことは難しい。エアゾールやガスの場合は、噴射の仕方によっては失敗することがあり、うっかりすると、加害者も巻き添えを食う危険性が高い。注射器を使用する場合は、即効性があり、確実に殺せるが、ある程度医学的な知識が必要になる。またそもそも、標的に接近しなくてはならないため、毒殺のメリットがほとんどない。殺しの現場をおさえられてもいいのなら、銃やナイフを使うのと同じだからだ。

タイヤをきしらせて角を曲がりながら、コナーがわたしの問いに答えた。「注射器を使った可能性はあるが、そうなると、アンビエンで眠らせたあとということになる。でなければ、ダナはすぐに気づいて報告しただろう。つまりその論理が成り立つのは、ダナが標的の場合だけだ。それに病院に搬送されてからはずっと監視下にあったから、やっぱりその線はないだろう」

コナーは首を振った。「もしキャロラインが関係しているなら、どんな手を使ったかは重要じゃない。ホアンを問い詰めれば、二つめの毒物の名前がわかるはずだ。おそらく彼はキャロラインに頼まれ、ブラックベリーにアンビエンを入れたんだろう。うまくいけば、ヘルベインについてもホアンから聞き出せるかもしれない」

「実際に彼が手を下したとしても、何の毒を使ったのか知ってるかしら」

「具体的な名前じゃなくても、彼の話を聞けばぼくたちでつきとめられるさ」

やがて、ハリウッド・ヒルズにある豪邸の前に到着した。本日二軒目の、ホアンのクライアント先だ。ふつうなら車で四十五分はかかるところだが、三十五分で到着した。だがホアンのヴァンは、どこにも見当たらない。

庭師の派遣担当スタッフにコナーが問い合わせると、しばらくして、折り返し電話が来た。ホアンの携帯に連絡をしたが、応答がないという。それから、わたしたちがすでに知っていること――一軒目のクライアントの家を四十分前に出発した、ガソリンスタンドに寄ったとしても、二軒目の客先には予定通りつくはずだ――を繰り返して説明した。そこでコナーは、自分が会いに行くことをホアンに告げたかと尋ね、イエスという返事を聞いたとたん、礼を言うのもそこそこに、電話を切った。

「ホアンは逃げたってこと?」

「かもしれないな」コナーの目が険しくなった。「だが、単に遅れているだけかもしれない。ここであと十五分待ってみよう。もし彼が自宅に逃げ帰ったのなら、今すぐ追いかけてもつかまえるのは無理だろう。そもそも、いったん家に帰るほどのマヌケとも思えないしな」息をゆっくり吐きだした。「ダナの容態はかなりまずいんだ。適合する解毒剤を投与したところで、間に合わないかもしれない。刻一刻と、彼女は死に向かっているんだ」

わたしはコナーの腕に触れた。「ヘルベインの可能性は充分あると思うわ。ジョッシュの家はとんでもなく広いもの。植え込みの下の小さな瓶を見逃したって、ちっともおかしくない。それにジョッシュが言ってたじゃない。スフレの毒見を急がせてしまったって。だからダナがアンビエンに気を取られて、ヘルベインに気づかなかったこともあるんじゃない? 一回の食事に複数の毒が混入しているなんて、ふつうはないわけだから」

コナーは車の窓から外を見た。もしホアンが逃げていなければ、そっちの方向から来るはずだ。数分がむなしく過ぎていった。

「ホアンの奥さんに電話してみるのはどう? 戻ってきているか訊いてみるの。それかキャロラインに電話をして、毒の名前を問い詰めるのは？　この際、動機とかはもういいから」

コナーがいらだたしげに、ハンドルをたたいた。「もう間に合わない。時間切れだ」彼は携帯を取り、ダナのドクターに電話した。「解毒剤を投与しろ。容態が変わったらすぐに知らせてくれ。どっちに転んだとしてもだ」携帯を切ると、がっくりと頭を垂れた。一気に五歳も老けこんだように見える。どんなに睡眠不足でも、しわひとつ増えなかったのに。おそらく負けを認めることは、まったく別の話なのだろう。

いらいらと連絡を待っていても、いいことは一つもない。「じゃあ、つぎの行動に移りましょうよ」

コナーはフロントガラスの先を見たまま、返事をしなかった。ぞっとするほど長く感じられたが、せいぜい一分ほどだろう。それから、車のキーに手を伸ばした。「ホアンを探しに行く」

やがて、エル・セレーノにあるホアンの家が見えてきた。もし彼が逃げたとしても、妻のフランシスカにだけは連絡をしているはずだ。また彼女からの電話なら、出る可能性が高い。

フランシスカはドアを開けたが、わたしたちを見たとたん、顔をゆがめた。「ホアンがメキシコ人だから疑ってるんだろ。え、そうなんだろ？　うちの人は悪い事をするような人間じゃないよ！」

「ご主人を訴えるつもりはまったくありません」コナーが言った。今の時点では、まだ。「ご主人に

「二、三、お訊きしたいことがあって探してるだけなんです」わたしが言った。

電話していただけませんか？」

フランシスカはわたしたちをにらみつけたが、すぐに携帯を取り出し、ホアンの番号を押し始めた。だがつながっても、留守電のメッセージが流れるばかりだ。

「ねえ奥さん、ご主人と看護師のキャロラインの関係なんですが、何か知ってるんじゃないですか？」

フランシスカの黒い瞳が、怒りで燃え上がった。「関係だって？　うちの人が浮気してるってことかい？」コナーが答える前に、フランシスカが彼の頬をひっぱたいた。「よくもそんなこと。出ておいき」

両手を上げながら、コナーはうしろに下がった。「そういう意味で言ったんじゃありません。信じてください、失礼なことを言うつもりじゃ――」

フランシスカは聞く耳をもたなかった。「出ておいきったら！」わたしまでにらみつけられ、あわててあとずさった。

立ち去る間際に、コナーはサイドテーブルに名刺を置いた。「ご主人から連絡があったら、この番号に電話をください」

わたしたちふたりの鼻先で、ドアが勢いよく閉まった。

「さすがにまずかったんじゃない」

コナーの頬には、フランシスカの激怒の跡がくっきり残っている。彼は何も言わなかった。

フランシスカがわたしたちを急いで追い出したのは、夫がいるのを知られないためだろうか？　家の前にホアンのヴァンは止まっていないが、だからといって家にいないとは限らない。

　車に戻ったとき、わたしの頭のなかは真っ白だった。つぎにどうしたらいいのか、何一つ思い浮かばない。犯人を見つけて、その場で白状させたところで、ダナにとってはもう何の意味もない。果たして解毒剤によって症状の悪化が止まるのか、それとも、さらなるダメージを受け、生命維持装置を二度と外せなくなるのか……。

　コナーはまだ、エンジンをかけていなかった。ただじっと座っている。笑みを浮かべながら。

　え？　え？　なに、どういうこと？　それも、うれしくてたまらないような笑顔だ。こんな彼は見たことがない。

　あわてて自分の服を確認したが、大丈夫、上も下もちゃんと着ている。

　コナーが携帯を差し出した。「見てごらん」

　ダナのドクターからのメールだった。

『解毒剤が効いたのか、血圧と消化器の状態が改善しています。油断はできませんが、おそらくこのまま快方に向かうと思います』

　一瞬にして、五キロも体重が減ったように感じた。とはいえ、お腹に食い込む下着のゴムによって、この勘違いもまた一瞬にして否定された。それでもわたしはコナーを見上げ、にっこりと笑った。

目の前で笑っている彼は、息をのむほどハンサムだった。彼の笑顔はめったに見られないから、ラッキーとしか言いようがない。

「あなたのおかげね」わたしは言った。「まさに英断だったわ」

「いや、ぼくたちふたりが力を合わせた結果だ」

わたしはいつのまにか、彼の手を握りしめていた。

それに気づいてあわてて手を放すと、今度はコナーのほうが身を乗りだしてきた。ふたりでわかちあった安堵の思いが、しっとりと艶めいた雰囲気に変わっていく。グレーの瞳をのぞきこむと、いつになく穏やかで、視線をそらすこともない。わたしのもつれた髪を彼がそっと耳にかけると、その瞬間、背筋に稲妻が走った。彼がさらに身を寄せてきて、ふたりの熱い吐息が触れあう。そのまま唇が重なって、わたしの頭は爆発しそうになった。

だけど結果的には、爆発しないで済んだ。その前にコナーが唇を離したからだ。

わたしはきょとんとした顔で、彼を見つめた。「なんでやめたの？」

表情のない、いつもの顔で彼が言った。「忘れたのか？　きみの明確な同意が必要だと契約書に書かれている」そう言って、指でそっとわたしの頰に触れた。「だがきみの演技力は、ずいぶんレベルアップしたようだな」

わたしはその指を振り払い、胸を勢いよくそらした。そのせいで彼の手がブラの上をかすったが、そんなことはどうでもよかった。「だったら、あなたが契約違反をしたと報告するわ」

「ああ、かまわないよ。だけどそうしたら、ぼくとはもう二度とキスできない。それでいいのか？」

たしかにそれは、ちょっと残念かもしれない。だけど彼はほんとに、どういうつもりだったのかしら。なぜキスをしたのかも、そして途中でやめたのかもまったくわからない。わたしはブラウスを整えると、顎を上げ、さらに胸を張った。「まあとにかく、わたしの演技力がアップしてるのは認めてもらえたのね」

コナーからは、何の反応も返ってこない。まったく、ロボットじゃないんだから。車のエンジンがかかった。「じゃあ、行くか。待ちきれないんだろ？」

「食事がってこと？　もちろんよ」

実は胃袋というより、下腹部が待ちきれなかった。だけどそんなこと、彼には絶対に知るわけにはいかない。それにどうせ、レストランに着くころには、胃袋のほうが騒いでいるはずだもの。

そうよ、そうに決まってるわ。

23

この地域の名物だと知って、タコスを売る屋台に立ち寄った。タコスは大好物《ビッグ・ファン》だ。ここに住めば、美味しくて安くて量もたっぷりという、三拍子そろったメキシコ料理がいつでも食べられそうだ。でもそれはまずい。だって文字通り、身体が巨大な扇形《ビッグ・ファン》になりそうだもの。唇に残ったスパイシーなソースを、最後にぺろりと舐める。これがコナーの舌だったら、という妄想をかき消そうとしていると、彼の携帯が鳴った。

「〈グリーン・ウィズ・エンヴィー〉の派遣担当スタッフからだった」通話を切ってから、コナーが言った。「予定より遅れていると、ホアンから連絡が入ったそうだ。車に携帯を置きっぱなしにして、庭園のデザインを客と相談していたらしい」

「じゃあ、メキシコに逃げたわけじゃないのね？」

「そのようだな。ぼくたちがつかんだ情報については、まったく知らないようだしね」

わたしがつかんだ情報は、思った以上にコナーがキスの名人だってこと。彼が言ったのはそんなことじゃないとわかってるけど。

「で、これからどうするの？」ばかなことを考えていたのを、気づかれるわけにはいかない。

「そうだな。ダナは解毒剤で持ちなおしたし、ホアンは国境に向かっているわけじゃない。ひとまず急を要することはなくなったわけか。ホアンに話を聞くのは、具体的な証拠を手に入れてからがいいな。はったりをきかせて白状させる手もあるが、いずれにしろ、もう少しあとでいい。ぼくはこれからチームに合流し、役に立ちそうなものを集めてみるよ」

「わたしも一緒に行っていい？」

「いや、それはだめだ。きみには調査をする権限がない」

「だったら何をしたらいいの？」

「うん、そうだな。少し眠ったらどうだ？」

わたしは腕を組み、おもしろくなさそうに咳払いをした。だが案の定、コナーは眉一つ動かさない。自宅の前で車を降ろされ、重い足取りで階段を上っていった。おかしな話だが、おまえはもう用済みだと言われたような気がする。

ダナは死なずにすんだのよ、とわたしは自分に言い聞かせた。わけもなく気が滅入るのは、今になって疲れが出たのだろう。とりあえずひと眠りしようと、ミャオを抱えてベッドに向かった。

五時間後、ゴロゴロと喉を鳴らすミャオにお腹を揺さぶられ、はっと目が覚めた。携帯をチェックすると、午後の六時半だ。三十分前にコナーからメールが届いていた。

『ダナのドクターから連絡があった。酸素飽和度、pH値、腎機能、消化機能、どれも快方に向かっているそうだ。明日には医療機器をすべてはずし、意識を戻す処置を施すらしい。

この件はどうしてもきみに知らせたかった。残りの仕事を終えたら、夕食には少し遅いが、八時半ごろ迎えに行く』

わたしはベッドから出ると、踊りながら、部屋の中をくるくると回った。ミャオの冷めた目も、ちっとも気にならなかった。やったやった！　ダナはもう大丈夫なんだ！　なんてすてきなニュースなの！

そこで、はたと思い当たった。ジョッシュだって、このすばらしいニュースを知る権利があるはずだ。事件が起きてからずっと苦しんでいたし、しかもダナは、彼の実の娘だとわかったのだから。

できれば、本人に直接会って伝えてあげたい。どっちみち彼の電話番号も知らないし。うん、それがいい。そうしよう。わたしはまずミャオに夕食をあげ、そのあとキーホルダーを手に取ったが、そのときようやく、コルヴェットをハルクに貸していたことを思い出した。んもう、こんなときに。

グーグルマップで見ると、ジョッシュの家までは九マイルもあった。これでは歩いていくのは無理だ。だが検索すると、バスを乗り継いでいく方法もある。それなら歩く距離は二マイル程度だから、一時間半もあれば着くだろう。いや、待てよ。エッタに車で送ってもらうのもいいかもしれない。だがそれには一つだけ問題があった。もしセレブ・シェフの家を訪ねると知ったら、エッタならきっと、自分も一緒に行きたいと言いだすだろう。

どうしよう。何かいい口実はないだろうか。あの辺りは超高級住宅地だけど、他に何か……。わたしは頭を絞った末、サリヴァン・キャニオン・パークがあることを思い出した。うん、これが使えるかも。ハルクから逃げたときをのぞけば、最近は運動らしい運動をしていない。渓谷ハイキングに行くといえば、けっこう説得力があるんじゃないかしら。

わたしがぐうたらなのも、エッタはまだそれほど知らないはずだし。

実際の話、美しい風景を眺めながら歩くのは、エクササイズとしても悪くないように思えた。より一層のリアリティを持たせるため、ジャージの上下に着替え、さらにオリヴァーのクロゼットから、頭に着けるヘッドライトを借りることにした。あと一時間もしたら暗くなるはずだ。

最後に、催涙スプレーとテーザーをジャージのポケットに移した。アルバートが、またいつストーカー行為に及んでもおかしくないからだ。考えただけでもぞっとするが、万一そんなことになっても、この護身用グッズで撃退できるだろう。

家を出る前に、鏡の前で立ち止まった。以前ジョッシュを訪ねたときの、女らしいイソベルとはずいぶん違う。まあ、いいか。あんなグッド・ニュースを聞いたら、ジョッシュはきっと気にも留めないだろう。

外廊下には相変わらず、エッタのソファが鎮座していた。その脇をすりぬけ、彼女の部屋をノックすると、ハアイと声がして、タバコをくわえたエッタがドアを開けた。いつものようにシフトドレス――今日は黒だ――を着ていて、背後からはテレビの音が聞こえてくる。部屋の配置はオリヴァーの家と左右対称だが、基本的な造りはそっくり同じで、住人の歳だけが半世紀ほど違う。テレビはすっきりした薄型で、ライトグレーのカーペットはビロード地、キッチンセットは淡い色のオーク材で、全体にとてもエレガントだ。光沢のある白いカウンターには、ケトル、ナイフ差し、ティータオルが置かれ、どれもターコイズ・ブルーで統一されていた。

「あら、クッキーを持ってきてくれたの？」

わたしはうしろに隠し持っていたクッキーを差し出し、にやりと笑った。「なんでもお見通しってこと？」

エッタも笑って、手すりの向こうに見える道路に手を向けた。「男に関してはコンクリートみたいに堅物かと思ったけど、女を味方につけるやり方はよくわかってるじゃない。あとは、銃も味方にできるといいんだけどね」そう言ってたばこの火をもみ消し、クッキーの皿を受け取った。

「そうなの、実はお願いにきたのよ」わたしは認めた。「車で送ってほしいところがあるの。わたしのは友だちに貸しちゃったから」

「ああ、あのパワフルなお友だちね。しかたないわ。彼だったらわたしだって、乗ってみたいといわれたら何だってさしだすもの」そ、そう。

エッタは玄関脇のフックから車のキーをはずし、皿からクッキーを一枚取った。

「で、行き先はどこなの？」

三分後、キンポウゲ色の車にふたりで乗り込んだ。七〇年代型のダッジ・チャージャーだ。

なるほど、車もパワフルなのに限るらしい。黒い革張りのシートはいい感じにくたっとしているが、それ以外はぴかぴかで、塵一つ落ちていない。

「うわあ、すてきな車ね」

エッタはエンジンが暖まるまで、しばらく待った。「でしょ。二十年前、前の持ち主から直接買ったの。それ以来、この子一筋よ」ウィンカーも出さず、それどころか、目視で確認もしないで車道に出る。「部屋の前に置いたソファだけど、どう？」

送ってもらう立場上、文句を言えるはずがない。「わたしのより座り心地がよさそうだわ。それにうちのはダイニング兼用だから、いちいち出し入れしなくちゃいけないの」

「ええ、あのソファはふかふかよ。いつでも座ってね。オリヴァーも」

「ありがとう。そのうちぜひ」

最初の曲がり角でエッタはウィンカーを出したが、二度目は出さなかった。といってもこロスでは、彼女の運転マナーが特別悪いというわけではない。この街では誰もがみんな、交通ルールなど気にしてはいられない、オーディションのセリフを覚えるだけで精一杯だとでもいうように、うわの空で車を走らせている。

「それはそうと、なんで急に、サリヴァン・キャニオン・パークに行こうと思い立ったの？」エッタが尋ねた。

「クッキーを食べすぎちゃったからよ。だってミャオったら、枕じゃなくてわたしのお腹に乗ってくるのよ。それくらいふかふかだってわけ」

エッタがにやにやした。「あら、わたしはそういうことで悩んだことはないわ。もっとベッドで、殿方とエクササイズに励んだほうがいいんじゃないの」

たしかに、それも一理あるかもしれない。だけど今のところ、そっちのエクササイズの優先順位はかぎりなく低いのだ。

サンタモニカ・フリーウェイに合流した直後、エッタに割り込まれた車が、クラクションを激しく鳴らした。制限速度より十五マイルも遅いことに、腹を立てたらしい。するとエッタは窓を開け、その車に向かって中指を突きたてた。「まったく近ごろは、猫も杓子《しゃくし》も急いでるんだから。ほとんどの人間は、目的地にしかたなしに向かっているのにね」エッタはポール・ベンディングのチャンピオンのように、すいすいと渋滞をすりぬけていく。「わたしにはさっぱりわからないわ。仕事もきらい、家族もきらい、友だちもきらいなくせに、いったい何をするために急いでるんだか」

さすがエッタ、これもまた一理ある。

「ところで、あのコナーって彼に、いつになったら会わせてくれるの?」

「えっと、それは――」

「あの人、ルックス同様、ベッドでもいいのかしら? ああいう冷静なタイプは期待できるわ。ほら、自制心が強いってことでしょ。だからいよいよってときに、ダイナマイトみたいに爆発するわけ」

彼とのキスを思い出し、わたしは顔を真っ赤にした。

エッタはそれを見て、前の車にぶつけそうになり、あわててハンドルを切った。

「ちょっと冗談でしょ！　まだそういう関係じゃないの？」

「まあ、その話はまたそのうち」

わけがわからないというように、エッタは頭を振った。そういえば、わたしが銃に触ったことがないと言ったときも同じ反応だった。「どう生きるべきか、あなたたち若い人はわかってないわ。あとどれぐらい生きられるかなんて、誰にもわからないのよ。だからめいっぱい、人生を楽しまないと」

どれくらい生きられるかわからないって……。最近いろいろあったせいか、この言葉には、これまで以上に真実味がある。「この前、コナーと一緒に射撃練習場に行ってきたの」話題を変えた。

「楽しかったでしょ？」

「ええ。でも生きてるものは撃ちたくないわ」

「あら、きっとそんなふうには思えないわよ。もし目の前で、誰かの腕がワニに食いちぎられたら」

「やだ！　そんな怖い目にあったの？」悪かったわ。エッタはハンティングをレジャーとして楽しんでいるのかと思っていた。

「ばかね、ないわよ。でもそういうことがいつあっても、おかしくないでしょ」

あ、そう。

わたしはクイーンズフェリー・ロード沿いの、鉄柵がある場所で降ろしてもらった。ここから、渓谷に通じる道に入れる。これでますます、ハイキングに行くのだと信じてもらえるだろう。

「帰りも迎えに来ましょうか？」エッタが尋ねた。

「大丈夫、コナーが来てくれるから」希望的観測ではあるけれど。また近いうちにクッキーを持っていくと約束し、エッタに別れを告げた。

歩きだすと、思った以上に険しい上り坂が続いているとわかった。全体の半分もいかないうちに、ハルクに車を貸したことは人生最悪の決断だったと思いはじめていた。この道を歩き続けるくらいなら、ハルクにお仕置きをされたほうがましだったかもしれない。

日が暮れるころ、ようやくジョッシュの家にたどり着いた。手を上げてドアをノックをしたあと、今さらとは思いつつ、不安になった。果たしてジョッシュは、歓迎してくれるだろうか。彼はわたしをどう思っているのだろう。コナーにくっついている役立たずの女の子？じかにグッド・ニュースを伝えようとはりきってやって来たのはいいけれど、ジョッシュからすれば迷惑かもしれない。特に彼は、プライバシーを大事にする人だから。

それに帰りは夜道を九マイルも歩くことを考えると、気持ちがくじけそうになってくる。

そのとき、玄関のドアが開き、ジョッシュが驚いた顔で言った。「ミズ・エイヴェリーじゃないか」

わたしのほうもびっくりした。彼がわたしの名前を憶えていたなんて。「突然うかがってすみません、ミスター・サマーズ。でもすごくいい知らせがあって、直接会ってお伝えしたかったんです。今ちょっとよろしいですか？」

ジョッシュはためらっているようだった。わたしが以前とは別人のようなので、とまどっているのかもしれない。それでも、肩をすくめて促した。「もちろんだよ、さあ入って。何か飲むかい？」

辞退すべきだとはわかっていたが、喉がからからだった。おまけに、お腹もすいている。

「ええ、お水を一杯いただけたら」ここでエスプレッソをと言わなかった自分を、ほめてやった。状況判断が、少しはできるようになったのだろう。

ジョッシュはリビングにわたしを通したあと、二、三分して戻ってきた。水を入れたグラスの他に、クッキーを載せた皿を持っている。「良かったらこれもどうぞ。ぼくが焼いたんじゃないんだけどね。実を言うと、ダナが娘だと知ってから、キッチンに立つ気になれなくてね。でもこの缶入りクッキーだけは切らさないようにしてるんだ。大好物なんだよ」

わたしはにっこり笑った。「内緒にしておきますね」グラスは一つしかなかった。「何もお飲みにならないんですか？」

ジョッシュは肩をすくめた。「だめなんだ。今夜はもう、ケイレブを帰してしまったから」

「あら、すみません」エスプレッソを頼まなくて、ほんとに良かった。ケイレブの代わりに毒見はできるが、自分がシェイズだと明かすわけにはいかない。〈ソサエティ〉の人間だとしか伝えていないのだから。

ジョッシュが首を振った。「いいんだ。どっちみち夕食を食べたばかりでね。ところで、何かいい知らせがあると言ってたけど？」

ああ、いけない。そのためにはるばる来たのに。

「ええ、ダナのことなんです。快方に向かっていると、ドクターから連絡がありました。ヘルベインの解毒剤が効いて、もう命の危険はないそうです」

ジョッシュが顔を輝かせた。「そいつは良かった！　いつ彼女に会えるかな？」

しまった。まず初めにそう訊かれることくらい、予想しておくべきだったのに。「すみません、まだ意識は戻ってないんです。これからどんな治療になるかもわかりません。コナーに訊けばある程度は……」

彼の笑みは少し小さくなったが、不安そうではなかった。

「すみません」ここに来て謝るのは、これで三度目だ。「わたしはまだ、入社したばかりなんです。ダナが死なないで済むとわかって、どうしてもあなたにお伝えしたくて」クッキーを一枚取り、意味のないことをこれ以上言わないよう、口につっこんだ。

だが一口食べて、あっと声を上げた。「これ、〈ロイヤル・ダンスク〉のクッキーですよね？」

「そうだよ」

わたしは頬張ったまま、にっこり笑った。「血は争えないってほんとですね。ダナもここのクッキーが大好きなんです。そうだわ、あなたの写真をしまっていたのも、このクッキーの空き缶だったんですよ」

「へえ、本当かい？」

だがジョッシュはわたしほど、愉快そうにはしていなかった。そのとき不意に、わたしの頭をある疑念がよぎった。もしジョッシュがダナの家に行って、わたしと同じ理由であのクッキー缶を手にしたとしたら？　そして、いそいそと開けてみた結果、自分の暗い過去につながる写真を見つけたとしたら？　例の秘密をダナが知っていると思いこみ、被害妄想にかられてもおかしくはない。そして秘密を暴露されないよう、ダナを殺そうとしたのでは？口の中で突然、クッキーがおがくずに変身した。無理やりのみこんで、作り笑いを浮かべる。たしかにジョッシュなら、スフレにこっそりアンビエンを入れ、そのあと彼女が眠っているときに、ヘルベインを投与するチャンスはいくらでもある。それだったら、ダナがヘルベインに気づかなかったのも納得がいく。

だけど、まさか。ジョッシュは今もまだ、二十六年も前のヘンリーの死に深く傷ついている。それにあれは、事故だったのだ。人殺しなんて、そんな残酷なことが彼にできるわけがない。だいたいジョッシュは、今回の事件の標的だったのだ。ダナが倒れてからずっと、心が休まるときはなかったはず。おそらく、ダナの部屋に行ったことすらないだろう。

だけど、ふたりの関係をジョッシュが知ったその翌日に、ヘルベインの瓶が見つかったのは偶然だろうか。もし初めから知っていたら、彼女があの写真を保管していた理由を、まったく違うように受け止めたのではないか……。

とそのとき、わたしはジョッシュの視線を感じ、彼の質問にまだ答えていなかったことに気づいた。

「本当ですってば！」さっきまでと同じように、愉快そうにしていなければいけない。「だってあの写真を見つけたのは、このわたしなんですもの。ほら、わたしもクッキー大好き人間ですから」クッキーをまた一枚、口に入れて見せた。やっぱり全然味がしない。だがそれでも、死を招く成分が混じっていないかと、慎重にチェックした。よし、セーフだ。のみこんだあと、口内のパサつきをとろうと水を飲み、椅子の背にもたれた。

ジョッシュの犯人説がばかげた妄想かどうか、きちんと確かめる必要がある。

「そうだ、ダナの家に行ったことってあるんですか？」疑われないよう、さりげなく訊いてみた。どうかお願いだから、ノーと答えて。わたしの杞憂《きゆう》だと言って。

「ああ、一度だけあるよ。ダナの服が汚れて着替えが必要になってね。送っていったんだ」

「あら、わたしも一度だけなんです。ほとんど物がなくてびっくりしました。だけど、黄色いドアが可愛かったわ」こんな話の流れでは、何も探れそうもない。ジョッシュは穏やかな顔で、わたしを見つめている。

「ダナとは、数カ月前に知り合ったばかりなんです。だけどすごく親切にしてもらったから、助かったと聞いてうれしくて」

「ぼくもだよ」

ジョッシュが腰を上げた。そろそろ帰ってくれという意味だろう。わたしは気づかないふりをして、もう一押ししてみた。「ヘルベインの瓶が見つかって、ほんとラッキーでしたよね。届けてくれたのって、お向かいの子でしたっけ？　お礼にクッキーでも焼いて持っていこうかしら」

「ああ、すごくラッキーだったね。ちょっと失礼、ミズ・エイヴェリー」

わたしはうなずくと、他にも何か、怪しまれずに聞き出せることはないかと頭をひねった。そのとき、携帯が鳴った。画面を見るとコナーからだ。でも、あとでかけ直せばいい。今はジョッシュへの質問を考えないと。

だがその時間は、とつぜん終わりを告げた。首の付け根に、拳銃が押し付けられたのだ。

24

「すまないね、ミズ・エイヴェリー」ジョッシュが言った。「だけどきみに、何もかも台無しにされるわけにはいかないんだ」

いきなり物騒な展開になって頭が混乱し、生卵を落としたみたいに、脳みそがぐちゃぐちゃになった。「冗談はやめてください。いったい何の話ですか？」

「さあ、立つんだ」早くしろと言わんばかりに、銃身の先を首にぐいと食い込ませる。

わたしはどうしようもなく、おとなしく立ち上がった。

「これからドライブに行く」彼は銃を押し付けたまま、わたしの腕をつかんだ。廊下を抜け、つきあたりのドアを開ける。真っ暗で、ひんやりとして、カーワックスのにおいがした。ガレージだ。ジョッシュは電気をつけ、わたしを小突きながら、愛車のうしろにまわりこんだ。

漆黒のポルシェ・ボクスターは、つややかな光沢を放っている。わたしをあの世へ連れていくため、死神がつかわした四輪馬車のようだ。思わず脚が震える。

そのわたしに、クッキングオイルのスプレー式の瓶を、ジョッシュが手渡した。

コールドプレスで抽出されたヴァージン・オリーブオイルだ。わたしはわけがわからず、ぽかんとしてそれを見つめた。銃の用途はわかるが、オリーブオイルは何のために使うのかさっぱりわからない。

車のトランクの大きさを、横目で確認した。それほど広くは見えないが、わたしを押し込める際、滑りが良くなるようにオイルを必要とするほどではない。それに彼の目的はわたしを殺すことであって、変態シェフのセックスゲームに参加させるわけじゃないでしょ？

「ナンバープレートにスプレーしろ」ジョッシュが言った。

意味はわからないが、ひとまずほっとした。瓶のふたをはずし、ナンバープレートにオイルをスプレーする。ジョッシュにも吹きつけてやろうかと思ったが、銃口を見て思いとどまった。

「よし。つぎはその上にこれを散らせ」今度は、ステンレス製のシェイカーを渡された。カプチーノにチョコレートパウダーをかけたり、デザートに粉砂糖を振るときに使う道具だ。手にしたシェイカーには、粉砂糖が入っていた。オイルでべたついたナンバープレートに散らすと、あら不思議、青い文字も数字も、全部白くなった。

なんて頭が切れる人なの。

砂ぼこりがこびりついたようになって、文字や数字を読み取るのはむずかしい。とはいえ、交通違反だとして、警官に車を止められるほどではない。

前方のナンバープレートにも同様の細工をしたが、銃に頭を狙われていなければ、ハンドクラフトとして結構楽しめそうだ。

前後とも終わると、ジョッシュはわたしにキーホルダーを渡した。「運転はきみがするんだ」

「それはちょっと」うそをついた。「マニュアル車は運転したことがないんです」

あばら骨を、銃が小突いた。「断って本当にいいのか？　縛りあげてトランクに放り込むようなことはしたくないんだが」

わたしは急いで運転席に座った。「ギアチェンジは走りながらマスターします」

ジョッシュは銃をわたしに向けたまま、助手席に乗り込んだ。それからシートベルトを締めると――どんなときも忘れないのだろう――、銃口の向きを調整した。引き金をひいたら、わたしのはらわたを弾丸が貫通する位置だ。「ガレージのドアのリモコンはキーホルダーについている。ドアが開いたら、また指示をする。下手に注意をひくような真似はするなよ。胃袋を撃たれるのは、どんな死に方よりも痛いそうだから」

どうかしら。それでもまだ、〈カモノハシ金融〉の残忍な手口よりはましかもしれない。震える手で、ギアをローに入れた。するとエンジンが低音でうなり、いきなりものすごい勢いでガレージから飛び出した。さすがだわ、パワーが全然ちがう。

「撃たないで、お願い。すぐにコツをつかむから」つぎのギアチェンジは、いくらかスムーズにいった。

運転にスリルを求める人には、ボクスターはぴったりかもしれない。だがわたしの場合は、相性が悪いようだ。ジョッシュも幌《ほろ》を開けろとは、絶対に言わないだろう。しばらくは彼に言われるまま、右、左と何度も曲がることを繰り返した。

「どこに向かってるの？」

「うん、それなんだけどね、ミズ・エイヴェリー。きみには本当に申し訳ないと思ってるんだ。だけどこれだけはわかってほしい。ぼくは刑務所に入るようなことは何もしていない。あれは恐ろしい事故だったんだ。ヘンリーとはね、小学校で隣の席になってから、ずっと親友だったんだよ。ほら、ぼくらの苗字がスミスとサマーズだったからね。だけど、彼は死んでしまった。彼のいない人生を送ってきただけで、ぼくはもう充分罰を受けたと思っている」

「でもダナを殺そうとしたのは、あの事故のせいなんでしょ？　秘密を暴露されないように」

わたしの言葉が聞こえていないのか、ジョッシュは自分の話を続けた。「ようするにね、社会にとってどちらが必要な人間かという問題なんだ。より良い世の中にしようと、あれからぼくは大変な努力をして、今の地位を手に入れた。だからヘンリーは、無駄死にをしたわけじゃないんだ。あの事故がスキャンダルになれば、これまで築いたものが一瞬で崩れ去ってしまう。ぼくは貧困や暴力からたくさんの子どもたちを救い、自立して生きられるように支援してきた。それに比べたら、きみはどうなんだ？　ぼくがやってきたことに匹敵するほど、何か意味があることをやってきたのかい？」

たしかに彼の言うとおりだ。もし自分が、誰かに殺されてもしかたがない、そう思えるとしたら。それはたぶん、その人が紳士的で、許してほしいと謝ってくれて、どう考えても、自分より世の中に貢献できるセレブの場合だろう。ようするに、ジョッシュみたいな人だ。それに彼は、わたしよりはるかに料理がうまい。

「あの切り抜きをダナの家で見たとき、ぼくの過去を暴くつもりなんだろうと思った。だからどんなことをしても阻止しようと決心したんだ。だがそのあとで、ダナはぼくの娘だとわかった。まさか、実の娘だなんて！」そこで言葉を切ると、まばたきをして涙をこらえた。

「そのとき気づいたんだ。ダナが切り抜きを持っていたのは、ぼくを探すためだったと」

「待って。ダナがあなたの娘だと突きとめたのはこのわたしよ。だったら、わたしに借りがあるんじゃない？」

「いや、それは違う。家族がいたと知って、ぼくはまた新たに失うものが増えてしまったんだ」

「ええっと、じゃあ、実はわたしもあなたの娘だったとしたら？　ダナと同じで、長いこと秘密にされていた……」われながら、ばかばかしくて涙が出そうだ。

当然のように、その言葉は聞き流された。「どうかわかってほしい。本当に申し訳ないが、どうしようもないんだ」

わたしは最後の言葉に飛びついた。「ううん、どうしようもあるわ！　わたし、絶対に誰にも言わないって約束する。そうすれば誰も死ぬ必要はないし、みんな幸せになれる。そしてあなたはヘンリーのぶんも、世のため人のために生きていけばいいわ」

「すまない、ミズ・エイヴェリー。そこまできみを信用できないんだ」

しまった。マニュアル車の運転はできないと、うそをついたつけが今ここで……。

ふたりとも無言のまま、車は走り続けた。またわたしの携帯が鳴りだしたが、放っておけとジョッシュが命じた。発信者の名前すら見られない。だがそれは、たいして重要ではなかった。たとえアルバートでも、〈カモノハシ金融〉のミズ・ニールソンでも、今なら大歓迎だ。

途中で、南へ向かっていると気づいた。このまま行くと、家賃が抜群に安く、死亡率が抜群に高い地域に着きそうだ。賃貸の部屋を探しているとき、グーグルにそう教えてもらった。こうなったら、車ごと何かに突っ込むのもありかもしれない。ただし衝撃のせいで、引き金にかかっているジョッシュの指が動く可能性がある。それだけは、絶対に避けたい。

「ねえ、わたしをどうするつもり？」声はかすれていたが、テーザーと催涙スプレーがポケットにあるのは忘れていなかった。ジョッシュがどうするつもりかわかれば、どちらかを使って応戦する方法も考えられる。このまま銃弾をぶちこまれたら、これまでの苦労が水の泡だ。

「デス・アレーという名を、聞いたことはあるかい？」

わたしは息をのんだ。デス・アレーというのは、ウエストモントにある、南北に二マイルほど続く道路の通称だ。ロスで殺人事件が一番多いことから、そう呼ばれているらしい。ほとんどが銃による殺しだ。

「ぼくの料理学校にも、デス・アレーの周辺から通う子どもたちが何人もいたよ。おそらく、マフィア同士の発砲事件がまた一件あったからといって、警察が捜査することはまずないだろう。観光客に流れ弾が当たるというのも、なくはない。乱射事件なんて年がら年中あるからね」

手のひらが冷や汗でべたついて、ハンドルがすべってしまう。

「乱射事件の犯人を見つけるのは、すごく難しいんだ」ジョッシュが続けた。「とくに、暗闇ではね」

認めたくはなかったが、なるほど名案だ。だったら、わたしが防衛グッズを使う際にも、この暗闇が有利に働いてくれるよう祈るしかない。

やがて、デス・アレー——正式にはサウス・ヴァーモント・アヴェニュー——に到着した。広い中央分離帯をはさんで、片側三車線の大通りだ。周辺は商業地区だが、通りに面したショーウィンドウの奥は薄暗く、格子のシャッターが下りている店も多い。今夜はみな、すでに帰宅したのだろう。ぶらぶらとショーウィンドウをのぞくような住民は、ひとりもいない。ましてや、汚れたナンバープレートの数字に目をこらす人間など、いるわけがなかった。

ときおり、対向車線を通過する車もあるが、見えるのはヘッドライトだけだ。街灯はほとんどが壊れている。その一つの脇に車を止め、運転席の窓を下げるようにと指示された。いよいよわたしを撃つのだろう。

「おねがい。こんなことしないで」最後にもう一度、命乞いをした。

ジョッシュは目を合わせようともしなかった。彼の視線はリヴォルヴァーの銃口の先、わたしのみぞおちからまったく動かない。「シートベルトをはずせ。ゆっくりとだ。はずしたら、車から出るんだ」

指示にしたがう間も、猛スピードで鼓動が打っている。まるで、正気を失ったキツツキのようだ。ゆっくり立ち上がると、左側を彼から見えないようにして、ポケットにすばやく手をすべりこませた。催涙スプレーを使うなら、チャンスは今しかない。

安全装置を解除し、震える親指を噴射ボタンにあてた。手探りで操作できるのも、コナーのレッスンを受けたおかげだ。

ジョッシュはコンソールを乗り越え、運転席に移動した。ほんの一瞬もわたしから視線をそらさず、もちろん、銃を落とすようなばかな真似もしない。それから、片手で素早くシートベルトを締めた。発砲したら、すぐに車を発進させるつもりなのだろう。「少しずつ、車から離れるんだ」もの静かな口調のせいで、いっそう冷酷に感じられる。

わたしは闇に紛れて催涙スプレーを取り出し、一歩ずつうしろに下がっていった。どこまで離れたら、ジョッシュは引き金をひくつもりなのだろう。わたしの血しぶきで愛車を汚したくはないだろうが、遠すぎて狙いをはずしたら意味がない。わたしのほうも、スプレーは十フィートまでしか届かないし、それだって直射した場合に限る。ただありがたいことに、風はほとんどなかった。

中央分離帯を挟んだ反対車線を、車がまた一台通り過ぎた。ジョッシュのプランには、隙がなかった。彼が銃をかまえているのは、誰にも見えない。おそらく車が来ないときを狙って、引き金をひくつもりなのだろう。たまたま通りかかった車があったとしても、銃声を聞いたとたん、一気にスピードを上げて走り去るはずだ。警察にあとから訊かれたら、バックファイヤーの音かと思ったと言えばいい。好奇心は災いのもと、いや、ここでは命取りになるのだから。

わたしの場合は、その教訓を生かせなかったことが悔やまれる。

また一歩、ゆっくりとうしろに下がった。あと四歩離れたら、催涙スプレーの射程距離を超えてしまう。どうにかして、ジョッシュの気をそらさねば。

するとそのとき、視界のすみで、こちらに向かってくるヘッドライトをとらえた。わたしが今立っている車線だ。今日は夜間でもよく見えるようにと、明るめのジャージとTシャツを選んだが、わたしの姿は運転手に見えるだろうか……。車がぐんぐん迫ってきた。たとえはねられても、死ぬとは限らない。だが頭を撃たれたら、まちがいなく命はないだろう。

わたしはジョッシュの顔を見ながら、もう一歩下がった。ほんの一瞬でいい。彼の視線がそれてくれれば。とそのとき、近づいてきた車が、わたしをよけようとしてハンドルを切った。それとほぼ同時に、クラクションが長々と、汽笛のように鳴り響く。するとジョッシュが、そちらにちらりと目をやった。今だ！　わたしは横へ一歩跳び、彼に向けて催涙スプレーを噴射した。

「くそっ、しまった！　とんでもない《ターキー》女だ！」

どうやら直撃したようだ。

わたしはうしろを振り向き、すぐに走りだした。アスファルトに自分の足音がひびく。ジョッシュの咳きこむ声に続いて、発砲音が聞こえた。わたしの耳元をかすめ、弾丸が飛んでいく。ジョッシュは目が開けられないはずだから、やみくもに撃っているにちがいない。的を絞られないように方角を変えたが、弾丸がまた一つ、肩のすぐ脇を飛んでいった。どうやって狙いをつけているんだろう。耳の奥にひびく激しい鼓動のせいで、周りの音がかき消されてしまう。周りの音が……。そうか、ジョッシュはわたしの足音から見当をつけているに違いない。

わたしはその場に立ち止まり、足音をたてないようにして、つぎの一歩を踏み出した。銃声が、また一発。太ももに激しい痛みが走った。悲鳴を上げ、身体を折り曲げる。だが図らずも、その低い姿勢に命を救われた。直後にもう一発、銃弾が飛んできたのだ。身をかがめていなければ、胸を直撃されたに違いない。わたしは頰の内側をかんで、すすり泣きを抑えた。撃たれた脚は、火がついたように痛い。だがそれでも、身体を支えてはくれた。とにかく、今いる場所を離れなければ。

腰を折り曲げて、足をひきずりながらも、できるだけすばやく、音をたてないように移動する。道路をよこぎって歩道に着いたころには、身体が芯まで冷えきって、息をするのもつらかった。これ以上遠くには、とても行けそうにない。するとそのとき、一台のワゴン車が近づいてきたが、わたしが手を振るのを見たとたん、スピードを上げて走り去った。

このままではだめだ、隠れないとまずい。どこかに身をひそめる場所はないかと、わたしは視線を走らせた。だが左右のどちらを見ても、シャッターを下ろした店が並んでいるばかりだ。一カ所だけ、歩道からセットバックして高いビルが建っていたが、その前には頑丈な鉄柵がそびえている。営業時間外の訪問者を歓迎してくれるような場所は、どこにもないのだ。

街灯の下に脇道が見えたが、今のわたしには、そこまでの百ヤードがとんでもなく遠くに思えた。もう一度、あたりを見回した。片付けるのを忘れたのか、歩道の上に、A形の立て看板がぽつんと一つ、取り残されている。《ボー理髪店：キレキレの剃り味をドキドキの価格で！》何よこれ、笑っちゃう。生きるか死ぬかの瀬戸際に、スリルをアピールする看板のうしろに隠れるしかないなんて。とはいえ、わたしにとってはこれが最後の命綱だ。どんな方法でもいい、とにかく生き延びなければ。足をひきずって近づいていくと、看板の正面が道路に向くよう、ぐるりとまわした。

だが持ち上げた瞬間、鋭い痛みが走り、両手が血だらけになった。歩道の上に真っ赤な血が滴り落ちる。それでも頼りないとはいえ、身をひそめるシェルターができた。わたしは看板のうしろにぐったりと座りこみ、ジョッシュの動きに耳を澄ませた。

咳きこむ声が聞こえるが、近づいている感じはしない。とりあえずは、まだ。

携帯で助けを呼んだら、ジョッシュに聞こえてしまうだろうか？

催涙スプレーの効きめも、いずれは消えてしまうだろう。となると、路上の血痕をジョッシュがたどってきて、わたしにとどめを刺すのは時間の問題だ。危険をおかしてでも、助けを呼ぶしかないだろう。

「はい、こちら911。どうしました?」

「銃で撃たれたの」小声でささやいた。「犯人がまだ近くに」

「今いる場所を教えてください」

デス・アレーの正式な名前は、何だっただろう。「えっと、サウス・ヴァーモント・アヴェニューよ。ウエストモントの」看板に背中を押しつける。「ボー理髪店の前」

「電話を切らないでください。今、救助隊が向かいます。どこを撃たれました?」

「どれくらいかかる?」

「はい?」

「どれくらいで来てくれるの?」

「十一分ほどかと」

いつのまにか、ジョッシュの咳きこむ声がやんでいた。もうこれ以上、電話で話し続けるのは危険だ。通話を切り、マナーモードになっているかを確認した直後、携帯が振動した。911のオペレーターがかけなおしてきたのだろう。あわてて切って、車道から聞こえる音に耳をすませた。また咳が聞こえたが、距離感はさっきと変わらない。息を殺すのをやめ、楽な姿勢に変えたとたん、太ももに激痛が走った。

暗闇のおかげで、撃たれた箇所がよく見えないのがありがたかった。出血を減らすにはどうしたらいいのだろう。頭がぼうっとしてきたが、傷口に触れる気にはなれなかった。今ここで、失神するわけにはいかない。

イジー、落ち着くのよ。ジョッシュがここまで来られるわけがない。この暗闇では血痕は見えないだろうし。それに、とっくに逃げられてしまったとあきらめているかもしれない。

とそのとき、握りしめていた携帯がまた振動し、コナーからだと気づいた。見れば、彼からの未読メールが三つもある。最初のメールは二十五分前。電話やメールは無視するようにと、ジョッシュに言われた直後だ。

『なぜ電話に出ないんだ？　アルバートとハルクの件があるから、心配している』

つぎのメールは、その十分後だった。

『頼むからイソベル、無事なら知らせてくれ。返事がなければ探しに行く』

ついさっき振動したのが、最後のメールだった。

『こんな時間にデス・アレーで何をしてるんだ？　気でもおかしくなったのか？　五分で行く』

どうしてわたしの居場所を？　ああ、そうか。わたしの携帯に、彼が追跡アプリをインストールしてたっけ。いずれにしろ、十一分より五分のほうがずっといい。それにメールなら、聞かれる心配もない。

『ボー理髪店の立て看板の陰に隠れてる。銃を忘れないで。ジョッシュは通りの向こうのポルシェに乗ってるわ。リヴォルヴァーを持ってる。催涙スプレーをぶっかけてやったけど』

送信ボタンを押したあと、電話の着信で携帯が震えた。コナーからだ。いそいで切って、またメールを送った。

『電話はだめ。ジョッシュに聞かれるとまずいから』

『いったいどうなってるんだ？』

コナーにそのうち、運転しながらメールを打つテクニックを教えてやらなくちゃ。だけど今はとにかく、返信しないと。

『ダナに毒を盛ったのが彼だと気づいたの。だから殺されそうなの』

『すぐに行く』

コナーが現れるのを、一秒、二秒と数えて待った。ジョッシュの咳はさっきから止まっているが、今のところ、車のドアの開閉音は聞こえていない。まさか、窓から出たとか？　その姿を思い浮かべ、背筋が冷たくなった。

もしや、弾が切れたのだろうか。銃のことはよく知らないが、リヴォルヴァーはふつう、一度に五発までしか装塡《そうてん》できない。逃げ出してからの、悪夢のような時間を思い返してみた。銃声が聞こえたのは……。四回だ。

となると、残るはあと一発。だからこそジョッシュは、むやみやたらに撃つのをやめ、わたしを確実に仕留めるときのために、最後の一発を残してあるのだろう。

と、そのとき、車のドアがバタンと閉まる音がした。心拍数が跳ね上がり、頬の内側をぐっとかみしめる。大丈夫、コナーはかならず間に合うはずだ。めそめそするんじゃない。

ふと思い出し、テーザーをポケットから取り出した。わたしが視界に入るまで、ジョッシュは最後の一発を取っておくはずだ。それから銃をかまえて、じりじりと近づいてくるだろう。そのときこそ、テーザーで立ち向かえばいい。わたしは頭からジョッシュの姿を押しのけ、テーザーの撃ち方を思い出そうとした。

するとそのとき、車が一台、通りの向こうに止まり、続いてドアの開閉音が聞こえた。コナーだろうか？　考えるまもなく、銃声が二発、同時にとどろいた。男の低いうめき声。もみ合う音。そして、静寂——。少しして、急ぎ足で近づいてくる音が聞こえた。

わたしはテーザーの安全装置を解除し、自分の居場所を知られないよう、レーザーのスイッチを切った。近づく足音の方角を見きわめようと、息を殺し、耳を澄ませる。よし、左だ。指を引き金に押し当て、テーザーをかまえた。

視界に人影が現れ、引き金をひこうとしたそのとき、それがコナーだと気づいた。あわてて腕をひき、向きを変える。そのおかげで、最初のプローブは彼の肩に当たったが、二つ目は大きくはずれ、結果として実害はなかった。ほっとして息を吐き出し、テーザーを手から放した。

「痛いじゃないか」コナーがプローブを引き抜きながら、いつもと同じ、無表情な顔で言った。「何するんだ」

「銃声しか聞こえなかったから、あなたかジョッシュかわからなかったのよ」

コナーが大股で近づいてきて、わたしのすぐそばに膝をついた。「そもそも、それがまちがいなんだ。いいかげんわかってても良さそうなもんなのに。ぼくの辞書に〝敗北〟という文字はないんだ」口調は穏やかだったが、険しい顔で、わたしの血だらけの太ももを見ている。「テーザーで撃たれたのも頭にくるが、きみがプローブをはずしたのも気に食わないな」

わたしは彼の頭を、思いきりたたいた。だが全然、力が入っていない。「あなただと気づいたから、はずしたのよ」

「そんなことわかってるさ。911にも通報したのか？」

「ええ、あと二、三分で来るはずよ。えっと、ジョッシュは——？」

「死んだかって？　いや。だが当分料理はできないだろう。肘の下あたりを撃ったからな」

そうか。せめて一度くらい、彼の料理を食べてみたかった……。

とそのとき、コナーがいきなりシャツを脱ぎはじめ、その瞬間、ジョッシュの料理のことは頭から吹き飛んだ。うわあ、すごい肉体美。まるでギリシャ彫刻みたい。だが、彼がわたしの傷口にシャツを押し当てたとたん、その肉体美すら頭から吹き飛んだ。「ちょっと！　わたしが何をしたっていうのよ！」

「知りたいなら、リストにしてプレゼントしてやってもいいぞ。でも今は、とにかく出血を抑えないとな」

しばらくの間、ありとあらゆる悪態が頭に浮かんだ。だがそれもとうとうネタ切れになるころ、痛みが少しずつおさまってきた。遠くのほうでサイレンが聞こえる。救急車が来たようだ。

情けないことに、身勝手な言葉が口をついて出た。「ジョッシュと同じ救急車には乗りたくないわ」

コナーがわたしを見た。端整な顔とたくましい胸は、街灯のやわらかな光を浴び、まぶしいほど美しい。大きな手は、まだ傷口に押し当てられている。「じゃあ、ぼくも一緒に乗っていこう」

25

究極にセクシーな姿で、ドクター・レヴィがわたしの前に立っていた。ぱりっとした白衣のせいで、キャラメル色の肌が際立っている。このまろやかな色は、どんな日焼けスプレーを使っても再現できないだろう。両頬に、えくぼがまた浮かびあがった。銃で撃たれると、こうした特権がもれなくついてくるのだろうか。

デス・アレーからまっすぐ〈ソサエティ〉の運営するクリニックに運ばれ、診察の結果、太ももの手術は必要ないと言われていた。貫通した銃弾が、ぜい肉以上に重要なものは粉砕していなかったからだ。そこでわたしは、これでもかとばかりに銃弾の穴を消毒され――当然、絶叫した――、鎮痛剤と抗生物質を投与された。そして今は、クリップボードを持ったドクター・レヴィが、にやにやしながらわたしを眺めていた。クリップには、わたしが記入済みの書類がはさまっている。「歳は二十九……だって?」彼が尋ねた。「いったい二十九を何年やってるんだい?」

「失礼ね。正真正銘、二十九歳よ」

彼のえくぼが深くなった。「ふうん、そう」

おもしろくはなかったが、あえて抗議するほどではなかった。頭がぼうっとして、まったく働かない。安心したのとお腹が空いたのと、もちろん薬のせいもあるだろう。おまけになんだかムラムラしてきたから、よだれだけは垂らさないようにしないと。

「気分はどう?」彼が訊いた。

「何だって食べられそう」

彼がまたにやりと笑って、身をかがめた。甘いシナモンと青唐辛子《ハラペーニョ》、それに消毒薬の香りが漂う。「今ちょっと忙しいけど、シフトが明けたらぜひデートしよう」

そう言ってわたしの手をぽんとたたき、隣のベッドへ向かった。わたしはあおむけになって、彼の声に耳を澄ませた。隣の女性患者にも軽口をたたいている。こうして会話だけを聞いていると、口先だけの軽い男としか思えない。だが女学生のように屈託なく笑っている患者は、七十代の女性だった。それにしても、彼女が〈ソサエティ〉で何の仕事をしているのか見当もつかない。

でもどうやら、彼女の明るい笑い声は伝染するらしい。ドクター・レヴィが部屋を出るとき、彼女の染みだらけの手にキスをすると、わたしは自分も一緒に微笑んでいることに気づいた。だが彼が出て行ってしまうと、何もすることがない。急にコナーのことが気になりだした。なんだかんだいっても、コナーは表向きはわたしの恋人なのだ。それに、彼はいつのまにか、わたしがこのロスの町で信頼できる、数少ない人間のひとりになっていた。だからやっぱり、そばに付き添っていてほしかったのに。

きっと彼のことだから、まだ事件を調べているのだろう。いつだって仕事第一なんだから。たとえこのわたしが、彼のために解決の糸口をつかみ、そのために撃たれたとしても。手術は必要ないと聞いたとたん、姿を消し、それ以降見舞いに来るどころか、連絡さえよこさない。

今オーストラリアは、何時ごろだろう。時差を頭のなかで計算しているうち、まぶたが重くなってきた。

「おはよう。まだ夢の中かい」

目を開けると、すぐ前にふんにゃりした生き物が立っていた。ようやく焦点が合うと、コナーだとわかった。しかも、テイクアウトのカップを持っている。

わたしはくんくんと、鼻を動かした。「それ、エスプレッソ？」

彼がカップを差し出した。「良かった。撃たれても嗅覚は問題ないようだな。きみは花よりこっちのほうがうれしいんじゃないかと思って」

わたしは身体を起こし、カップを受け取った。自分の髪がどうなっているかは、考えないようにする。「わたしの教育が良かったみたいね」

「きみだってそれほど劣等生じゃないぞ。プレゼントはもう一つある」

「クッキーかしら？」期待を込めて尋ねた。

だがまちがっていることは、彼の顔をみればすぐにわかった。

「さっきの言葉は撤回する。やっぱり劣等生だ」コナーは一瞬、天井を仰いだ。「退院許可証だよ。家まで送っていこう」

家に帰れば、クッキーはある。「もちろん、そっちもうれしいわ」

「車まで松葉杖で行くかい？　それとも、車椅子がいいかな？」

膀胱が破裂寸前だったので、選ぶ余地はなかった。「松葉杖をお願い。まずトイレに行きたいの」

壁にたてかけてある杖を、コナーが取ってきた。「使い方はわかるのか？」

わたしは彼をにらみつけた。「もちろんよ。怪我をしたのは初めてじゃないもの」

コナーがほんの少し、眉をつりあげた。「自慢するようなことじゃないだろ」

わたしがトイレによろよろと歩いていくのを見て、コナーが言った。「手伝いが必要なら、声をかけてくれ」ばかじゃないの。下着を下ろしたまま床に転んだって、呼ぶわけないじゃない。っていうか、そうなったらなおさらよ。

膀胱の怒りがおさまったので、コナーのもとに戻った。「ダナの調子はどう？」

「思った以上に順調だ。鎮静状態から、二時間ほど前に意識を戻し、今は自力で呼吸している。だが完治までには、まだ少し時間がかかるだろう」

そう聞くと、わたしの傷などたいしたことのないように感じた。病室を出ると、駐車場までの長い廊下を歩きだした。

「ねえ、事件があれからどうなったか教えてくれる？」少し息切れしながら、コナーに尋ねた。

「そうだな。まず、ジョッシュは腕の手術が必要で、今は入院中だ。おかげで彼が処分する前に、証拠をたくさん入手できたよ。もちろん、きみを撃ったことは言い逃れできない。銃の指紋の他にも、発射残渣が彼の両手から検出されているからね。ぼくのほうは、毒殺未遂の証拠探しに絞っている」

「なるほど」息切れがひどくなった。松葉杖で歩くのがこんなに大変だとは、知らなかった。

「ぼくがジョッシュを最初に疑ったのは、ヘルベインの瓶が見つかったときだ。いやにタイミングが良すぎたからね。つまり、ダナが自分の娘とわかったから、命を救うために瓶を置いたんだろうと。だがどうしても、ダナを殺したいという動機がわからなかった。ただそれとは別に、あることに気づいたんだ。ダナにヘルベインを盛った証拠は、とっくに処分してしまったはずだとね。となると、きのう植え込みで見つかったという瓶は、彼が新たに調合したものだろう。そこで調査チームに、ジョッシュのキッチンを徹底的に調べさせたんだ。で、結果は大当たりだったよ。ヘルベインの根っこの切れ端が、ディスポーザーの中に残ってたんだ」

「あなたってさすがね」額に汗が滴り落ちた。この廊下はどこまで続くのかしら。「そうだわ、ジョッシュがなぜ、毒を二種類も使ったのかわかった？」

「それについては、まだ白状してないんだ。たぶん容疑者の数を増やすため、入手が比較的簡単な毒物を使いたかったんだろう。まあそういうのはふつう効きめが遅いんだが、それでもアンビエンを選んだのは、できるだけ痛みがないようにと考えたんだろうな。さすがにダナを殺すのは、気がとがめたんだろう。だがなんといっても、ダナは優秀なシェイズだ。アンビエンだけでは殺せない、つまり、迂闊に致死量を口にするわけがないとジョッシュもわかってたんだろう」

息が切れて、脚が前に出ない。廊下のひんやりとした壁にもたれ、少し休憩した。「それで、具体的な手口は？」

「うん。毒物検査で、スフレのなかにアンビエンが見つかったのは知ってるよな。だがヘルベインのほうは、スフレには混入していないと、きのう確認された。おそらくジョッシュは、アンビエンでダナを眠らせたあと、ドクターが到着する前に、何らかの方法でヘルベインを彼女に投与したんだろう。注射器を使用したか、液体にして口から流し込んだか、舌の裏に直接入れたか。いずれにしろ、ダナはアンビエンが効いてぐっすり眠っていたから、摂取直後の苦痛は感じなかっただろう。だがジョッシュにしてみれば、ヘルベインの痕跡さえ残さなければ、ダナを確実に殺せるというわけだ。解毒剤が処方できないからね」そこでコナーはいったん言葉を切り、また続けた。「思うんだが、もし彼が、シェイズは特殊な遺伝子を持っていると知っていたら、ヘルベインの量を増やし、ダナはとっくに死んでいたかもしれない。そう考えれば、きみもある程度、〈ソサエティ〉が秘密保持にこだわるのも理解できるんじゃないかな」

たしかにそうだ。契約書に秘密保持が記載されているのは、まだ他にもいろいろと理由があるのだろう。知らないほうがいい、危険な理由かもしれないが。「それで、ジョッシュはこれからどうなるの？」

「処方箋や領収書から、彼のアンビエンの入手方法など、警察が確認するだろう。だがきみを撃ったのはもちろん、ヘルベインの根も見つかったわけだから、刑務所にぶちこむのはそれで充分なはずだ」

なるほど。でもどうしてだか、それほどうれしくはなかった。「ってことは、ジョッシュはダナを助けようとしたせいで、刑務所に入れられちゃうってことね」

「そうじゃないだろ。ダナを殺そうとしたから捕まったんだ。きみだって撃たれて死ぬところだったじゃないか」

そう、たしかにコナーの言うとおりだ。だがそれでも、ジョッシュが気の毒に思えてしかたがなかった。過去の秘密を守りたい、刑務所には入りたくないと、あれこれ策をめぐらしてはみたものの、結局は運命に逆らえなかったということか。とはいえ、ダナの命を救おうとしなければ、何の罰も受けずに済んだのに。

それにたとえ罪を犯したって、たくさんの子どもたちを支援してきた事実は変わらない。わたしなんかよりもずっと、世の中のために生きてきた。もしこんなふうに撃たれていなければ、今でもまだ彼が好きだったかもしれない。

「このこと、ダナには知らせたの？」

「ああ、ここに来る前に寄ってきた」

こんなことになって、ダナのことがとても心配になった。彼女はこれからどうするのだろう。父親に会いに、刑務所を訪ねるかしら？　それとも、もう二度と彼に会うつもりはない？　それに、ケイトのことはどうするのだろう。そうだ、ダナに会いたいと伝えるように、彼女から頼まれていたんだ。

壁から背中を起こし、脇の下に松葉杖をはさんだ。だがどうしても、太ももが前に出てくれない。「お願い、ちょっと待って。ダナに会ってきたってことは、このクリニックに彼女もいるってことね。今から会いに行ってもいい？」

コナーがわたしを見た。「ああ、そうだな。寝ているかもしれないが、面会謝絶は解除されたから問題ないだろう。ただ一つだけ、条件がある」

「なに？」

「車椅子で行くんだ。ダナの病棟は反対側だからな」

「わかったわ」助かった。やっぱり松葉杖では無理だもの。

「わたしのせいで撃たれたって聞いたわ」ダナがかすれ声で言った。長いこと喉にチューブを入れていたからだろう。ベッドで身体を起こしてはいるものの、ひどい顔色だった。だがそれでも、生きている。

「ほんとよ、さんざんな目にあったわ」

ダナのライトブラウンの髪は、肩までふんわりとおろされていた。顎のとがったハート形の顔が、いつもよりやわらかく見える。ケイトによく似ているわ。ハシバミ色の瞳が、おどけたように輝いた。「良かった。銃で撃たれるのも仕事のうちだって、思ってほしくなかったの。わたしの教え方が悪かったことになるから」

わたしはにっこりした。「とんでもない、先輩。あなたはすばらしい先生だったわ」

「先輩だなんてやめてよ。わたしのほうが若いんだから」

「はい、ミズ・ウィリアムソン」そう言ってすぐ、口を覆った。「あ、ごめんなさい。ミズ・ウィリアムズだったわね」

青白い手をダナが振ると、それに合わせ、点滴のチューブが揺れた。「いいのよ。みんなもう知ってるし。フェイスブックとやらで発表しようかしら」小さく笑った。

「いつでもお手伝いしますよ、先生」

「やあね、あいかわらずゴマすりがうまいんだから」笑ったあと、ダナは一瞬だまりこんだが、すぐに言葉を継いだ。「真面目な話ね、今回のことはつらかったけど、いろんなことに気づかせてもらったわ。できればジョッシュには、自分以外の人と向き合えるようになってほしいの。というより、わたし自身も彼と向き合うべきだと思う。もう少しお互いの気持ちが落ち着いたら、いつかきっと彼を許せると思うの」ダナはうかがうように、わたしの目をのぞきこんだ。

わたしは大きくうなずいた。「そうなったらすてきね」

ダナは安心したのか、ほっとため息をついた。

「コナーから聞いたかしら。実はあなたのお母さんに、話を聞きに行ったの。帰り際、あなたに会いたいと伝えてくれって頼まれたわ」ケイトにもらったターキーの羽根を持ってくれば良かった。

ダナはとつぜん顔をくしゃくしゃにして、それを隠すように下を向いた。それから少しして、口を開いた。「母のことも忘れたことはなかった。あんなふうに、何も言わずに家を出てしまって。大事に育ててもらったのに」

わたしは車椅子を転がし、彼女の手を取った。「お母さんは絶対、あなたを許してくれるわ」

ダナはしばらく黙っていたが、やがて、わたしの手を固く握りしめた。「そうよね、ありがとう」

「どういたしまして。またそのうち、会えるかしら?」

「ええ、きっと。あの規則至上主義の〈ソサエティ〉が許してくれたらね」

ふたりで顔を見合わせて笑ったあと、わたしは車椅子を操作し、ドアへ向かった。

「そうだ、イジー。あと一つだけ」

車椅子をまわし、彼女に向き合った。

「もしわたしの前でターキーをばかにしたら、命はないと思ってね」

わたしはダナに向かって敬礼した。「やっぱり、ウィリアムソン家の娘なのね」

26

クリニックの駐車場までコナーが松葉杖を抱え、車椅子を押してくれた。慣れない杖で無理をして歩いたせいで、脚がずきずきする。アパートメントの階段を三階まで上ることは考えないようにしよう。

「オリヴァーにはなんて言ったらいいかしら。エッタにも。銃で撃たれたって聞いたら、他の人だってわけを知りたがるだろうし」

「ジョッシュのプランどおり、乱射事件の流れ弾が当たったことにすればいい。たぶんみんな、たまたま運が悪かっただけだと思うさ」

ジョッシュのプラン通りか。ほんとに、つくづく危なかったと思う。もし催涙スプレーを持っていなかったら。もし、太ももを撃たれて身体を折り曲げていなかったら。おそらく誰もが、ジョッシュの作り話を信じただろう。コナーですら。

「デス・アレーで何をしてたって言えばいいの？」

「単なる観光でいいさ。好奇心旺盛な、そういうマヌケはいくらでもいる」

異議を唱えたかったが、わかりやすい話ほど信じてもらえるのはわかっていた。悔しいけれど、オリヴァーもエッタも、わたしだってさすがにそこまではマヌケじゃないと、怪しんではくれないだろう。

「それより、実際どんなふうに撃たれたのか話してくれ。最初から全部」

そこでわたしは、順を追って話していった。最後までコナーは口をはさまなかったが、ときおり彼の首の血管が、ぴくぴくと浮かび上がった。

「そういえば、アルバートからは何か連絡あった？」思いきって訊いてみると、コナーは首を振った。

「いや、今のところは」

「そう。それなら、新しい催涙スプレーをもらえないかしら」

コナーはコンソールを開くと、未使用のスプレーを取り出し、黙ってわたしに差し出した。

「ありがとう」指でスプレーをもてあそびながら、言葉を続けた。「それと、命を助けてくれたことにもお礼を言わなくちゃ。ほんとにありがとう」

一瞬だけ、コナーはわたしと目を合わせた。「エイヴェリー、ぼくに礼を言う必要はない。きみはよくやったよ。お手柄だった」

わたしはしばらく考えてから、反論しようとした。

「だけども し――」

「ぼくが一緒に行くべきだったんだ。きみを危険な目にあわせたのは申し訳なかった」

わたしは言葉に詰まった。自分勝手な行動を責められてもおかしくないのに。だけどコナーの考えはなんとなくわかった。つねに自分が責任を負う覚悟でいるのだろう。それならそれでいい。「あなたって子どものころ、ガキのくせに親分肌っていうか、そういう、うっとうしいやつだったでしょ。いつだって自分がバットマンで、ロビンは他の子にやらせるっていう」

「うん、まあな。でもきみは、バットマンごっこはできなかったんじゃないのか？　脚の骨を折って入院してたってさ。ママに止められたって、屋根から飛び降りるようなお転婆だったんだろ」

「あら、実際には屋根じゃなくて、トランポリンだったわよ」

コナーはひさしぶりに、満足そうに笑った。

わたしのアパートメントの前に、コナーが車を止めた。「たぶんみんな、きみの帰りを待っているだろうな。だけど自分の立場は忘れるなよ。きみはぼくの恋人だぞ」

「いやね、コナーったら。キスしたいんなら、そう言えばいいだけなのに」

「ちがう。きみからキスしてほしいんだ」

彼の顔を見つめると、コナーも見つめ返してきた。

「ふざけないでよ」今回だけは、助手席のドアを自分で開けた。二回も同じ手に引っ掛かるもんですか。

だが残念ながら、この脚では車から降りるだけで一苦労だった。とても三階までは上れそうもない。そのとき、コナーが言った。

「杖はここに置いていったらいい。部屋まで抱えてってやるよ」

やっぱりいい人だわ。「チュッチュちゃん、大好き」

「おい、忘れたのか。まだ最終試験の合格は出してないんだぞ」

わたしは低くうめいた。そんな大事なことを、どうして忘れてたんだろう。取り決めどおりなら、延滞金を払えないと、あと六日でハルクに殺されてしまう。プラス思考で考えれば、まだ六日あるとも言えるけど。

コナーはわたしを抱えて三階まで上がり、エッタのソファのわきを横歩きですりぬけた。わたしの部屋の前まで来ても、息を全然切らしていない。実際、心拍数すら変わらないのは、彼の胸に耳を押しつけていたわたしが証言できる。ずるいわ。こんなの楽勝だって顔してるんだもの。広い胸にもっと顔をうずめようか、それともひっぱたいてやろうか。どうしよう。どちらにするか決めかねているうち、玄関のドアが開き、輝くような笑顔のエッタが現れた。一歩うしろに、オリヴァーが立っている。「イジーったらひどいじゃない」エッタが言った。「ひとりで火遊びを楽しむなんて。わたしが退屈してるの知ってるくせに」

「何か飲み物をつくろうか」エッタの頭ごしに、オリヴァーが意味ありげな視線を送ってきた。「っていうか、このぼくが飲まなきゃやってられないんだよね」

コナーはソファまで行って、ミャオの隣にわたしをおろした。「きみの荷物を車からとってくるよ」

わたしはミャオを膝に乗せると、その背中をなではじめた。つややかな毛並み、喉を鳴らすゴロゴロという音――この幸せを、また味わえる日がくるなんて。

エッタはわたしの横に腰を下ろし、コナーが出ていくのを目で追っている。「んまあ、近くで見ると、ますますいい男だわ」

「こうして無事に帰ってこられて、ほんとにうれしいわ。ねえ、クッキー残ってる？」

エッタに尋ねると、彼女の頬が赤くなった。「え、ええ。でもちょっと確かめてみなくちゃ」

「あら、エッタが赤くなるの、初めて見たわ」

彼女がわたしをにらみつけた。「赤くなんてなってないわよ。鎮痛剤で視力が落ちたんじゃないの」

オリヴァーが紅茶のカップを運んできて、わたしの横――エッタの反対側――に座った。

「その鎮痛剤、分けてくれないかな？　午前中ずっと、エッタに我慢してたから」

エッタがオリヴァーをにらんだので、わたしはにやにやしながら紅茶を飲み、ミャオの背中をさらになでまわした。

ふたりがにらみあっていると、コナーが松葉杖を手に戻ってきて、ソファにそれを立てかけ、わたしのそばに立った。だがどうにも居心地が悪そうだ。それにひきかえ、ミャオはとても気持ちが良さそうで、もっとかまってくれとでもいうように、わたしのマグカップに頬をこすりつけている。

「そうだ。みんなでアイスクリームでも食べない？」わたしが提案すると、エッタが立ち上がった。

「すごいわイジー。実はうちの冷凍庫に、アイスクリームがたくさんあるのよ。今取ってくるわね。食べながら、脚を撃たれたときの話を聞かせて」

驚いたのは、コナーが帰らずに、アームチェアに腰を落ち着けたことだった。みんながあれこれ情報交換をするのを、黙って聞いている。

まずはエッタが、アパートメントの住人たちのおかしな行動について、最新情報を教えてくれた。たとえば、1Cのゲイカップルのひとりが、相棒に内緒で、夜中にこっそりコールガールを呼んでいたとか。あるいは、ミスター・ウィンクルが、シャム闘魚をけしかけるぞと、ミズ・プレズントを脅したとか（部屋の中が魚臭いと、管理組合に言いつけられた腹いせらしい）。そうしたら今度は、ミズ・プレズントが、猫を買ってきて彼の魚御殿に放ってやると言い返したとか。

オリヴァーのほうは、英国女王に関する新たな批判を展開した。「乗馬のとき、ヘルメットはいやだ、みっともなくて被れないって言ったんだよ。あの婆さんの警護のために、毎年何百万ポンドも税金が使われてるっていうのにさ。笑わせるよな。だってそのヘルメットときたら、女王の帽子コレクションのどれよりもよっぽど洒落てるんだから。なのに、ヘルメットは自分の美意識に合わないとかなんとかぬかすんだよ。まあ、あの人は、自分で医療費を払うわけじゃないからね。それ、ハイホー！　ハイホー！　大事なおつむが割れちまうぞ！」

わたしの番が来たので、銃で撃たれた話を観光客バージョンに編集し、エッタとオリヴァーに話して聞かせた。

やがて一ガロンのアイスクリームがなくなると、まずはオリヴァーが仕事に出かけた。そのすぐあと、エッタはわたしにウィンクし、自分も用事があると言って出ていった。コナーとわたしをふたりきりにしてくれたらしい。

わたしは手振りで、アイスクリームの空の容器を指した。「撃たれた脚より、胃袋のほうが悲鳴を上げてるわ」

コナーの唇の端が、ぴくりとひきつった。笑ったということらしい。「紅茶をもう一杯淹れてやるよ。少しは胃の中で溶けるんじゃないか？」

「あら、紅茶の淹れ方を知ってるの？」

コナーは黙って立ち上がり、お湯をわかしはじめた。「きみの前借りの申請書を出しておいたよ」

「だけど、条件はまだ――」

「大丈夫だ、クリアしている」

「それはつまり、最終試験に合格したってこと？」

「書類の手続きが完了するには、まだ二日ほどかかる。だがそれまで問題を起こさなければ、イエスだ。合格だよ」

「そう、良かった」

「なんだい、たいしてうれしそうじゃないな」

「まあね。だって銃で撃たれて、ドラッグまで飲まされたのよ」

コナーが紅茶のカップを差し出した。「そうだな。でもきみの前の仕事より、シェイズのほうが危険だとは言い切れないぞ。悪いやつらはジョッシュやアルバートだった、つまりレストラン業界の人間だったんだから」

「すばらしい論理だわ。教えてくれてありがとう」

「どういたしまして。ついでにもう一つ、言っておこうか」

わたしは両手でカップを包み、紅茶を一口飲んだ。「というと？」

「正式に合格が決まれば、きみは新しい任務を言い渡される」

あらこの紅茶、すごく美味しい。「そりゃそうよね」

とつぜん、首筋に熱い吐息を感じ、背筋に稲妻が走った。「だからきみには、あと二日しかないんだ。ぼくとベッドを共にするチャンスは」

もう一口、紅茶を飲んだ。「なるほど。よく覚えておくわ」

27

翌朝目を覚ますと、またしても何者かがベッドの脇に立っていた。コナーではない。オリヴァーでも、エッタでもない。その正体は……。なんとアルバートだった。

わたしは悲鳴をおさえ、急いで顔に笑みを貼りつけた。アルバートも少しばかり驚いているようだ。たぶん、わたしの寝起きのヘアスタイルが、感電死したゾンビにそっくりだったからだろう。

「アルバート。あなた、どうしてここにいるの？」

「きみが撃たれたって聞いたからだよ。ほら、スープを持ってきたんだ」そう言って、タッパーの容器を差し出した。今の彼は、自宅でわたしを迎えたときの、あのおどおどしたアルバートだ。殺し屋をやとったり、誰かにドラッグを飲ませたりしない――わたしがあのとき、そう思いこまされたアルバート。

だけどもう、同じ手は食わない。

「うわあ、ありがとう。すっごくやさしいのね。だけど――」

「コナーのことなら大丈夫、見張りをつけてあるんだ。こっちにやつが向かったらすぐに連絡が来る。それまではしばらく、ふたりきりで過ごせるよ」

「あっ、そう……」

「きみのルームメイトも出かけてるしね。ぼくがここにいることは、誰も知らない」

わたしは必死で言葉を探した。「来てくれてうれしいわ」ようやく逃げ道を思いついた。「でもわたし、今はまだたいしたことはできないの。ほら、太ももを撃たれたから」

アルバートは身をかがめ、唇を重ねてきた。耐えるのよ、イジー。ここでゲロを吐いたらおしまいだもの。

「大丈夫だよ。ぼくとなら充分楽しめるさ」

もう一度、笑みを貼りつけた。「そ、そうよね。じゃあせっかくだから、もう少し見られる格好にするわ」そう言って、ゾンビ・スタイルの髪に触れた。「特に、このあたり」

彼がうなずいた。「わかった。だけどハニー、早くしてくれよ。きみのことになると、ぼくは我慢できなくなっちゃうんだ」

アルバートが部屋を出たとたん、携帯をひっつかんだ。まずい、バッテリー切れだ。きのうの夜、充電するのをすっかり忘れていた。あわててコンセントに差し込み、手近なところに落ちていた服を、ほとんど見もしないで頭からかぶった。催涙スプレーとテーザーはどこに置いただろう。部屋を見回すと、二つともバッグの中にあった。クリニックから帰るとき、コナーが入れておいてくれたようだ。テーザーには、新しいカートリッジまで装填してあった。

さすがはコナー、抜かりがない。

「イジー、まだなのかい？」

とりあえず身に着けた服には、どこにもポケットがなかった。スカートのうしろのウエストバンドにテーザーを押し込み、その上にトップスをふんわりとかぶせる。催涙スプレーは、ブラの谷間に差し込んだ。

「着替えるの、手伝おうか？」

「平気よ！」とんでもないとばかりに、声を張り上げる。「すぐ行くわ」

携帯はまだ目を覚ましていない。

足をひきずって鏡まで行くと、ゾンビ・スタイルの髪と格闘し、どうにかポニーテールにまとめた。マスカラ以外のメイクは省略し、松葉杖をついてリビングへ向かう。ベッドのある部屋で、アルバートとふたりきりにはなりたくない。

彼はダイニングの椅子に座っていた。わたしの留守中に処分されたのか、テーブルの上にあった花束はどこにも見当たらない。かなりしおれていたから、たぶんエッタが片付けたのだろう。オリヴァーだったら、かさかさに干からびるまで放置するにきまってる。危なかった。そんなのをアルバートに見られたら、ただではすまなかっただろう。

アルバートの横には、ゆげのたつボウルが置かれていた。「さあハニー、このスープを飲んだらいい」

わたしは大喜びで席についた。お腹はぺこぺこだったたし、彼の目論んでいる〝いちゃいちゃタイム〟のスタートは、遅ければ遅いほどいいからだ。だが最初の一口を飲んだとたん、彼がシャツのボタンをはずしはじめた。

と同時に、わたしの舌が反応した。スープには、何かが入っていた。入っていては、いけないものが。

しかもレイプドラッグだけじゃない。そっちは初めから、ある程度予想はしていた。だけどもう一種類……これは……。ベラドンナだ！　死ぬことはないが、激しいけいれんと吐き気で、七転八倒するのはまちがいない。

吐き出したい衝動をこらえ、胃のあたりをおさえながら、椅子の背にもたれた。「実を言うと、あんまりお腹がすいてないの。鎮痛剤のせいかしら。なんだかむかむかして」

アルバートの顔に、一瞬いらだちがよぎった。だがシャツを脱ぐと、猫なで声で言った。「そのスープを飲めば、気分が良くなるよ」うそばっかり。

いったい目的は何なの？　これまでずっと、わたしの下着の中に入りたいんだとばかり思っていた。でもさすがに、ゲロまみれの女を抱きたいとは思わないだろう。いや、だけど、ベラドンナが効いてくるまでにたっぷり二時間はある。となると、やるべきことをやってから、猛烈に吐き続けるわたしを置き去りにするつもりなのだろう。だけど、どうしてそんなことを？

「ごめんなさい。スープを持ってきてくれてすごくうれしいの。あとで絶対に飲むわ。でも今は無理なの」

彼の顔に、今度は怒りがよぎった。「だめだ。いま飲むんだ」脅しと言ってもおかしくない口調だった。四の五の言わずにさっさと飲め、さもないと――。

わたしは目を見開き、無邪気を装って言った。「アルバートったら、いったいどうしちゃったの？」

「とぼけるなよ。ぼくにうそをついただろ」

「うそなんて――」

「二日前、ぼくがここに来た夜だ。きみに追い出されたあと、しばらくこのアパートを見張っていたんだ。だけどコナーは現れなかった。ワインを買って戻ってくると言ってたのに」

とっさに思いついた言い訳を口にした。「彼、ほんとに戻るって言ったのよ。だけどすっぽかされたの。ほんとよ、うそじゃないわ！」

アルバートは冷ややかにわたしを見つめている。怒りの表情はもはや、顔に貼りついていた。「そんなこと信じるもんか」握りこぶしを、テーブルに激しく打ちつけた。「どいつもこいつも、みんなそうなんだ！　フィアンセもうそをついた。きみもうそをついた。なんでだよ！　なんでぼくがそんな目にあわなくちゃいけないんだ！」

それからいきなり、両手でわたしを椅子に押さえつけた。

この体勢では、コナーに教えてもらった護身術は役に立たない。

「そうよね、おかしいわよね。あなたがそんな目にあうなんて」少しでも落ち着いてくれればと思ったが、彼の瞳はめらめらと燃え上がった。かえって火に油を注いだようだ。座ったままで、彼の急所に蹴りを入れられるだろうか。だめだ。テーブルの脚が邪魔になってしまう。

「ばかにするな。おまえみたいなあばずれがどうなるか、教えてやろう」声がうわずっている。「ぼくに抱いてくれと懇願し、たっぷりエクスタシーを味わったあと、置き去りにされてもだえ苦しむんだ」

テーザーもだめだ。背中と椅子の間に押しつけられている。じゃあ、催涙スプレーは？いや、こっちのほうがもっと無理だ。ブラから取り出して安全装置をはずし、狙いまで定めるなんてできるわけがない。間に合わせでもいい、何か武器になるものはないだろうか。あたりを見回すと、窓の向こうのエッタと目が合った。どうやら外廊下からのぞいていたらしい。なんてラッキーなんだろう。これで助かるかもしれない。

だがそのとき、エッタがわたしに向かって親指をたて、おおげさにウィンクした。

それからひらりと背中を向け、姿を消した。

わたしは金魚のように、口をぱくぱくさせた。信じられない。どういうことだろう。銃を取りに戻ったのだろうか。だけどそれなら、あのウィンクはなに？　この状況に気づいていたら、ウィンクするなんてありえない。ううん、もしかして……。

エッタはつまり、誤解したのかもしれない。彼女のいた場所からは、アルバートの怒りに震える顔は見えなかったはずだ。そして、わたしの恐怖におののく顔だけを見て……。いわゆる〝倒錯的なセックス〟を、わたしたちが楽しんでいると思ったのかも。

「助けて！」わたしは大声で叫んだ。

だがエッタは戻ってこない。

「お願い、エッタ――」

わたしの口をふさごうとして、アルバートが片方だけ、わたしの腕から手を放した。

「しっ！ ハニー、おとなしくするんだ。ひどいことなんてしないから」

そんな言葉はとうてい信じられなかった。なにしろこの男は、わたしみたいな負け組の人間を、虫けらのように見下しているのだから。

「おとなしくすると約束するんだ。でないと、殴って気絶させることになる。それでもセックスはできるからね。まあ、ふたり一緒には楽しめないけど」

ぞっとして、思わず身震いした。

「わかったらうなずくんだ」

言われたとおり、うなずいた。おとなしく従っていると思わせたほうがいい。テーザーか催涙スプレーを手にするチャンスは、どこかできっと来るはずだ。だが服を脱がされたら、二つとも見つかってしまう。その前になんとかしなければ。

彼からスプーンを受け取って、スープをもう一口のんだ。できるだけゆっくり、ただし、怪しまれない程度に。彼はテーブルの向こう側にまわり、腰を下ろした。「両手は見えるようにしておくんだ。できれば、きみを殴りたくないからな」

そうね、わたしだって殴られたくない。

アルバートに見張られながら、また一口、スープを飲んだ。

「きみには本当にそそられるな」彼が薄ら笑いを浮かべた。

まずい、かなりアブナくなっている。

「ぼくのために、めかしこむ時間をやれないのは残念だな。だけど、ぼくのテクニックは期待してもらっていいよ」

わたしは顔をしかめながら、スープを口に運んだ。ゲロを吐いて、ベラドンナの効き目が表れたふりをするのはどうだろう。吐き気がこみあげてくるよう、気味の悪いことを思い浮かべてみる。アルバートに隅々まで身体をなでまわされて……。だめだ、ぜんぜん吐き気がしない。

このままではもうだめだ……。

とそのとき、ミャオがオリヴァーの部屋から駆け出してきた。ミャオミャオと鳴きながら、わたしの脚にまとわりつく。いつもこうやって、ごはんの時間だよと訴え、朝食をねだるのだ。ミャオミャオと、また鳴き声を上げた。

「そのネコを黙らせろ」

「お腹がすいてるだけよ。餌をやってもいい?」

アルバートはにやにやと笑った。「だめだ。ねえハニー、きみはただ黙ってスープを飲めばいいんだ」

しかたなくスープを口に入れたが、ミャオはさらにしつこく、わたしの脚にからみついてくる。だがそれでも餌をもらえないとわかると、こんどはアルバートのほうへ向かった。これもまた、ミャオの作戦の一つだった。餌にありつくまで、相手を替えておねだりを続け、みんなを困らせる。自分に毒を盛った張本人がアルバートだと、わかっていないのだ。だから彼におねだりしたって、ちっとも不思議じゃない。

彼の脚にまとわりついて、ミャオミャオとしつこく鳴き続けている。ねえミャオ、お願い。いい子だから今すぐあきらめて。だが、このあたりのゴキブリには広く知れわたっている通り、あきらめの悪さで、ミャオの右に出るものはいない。ということは……。

わたしが結論に近づいたとき、アルバートがいきなり立ち上がった。「痛っ！　このチビネコめ！」

おねだりがエスカレートして、彼の脚をひっかいたにちがいない。

彼が手を伸ばし、ミャオをつまみあげた。

「お願い、ミャオには手を出さないで」

アルバートがわたしの顔をのぞきこんだ。ミャオはと言えば、彼の手の中で、うれしそうにゴロゴロ言っている。もうすぐ餌がもらえると思っているのだろう。

「ほんとにおもしろいよねえ。このチビネコのほうがぼくより大事だなんて」

心が、底なし沼に沈んでいく。

「こいつを痛めつけるつもりはないよ。ただちょっと、外へ出ていてもらおうかな」彼はわたしから目を離さず、玄関までミャオを抱えていった。それから、ぞっとするような笑みを投げてよこした。「実はね、前から知りたかったんだよ。ネコってのは本当に、どんな体勢になっても足から着地するのかなって」

もはや、一刻の猶予もなかった。テーザーと催涙スプレー、果たしてどっちの武器を使うべきか。もしテーザーを撃ったときにアルバートがミャオを抱いていたら、ミャオも感電してしまう。それだって、プローブが二つとも彼に命中し、ミャオには直接当たらなかった場合――つまりこのわたしが、最高のパフォーマンスをした前提での話なのだ。だが催涙スプレーでも同じことで、アルバートにだけ噴きかけるのは無理だろう。

悩んでいるうちに、貴重な数秒間を無駄にしてしまった。でもここは、冷静に考えたほうがいい。テーザーの電流レベルで、子ネコが死ぬかどうかはわからない。それでも死ぬ可能性は、どう考えても催涙スプレーのほうが低いだろう……。

アルバートが一歩踏みだし、玄関のドアを開けたその瞬間、わたしは胸の谷間からスプレーを引き抜いた。

「その子を下ろすのよ」

アルバートはスプレーを見て、目を大きく見開いた。ひょっとしたら、胸の谷間がもろに見えていたからかもしれない。だがそれでも、ミャオを放そうとはしなかった。

「プロ仕様の催涙スプレーを、顔にかけられたことある？　そこらに売っているのとは全然ちがうのよ」わたしは言った。「前にも使ったことあるけど、すごかったわ。悲鳴を上げ、咳が止まらなくなって、何も見えなくなるの」

アルバートは、スプレーからミャオへと視線を移し、またスプレーに戻した。

「それだけじゃないわ。これを一度でも浴びたら、味覚と嗅覚はもう一生、元には戻らないんじゃないかしら」

「ま、待ってくれ」明らかにおろおろしている。「わかったよ。だけどまず、きみがスプレーを放してくれ」

はあ？　わたしってそんなにマヌケに見えるの？　「ばか言わないで。手放すのは同じタイミングよ。それがいやなら、今すぐ噴射するわ」

十フィートの距離をはさんで、しばらくにらみあいが続いた。わたしの目に浮かぶ、怒りと覚悟が見えればいいんだけど。「わかったよ」とうとうアルバートが折れた。「ただし、スプレーは遠くに転がすんだ。すぐに拾われたら意味がない」

「いいわ」

「よし、ならいい」

お互いに相手の顔を見据えたまま、ふたり同時に身をかがめた。

「じゃあ、一、二の三でいくわよ」わたしが言った。「一、二の……三！」

スプレーをころころと、彼のほうに転がす。

するとアルバートはミャオを放すと同時に、スプレーに突進した。

とその瞬間、わたしはテーザーをウエストバンドから引き抜き、彼に向けて発砲した。

アルバートのむき出しの胸に、二発のプローブが突き刺さる。彼はその場にもんどりうって倒れると、ぴくぴくと身体をひきつらせた。コナーの教えどおり、わたしはテーザーをすぐに手放し、ミャオを抱えあげた。電流が流れるのは三十秒、そのうちすでに十秒が経過した。片足をひきずり、もう片方をけんけん跳びのようにして、エッタの家に急ぐ。こぶしでドアをたたくと、エッタがドアを開けた。「警察よ。警察に電話して」

ミャオを胸に抱きしめ、乱れた格好のわたしを見て、エッタはびっくりしたようだ。「あら、お医者さんごっこはもう終わったの？」

「そんなこと、初めからしてないってば。お願い、早く警察に電話して」

「まあごめんなさい。わたし、てっきり——」エッタはあわてて携帯を手に取ったが、警察につながるまで、しゃべり続けた。「あなたもとうとう、あの手のお楽しみにはまったのかと喜んでたのに。まさか警察沙汰になるなんて……あ、もしもし？　ええ、警察を。そうです、変質者が押し入ってきて」わたしがドアをロックする間、彼女が住所を伝えた。「今すぐ向かいますって」

窓の外を見ながら、アルバートが外廊下を通るのを待った。走ってくるか、それとも、ふらふらと歩いてくるか。テーザーで撃たれたあと、普通に動けるようになるまで、どれくらいかかるんだろう。

「あの男、ストーカーだったの？　なんでまだ出てこないの？」

「テーザーを使ったの」

「テーザーですって？　そんなんじゃ甘いわよ」エッタはバッグをひっかきまわすと、グロックを取り出して玄関へ向かった。「警察が来る前に逃げようとしたら、あいつのタマに銃弾をぶちこんでやるわ」

わたしはあわてて、彼女の腕をつかんだ。「エッタ、だめよ」

彼女は振り向いて、目をくるりと回した。「おやまあ、オージーがそんなに臆病者とは知らなかったわ。わたしなら心配いらないわよ。銃をおもちゃがわりにして育ったんだから」

エッタはわたしの手をふりほどき、玄関を開けた。階段の手すりにもたれ、わたしの部屋にグロックを向ける。

わたしには、外に出る勇気はなかった。まだ心臓がどきどきしている。エッタをどうやったら連れ戻せるだろう。「ねえ、エッタ。戻ってちょうだい。もしアルバートが逃げても、警察がつかまえてくれるわ」

「なに言ってんのよ。あんな悪いやつ、絶対に逃がすもんですか」

しかたがない、作戦を変えよう。「戻らないと、冷凍庫のアイスクリームを全部食べちゃうわよ」

「食べたいならどうぞ」

「じゃあ、戻ってくれたらクッキーをいっぱい焼いてあげるから」

エッタは肩をすくめた。「戻らなくたって、焼いてくれるでしょ」

ま、まあ、確かにそうなんだけど。

わたしはため息をつくと、彼女が見える場所まで行ってしゃがみこんだ。室内にいても、足の震えが止まらない。胸にはまだしっかりと、ミャオを抱きしめていた。外に出て、この子が逃げ出す危険はおかしたくない。それにどっちにしろ、催涙スプレーもテーザーもないから、エッタを援護しようがなかった。ただ少なくとも、アルバートはシャツを脱いでいたから、銃をもっていないのは確かだ。こうなったら、射撃の名手だと自慢していたエッタの言葉を信じるしかない。

エッタが外に出て、一分が経過した。さらにまた一分経ったころ、遠くからサイレンが聞こえてきた。

どうやらアルバートの耳にも届いたらしい。サイレンが聞こえた直後、エッタがいきなり銃を両手でかまえた。「動くんじゃない。この変態が」わたしはおそるおそる立ち上がり、いざとなったらミャオを下ろして加勢しようと身構えた。

アルバートはふらつきながらも、両手を宙に上げた。シャツすら羽織っていないので、ローブを引き抜いた箇所に、血の跡が見える。しびれが残っているといいけれど。

サイレンの音が大きくなった。パトカーが止まり、警官が飛び出してきた。「ロス市警だ。武器を捨て、両手を上げろ」

警官の視線の先にいたのは、エッタだったのだろう。

「いったいどこに目がついてんのよ」エッタがつぶやいた。「どこをどう見たら、このわたしを変質者とまちがえるわけ？」それでもエッタは、銃を置いて両手を上げた。だがその間も、アルバートから視線はそらさない。警官たちは階段を駆け上がり、まずはエッタを、続いてアルバートとわたしを取り押さえた。エッタの言うとおりだ。どこをどう見たら、ネコを抱きしめ、脚に包帯をまいたわたしを危険人物だと思うのだろう。

それでも警官は、太ももの傷には気づいたらしい。わたしを部屋まで送り届け、調書はそこで取ることにしてくれた。ミャオを抱えて部屋に向かう途中、エッタが警官に訴えているのが聞こえた。あたしはね、見てのとおりよぼよぼのおばあちゃんなの。もう気が動転しちゃって、階段なんかとても下りられないわ。わたしは鼻を鳴らしそうになって、あわててこらえた。横にいる警官に怪しまれたらまずい。

だがエッタには、本当に感謝してもしきれない。事件のあらましをわたしが警官に説明しているあいだ、話をうまく合わせられるよう、窓越しにじっと耳を傾けていてくれたのだ。容疑者はなんといっても大人気のセレブ・シェフだから、エッタの証言がなければ、わたしの言い分は、根拠のないたわごとだと片付けられるおそれがあった。もちろんドラッグ入りのスープも、証拠にはなる。だが普通の人間なら、ドラッグを口にしても気づくはずがないから、今ここでその件を話すわけにはいかなかった。それにしても、調書を取る警官がとんでもなくイケメンに見えるのはどうしてだろう。実際にそうなのか、それとも、そろそろドラッグの影響が表れたのか……。

アルバートが手錠をかけられ、パトカーで連行されていった。ちょうどそのとき、コナーが現れた。

「チームに頼んでおいたんだ。警察の無線にこの建物がひっかかったら、連絡するようにと。きみはトラブルを引き寄せる天才だからな。で、何かまずいことか？」

この質問、いいかげん聞き飽きたわ。「ううん、大丈夫よ」わたしは腰を下ろし、両手を太ももの下に入れた。脳内のあぶない妄想を、封じ込めるためだった。「でも少しだけ、GHB‐Xとベラドンナを飲んじゃった」

まだコナーのシャツを引き裂いていないということは、GHB‐Xの効果は、これから発揮されるにちがいない。

「どうしてぼくに電話しなかったんだ？」

「きのうの夜、携帯を充電するのを忘れちゃったの」

「だったら、〈ソサエティ〉に緊急通報すればよかったじゃないか」

わたしは両手を上げてみせた。どちらの手にも無線付きの指輪をしていないのは、撃たれたあと、クリニックで看護師がはずしたからだ。手術を受ける際に備え、マニキュアは剝がされ、イヤリングも没収されていた。「たぶん、バッグの底のほうにあると思うけど。でも平気よ、そんなにたくさん飲んだわけじゃないから」

「けいれんや吐き気はどうなんだ？　そのうち症状が出るんじゃないか？」

「ええ、そうかも」

「ぼくに今すぐ、キスをしたいんじゃないか？」

わたしは大きなため息をついた。「ええ、そうかも」

「わかった。じゃあ治療を受けないとだめだ」コナーは携帯を取り出した。

「そんなにまずいの？　わたしとキスするって」

しゃべっているのはGHB‐Xだ、わたしじゃない。

「いや」コナーが近づいてきて、わたしの頬をなでた。「だが相性を確認するなら、ベッドを共にしたほうがいいだろ？」

わたしは両手がとびださないよう、太ももに力を入れた。「何よそれ、当然そうなるみたいな言い方じゃない」

コナーが笑った。ひさしぶりの、心からの笑顔だった。「だってそうだろう？」

28

三十分後、わたしは〈ソサエティ〉に苦情を申し立てることを真剣に考えていた。レイプドラッグのせいで、ムラムラ感がピークに達している。それなのに目の前には、世界で一番セクシーな男性（コナー）と、二番目にセクシーな男性（ドクター・レヴィ）がいるわけで、しかもこの拷問のような状態は、今週だけですでに二度目なのだ。シェイズたちの精神衛生上、探偵やドクターには、イケメンにはほど遠い人物を雇うべきだろう。

それでも、レヴィが処方してくれた薬のおかげで、少しずつ気分が良くなってきた。嘔吐やけいれんなど、ベラドンナの症状は封じたと言われたのが、何よりも大きい。

礼を言うと、つぎは元気なときに会いたいねと言って、彼は帰っていった。

まだふらつきは残っているから、ベッドに横になったほうが良さそうだ。自分の部屋に向かうと、入り口で足が止まった。すりきれたカーペットの上に、何かがこんもりと置かれている。目をこらすと、大きなゴキブリの死骸だった。それも、四匹もだ。わたしの目にはいつのまにか、涙があふれていた。ミャオはこれまで、仕留めた獲物は必ず、玄関に置いていた。つまりここに置いた理由はただ一つ、オリヴァーではなく、わたしへのプレゼントということだ。

脚を撃たれたあと、みんなに親切にしてもらったが、これほどまで泣かされたプレゼントはなかった。わたしはベッドにのぼってきたミャオをぎゅっと抱きしめ、一緒に丸くなってふとんにもぐりこんだ。

それからの三日間は、たまに足をひきずってエッタの家に行くぐらいで、ずっと家にひきこもっていた。松葉杖をついて、三階から階段を上り下りする気にはなれなかったからだ。それに、こうした怠惰な日々――アデレードの家族や友だちとスカイプでおしゃべりしたり、低俗なテレビ番組を見たり、クッキーを思う存分食べたり――はある意味、ごほうびなのではないかとも考えていた。

アルバートは不法侵入、違法ドラッグの所持、さらにレイプ未遂の罪で起訴された。殺人罪には問われなかったが、とうぶん彼の姿を街中で見ることはないだろう。

ジョッシュのほうは、二件の殺人未遂の罪で起訴されたが、〈ソサエティ〉が裏から手をまわしたのか、ダナとわたしの名前が公文書に記載されることはなかった。また関連のニュースで、ヘンリーの名前が挙がっていないところをみると、例の交通事故の真相を闇に葬るかわりに、〈ソサエティ〉については沈黙を守るよう、ジョッシュとも取引したのだろう。

そしてわたしは、晴れてシェイズとして正式に採用された。

おととい、前借りしたぶんを手にすると、その足ですぐ〈カモノハシ金融〉に振り込み、延滞金の支払いを全額済ませた。

結局、コナーとは寝ていない。

クッキー&クリームのアイスクリームを食べながら、ソファでエッタと胸キュン系の映画を観ていると、玄関にノックの音がした。エッタが立ち上がり、のぞき穴に目を当てた。だがすぐにはドアを開けず、シニヨンをなでつけ、それから赤みをさすために頬をつねった。

まあエッタったら。つまりいい男だってことね。さては、コナーかしら。

予想ははずれ、ドアいっぱいに現れたのは、ハルクその人だった。

わたしは背筋を伸ばし、松葉杖をつかんで立ち上がった。もう片方の手でポケットをたたき、テーザーがあるのを確認する。

エッタが顔を輝かせた。「まあ、いらっしゃい。ミスター・ブラックですよね。あなたのことは、イジーからいろいろ聞いていますわ」

それを聞いて、胸にちくりと痛みが走った。いまさらだが、エッタには、彼についても、いろいろ話しておくべきだったのだ。そうすれば、自分が今ひどく危険な状況にあると彼女にもわかっただろう。

わたしは杖をつき、テーザーの重みを頼もしく感じながら、ふたりに近づいていった。

ハルクはその巨大な顔を、同じく巨大な手でひっかいた。「いやあ、まいったなあ。いい噂ならうれしいんだが」

「あら、もちろんよ」エッタが言った。「すっごくいい噂ばっかり」

ハルクとわたしは、そろって顔を赤らめた。

「その、なんだ……コルヴェットを返しにきたんだよ」彼は車のキーを差し出し、わたしと目を合わせた。「少しの間だったが、楽しかったよ。貸してくれてありがとう」

貸したのではなく、貸さざるを得なかったんだけど。それでも、エッタに秘密をもらさなかったことについては感謝した。そして、約束どおり車を返してくれたことにも。「どういたしまして」

「洗車はしてあるよ。それと、エンジンオイルも交換しておいた。けっこう汚れている気がしたんでね」

はあ？　何よそれ。まるでわたしが、でこぼこ道ばっかり走ってたみたいじゃない。だがエッタの手前、怒りをこらえた。「うわあ、うれしい。助かるわあ」

エッタがキッチンのほうへとうながした。「良かったら紅茶でもいかが？」

わたしはその瞬間、危なく彼女をテーザーで撃ちそうになった。

「そいつはうれしいんですが、まだ仕事の途中なもんで」ハルクが答えた。

そうだ、それでいい。わたしは止めていた息を、ほっと吐きだした。

エッタの顔が曇った。「あら残念。じゃあ、下までお送りするわ。イジーはほら、脚を怪我してるから」

わたしはふたたびハルクに礼を言うと、ふたりが歩きだすのを見送った。自分の幸運が、すぐには信じられなかった。実を言うと、エッタが送ると言いだしたとき、彼女よりハルクのほうが心配になり、一度は止めようかとも思ったのだ。だが驚いたことに、そのときハルクがぽっと頬を赤らめたのだ！

しばらく経っても、激しい胸の鼓動はおさまらなかった。キッチンに行って、ケトルを火にかける。紅茶を淹れるというなんでもない日常の行為によって、だんだんと心が落ち着いてきた。

やがてお茶の用意が整うと、外廊下の〝バルコニー〟で、熱々の紅茶を楽しむことにした。太ももを撃たれてからは初めてだ。松葉杖で身体を支え、枯れたサボテンの横に椅子を持ち出すと、マグカップを持って腰を下ろした。

危険な人物が来る心配をしなくていいのは、何週間ぶりだろう。アルバートとジョッシュは刑務所にいる。延滞金の支払いは、すべて終わっている。コルヴェットはぴかぴかに磨かれた姿で、わたしが運転するのを待っている。それだけじゃない。シェイズの報酬のおかげで、あと二年もすれば、残りの借金も全額返済できるだろう。あ、いや、二年半でもいいかもしれない。そうすれば、毎日美味しいコーヒーを楽しみ、たまには家族のもとに帰省することもできる……。わたしはゆっくりと紅茶を口に含み、カリフォルニアのやわらかな陽光に身をゆだねた。

二十分後、３Ａの部屋のドアが開き、ハルクとエッタが姿を現した。彼の髪はしっとりと濡れ、シャツのボタンを掛け違えている。

わたしは顎がはずれそうになり、手に持っていた空のマグカップまで落としそうになった。

エッタはハルクに付き添って一階まで下りると、さようならと手を振って、彼を見送っている。そのあとようやく戻ってきた彼女に、怪我さえしていなければ、危うく飛びかかるところだった。

「ねえ、ミスター・ブラックはたった今、あなたの家から出てきたわよね？」

「ええ、そうよ」

「濡れた髪で？」

「ええ、そうね」

「だけど彼、結婚十周年を迎えたばかりって言ってたわよ。ディズニープリンセスの腕時計を貸してくれた娘もいるって。たぶん、幸せな結婚生活を送ってるはずよ！」

「ええ、そうだと思うわよ」

わたしはぽかんと口を開け、エッタを見た。

「いやだ、そんな顔で見ないでよ。何かあったわけじゃないんだから。ちょうど彼が道路に出たとき、上からミスター・ウィンクルがバケツの水をぶっかけたのよ。ああ、もちろん悪気はなかったのよ。下水がうまく流れなくて、水槽の水を窓から捨ててたそうなの。わたしもその瞬間を見てたから、ミスター・ブラックに言ったのよ。うちでシャワーを浴びて、服をかわかしていきませんかって。だってほら、魚の臭いをぷんぷんさせて、びしょ濡れのままで帰るなんてかわいそうでしょ。ただそれだけのことなの。それ以上のことは何もないわ」

わたしはエッタの瞳をじっと見つめた。パパから受け継いだ能力で、彼女のうそが見破れるだろうか。

だが一分後、視線をそらし、やれやれと顔をこすった。

残念だが、目の前にいる女性は、毒殺未遂の難事件よりもはるかに謎めいている。彼女の言うことがどこまで本当なのか、わたしには見当もつかなかった。どうやら〝名探偵イジー〟と名乗れるのは、まだとうぶん先のことになりそうだ。

訳者あとがき

わが身の危険をかえりみず、赤の他人の命を守る——そんなこと、スーパーヒーローでもなければ、なかなかできるものではありません。だけどこの広い世の中には、そういう奇特な人……ではなくて、そこまで追い詰められた人がいるものなんです。つまり、やりたくないけれどやらざるを得ない、そういう、人生崖っぷちの人が。そう、それが本書、『絶品スフレは眠りの味』(*Eat, Pray, Die*) のヒロイン、イジーことイソベル・エイヴェリーです。

二十九歳のイソベルは、オーストラリアのアデレードにある小さなベーカリーカフェのオーナー店主。ところがある日、ろくでなしの夫のせいで多額の借金を背負い、文無し、職無し、男無しという境遇で、地球の裏側にあるロサンゼルスへと逃げ出します。でもそれで、一件落着とはいきません。借金をすべて返済しない限り、故郷には戻れないからです。そこでイジーは、うさんくさいとは思いながらも、高額な報酬が得られるという、セレブ御用達のお毒見係——通称シェイズ——となって働きはじめます。

そんななか、同僚のシェイズ、ダナが任務中に正体不明の毒物に倒れ、危篤状態に陥ります。彼女に残された時間はあとわずか。助ける方法はただ一つ、急いで犯人を見つけ、毒物の名前を吐かせるしかありません。そこでイジーは急遽、慣れないロスの街を奔走し、イケメンの探偵と一緒に犯人探しに乗り出すことになります。けれども素より、冷静沈着とはほど遠く、どんくささでは誰にも負けないイジーのこと。容疑者の男に色じかけで近づいたり、プロの殺し屋に罠をしかけたり、あれこれやってはみるものの、そのたびにあたふたして、手がかり一つ見つかりません。果たして犯人は？　そして、ダナの命は？

一般的に、〝毒殺ミステリー〟と聞くと、どうしても陰湿なイメージがつきまとい、髑髏のマークが頭に思い浮かんだりするものです。だけど大丈夫、本書にはダークな部分はほとんどありません。ユーモアやアクション、ロマンスがほどほどに盛り込まれ、〝極秘任務〟〝タイムリミット〟〝セレブ殺人〟という、ミステリーファンの大好きな三大要素（？）も揃っていますから、どうぞのんびりと、イジーを応援しながら楽しんでいただければと思います。

また本書は、ライトなミステリーでありながら、「オージーの女性」という、著者ならではの視点が生かされた作品にもなっています。たとえば、イジーが初めて習う護身術や武器の使い方、それに毒物関連の知識などは、女性読者にはぜひチェックしてほしいところ。特にレイプドラッグは、現在日本でも深刻な問題になりつつあることを考えると、本書が予備知識を仕入れるきっかけになってくれればと思います。またそうしたドラッグの乱用に加え、アメリカでの銃の普及率の高さについて、イジーが驚く場面がたびたび出てきます。アメリカでは無くてはならないもの、あるいは、あって当然とされているものに疑問を呈することにより、〝外から見たアメリカの問題点〟を、さりげなく指摘しているのでしょう。

本書には、お気楽な英国人のバーテンダーや、セクシーでお洒落なシルバーヘアのマダムも登場します。それぞれのマイペースな生き方も興味深く、イジーを含め、同じ英語圏でありながら、英、米、豪の違いを、事件とはまた別に楽しんでいただけたらと思います。

おしまいに、著者のチェルシー・フィールドについて。彼女は主人公のイジーと同じく、アデレード生まれ。〝動物たちとまったり〟するのが大好きで、コーヒーやクッキーの依存症に近いところも、イジーと同じだそうです。

彼女のデビュー作である本書は、本国ではもちろん、イギリスやアメリカでもベストセラーとなり、現在第六作目まで出版されています。毎回、その時代を反映するさまざまな職業のセレブたちが登場するため、今後もマンネリ化することなく、続いていくのではないでしょうか。

最後になりましたが、本書の訳出にあたり、原書房の皆さまには大変おせわになりました。この場を借りて厚くお礼を申し上げます。

それではどうぞ、お毒見係のイジーが身体をはって事件解決に挑む、オーストラリア発のコージーミステリーをお楽しみください。

箸本すみれ

二〇二〇年三月

コージーブックス

お毒見探偵《どくみたんてい》①
絶品《ぜっぴん》スフレは眠《ねむ》りの味《あじ》

著者　チェルシー・フィールド
訳者　箸本《はしもと》すみれ

2020年4月20日　初版第1刷発行

発行人　成瀬雅人
発行所　株式会社　原書房
〒160-0022 東京都新宿区新宿1-25-13
電話・代表　03-3354-0685
振替・00150-6-151594
http://www.harashobo.co.jp
ブックデザイン　atmosphere ltd.
印刷所　中央精版印刷株式会社

落丁・乱丁本はお取り替えいたします。
定価は、カバーに表示してあります。
 ISBN978-4-562-06105-1 Printed in Japan